AF197700

ullstein

LILLI PABST kommt aus Berlin, hat zwei Kinder und keinerlei Mordfantasien. Wirklich nicht. Da sie aber als Psychotherapeutin arbeitet und ihre Patienten sich bei ihr weiterhin wohl- und sicher fühlen sollen, hat sie ein Pseudonym gewählt. Dabei ist Lilli Pabst von beinahe zen-buddhistischer Ruhe und Zurückhaltung, selbst wenn die Kita streikt, man ihr den Parkplatz und/oder den letzten Schokoriegel klaut. Ehrlich.

LILLI PABST

MORDS COACH

Kriminalroman

Ullstein

Besuchen Sie uns im Internet:
www.ullstein.de

Wir verpflichten uns zu Nachhaltigkeit
- Papiere aus nachhaltiger Waldwirtschaft und anderen kontrollierten Quellen
- ullstein.de/nachhaltigkeit

MIX
Papier | Fördert
gute Waldnutzung
FSC® C021394

Ungekürzte Ausgabe im Ullstein Taschenbuch
1. Auflage November 2024
© Ullstein Buchverlage GmbH, Berlin 2024
Wir behalten uns die Nutzung unserer Inhalte für Text und
Data Mining im Sinne von § 44b UrhG ausdrücklich vor.
Umschlaggestaltung: zero-media.net, München
Titelabbildung: © FinePic®, München
Gesetzt aus der Scala powered by *pepyrus*
Druck und Bindearbeiten: ScandBook, Litauen
ISBN 978-3-548-06909-8

Kapitel 1

Nils Bergmann ist eine fette Qualle.

Es ist natürlich vollkommen unangemessen, so etwas zu denken. Aber ich kann gerade nicht anders. Nils Bergmann sitzt mir gegenüber und lässt mir keine andere Wahl. Seine Haut ist teigig, seine Finger, die das feuchte Taschentuch umklammern, mit dem er sich immer wieder die Tränchen aus den Augen wischt, sind kleine, dicke Würste. Wie Nürnberger. Nur blasser. In einem ungesunden Gelbton genauer gesagt, so wie sein Gesicht, das mit einem glänzenden Schweißfilm bedeckt ist.

Wenn ich Nils Bergmann ansehe, empfinde ich Ekel.

Auch das ist ungerecht von mir. Mir steht es überhaupt nicht zu, mich über ihn zu erheben. Und das ist auch sonst gar nicht meine Art, nie! Ich achte und respektiere Menschen mit all ihren Fehlern und Makeln. Ich wertschätze sie in all ihrer Komplexität und versuche, sie wohlwollend zu unterstützen und ihnen auf ihrem Weg eine Stütze zu sein, eine helfende Hand.

Aber ich kann Nils Bergmann partout nicht ausstehen.

Inadäquat, Sophie! Normalerweise würde ich sagen,

dass ich solche Gedanken und Emotionen einfach wahrnehmen sollte, ohne darüber zu richten oder zu urteilen. Jetzt habe ich sogar den Drang, ihm das ins Gesicht zu schreien. Ich lasse es. Das wäre das Gegenteil von gewaltfreier Kommunikation, und auf die lege ich grundsätzlich Wert.

Zumindest habe ich das bis letzte Woche getan. Aber seitdem ist alles anders. Ich bin ein Wrack, ein widerliches, hasserfülltes, unglückliches, hämisches, negatives, die Welt und die Menschen verachtendes Wrack.

»Frau Stach, Sie sind so wundervoll, danke«, sagt Nils Bergmann und schaut mich gerührt an. »Danke. Danke. Danke«, wiederholt er mantraartig. »Sie wissen gar nicht, was mir das hier ... was Sie mir bedeuten.«

Dann schnaubt er vor Rührung in sein Taschentuch. Als er seine Hand sinken lässt, hängt ihm ein schleimiger Popel in seinem linken Nasenloch, der einen Faden zieht bis hin zu seinen spärlichen Barthaaren auf der wulstigen Oberlippe.

Am liebsten würde ich den Wecker nehmen, der neben mir auf dem Beistelltischchen steht, und ihn Nils Bergmann in seine Popelfresse schlagen.

Ich bin entsetzt über mich, spüre sofort tiefe Schuld. Und Scham. Ich habe mich und meine Emotionen überhaupt nicht unter Kontrolle. Aber glücklicherweise zeigt der Wecker an, dass die Sitzung nur noch fünf Minuten dauert. Und die Chance, dass ich diese gerade noch so überstehe, bevor ich in Tränen ausbreche, liegt bei fünfzig

Prozent. Und außerdem ist Nils Bergmann mein Patient, und ich bin seine Psychotherapeutin.

Ein Schlag mit einem Wecker ins Gesicht wäre nicht zuträglich für unsere Kommunikationssituation, schätze ich, schließlich beruhen diese und der Erfolg jeder Therapie doch auf vertrauensvollem Verständnis und einer sicheren Bindung.

Vertrauensvolles Verständnis und sichere Bindung für den Arsch, denke ich, weil mir plötzlich Jakob einfällt. Wobei »plötzlich« eigentlich gelogen ist, denn seitdem ich das von Jakob weiß, seit letzter Woche nämlich, kann ich an nichts anderes mehr denken. Genauer gesagt, läuft in mir eine Gedankenspule, ein Karussell ab, aus dem ich kein Entkommen finde.

Meinen Klienten, wenn ihnen Ähnliches passiert, rate ich, auch ihre physischen Routinen und Abläufe zu durchbrechen, also einfach mal etwas anderes, etwas Neues zu machen, sich einer anderen Situation auszusetzen – dann bricht meist die Spirale.

Deswegen habe ich mich heute aus dem Bett gequält, habe keinen Schluck getrunken, und die Zigaretten habe ich auch weggelassen, bis auf die zwei, die ich auf dem Weg zwischen Wohnung und Praxis geraucht habe. Aber gut, immerhin.

Wieder in Klientengespräche zu gehen erscheint mir, als ich Nils Bergmann ansehe, keine gute Idee zu sein. Ich bin völlig überfordert.

Ich bin die Psychotherapeutin von Nils Bergmann. Ich mache Verhaltenstherapie und bin ausgebildete systemische Therapeutin, habe Fortbildungen in Gestalttherapie und systemischer Therapie absolviert, bin psychoanalytische Supervisorin und ausgebildet in manueller Therapie. Kurzum: Ich bin die eierlegende Wollmilchsau.

Nur dass ich keine Kassenzulassung habe. Um einen Kassensitz hier in Köln bewerben sich manchmal bis zu hundert Kollegen. Dafür müsste ich dann auch noch 60.000 bis 100.000 Euro bezahlen, und allein, wenn ich da schon daran denke, dreht sich mir der Magen um. Da bleibe ich lieber eigenbestimmt und kann machen, was ich will.

Monetäres Interesse habe ich nie wirklich gehabt, was auch dazu geführt hat, dass unsere Eigentumswohnung auf Jakobs Namen läuft. Was jetzt irgendwie ein Problem darstellt.

Aber damals schien das nur gerecht.

Schließlich hat er sie auch gekauft.

Ich hatte immer wenig Geld. Es war und ist mir einfach nicht wichtig. Durch meine Entscheidung, nicht der Kasse beizutreten, sondern auf Selbstzahler zu setzen, habe ich eine entsprechende, halbwegs solvente Klientel. Die hundertzwanzig Euro die Stunde machen über den Monat einen ganz schönen Betrag für die Patienten aus, aber zum Glück können sie die Therapie von der Steuer absetzen, wenn ich sie als Coaching deklariere. Vor allem aber habe ich Patienten, die oft eher leichtere Probleme haben – Anpassungsstörungen, Depressionen, Lebenskrisen und so weiter. Schwerst traumatisierte Misshandlungsopfer tauchen in meiner Praxis eher selten auf, und

wenn, dann schicke ich sie weiter zu einem Psychotherapeuten.

Ich muss selber zu meiner Supervisorin. Dringend.
Aber ... ich kann mit ihr nicht über mein Problem reden.
Dabei kann ich eigentlich über alles mit ihr reden. Wir
kennen uns seit zehn Jahren. Hanna Birnbaum weiß alles
über mich. Sie kennt meine Glaubenssätze, meine Denk-
strukturen und meine widerspenstigen Anteile, die mir
früher Beziehungen etwas kompliziert gemacht haben,
bis ich das Glück hatte, Jakob zu treffen. Sie weiß von meiner komplizierten Familiengeschichte und natürlich (und
vor allem) von meinem Trauma. Sie weiß *alles*. Ich würde
fast sagen, niemand kennt mich so gut wie sie.

Aber über mein Problem jetzt kann ich nicht mit ihr
reden. Es darf niemand erfahren. Niemals! Und weil mich
das so ohnmächtig und verzweifelt macht, reagiere ich,
wie könnte es auch anders sein, mit dem typischen Abwehrmechanismus: Wut.

Wut auf mich selbst, auf mein Leben, auf Jakob, auf
das, was passiert ist, und, Entschuldigung, ich bin wirklich unfassbar ungerecht, Wut auf Nils Bergmann.

Auf ihn, der mich jetzt anlächelt und versucht, herzer-
wärmende und süße Hundeaugen zu machen. Es klappt
natürlich nicht. Ich finde, seine Augen sind klein, und er
guckt verschlagen. Mit einem Wort: Schweinsäuglein.

Ich übertreibe in allem, was ich sage und denke, habe
mich überhaupt nicht unter Kontrolle. Es ist furchterre-
gend.

»Vielen Dank, aber es liegt nicht an mir. Sie machen gute Fortschritte«, versichere ich ihm.

Noch drei Minuten. Uff!

»Wir haben nur noch drei Minuten«, sage ich.

Nils Bergmann schaut erschrocken drein, was er immer tut, wenn ich das Ende einläute.

»Ist das wahr? Ist das schon so weit? Ich bin doch noch gar nicht ...«

Ich weiß, dass diese Sitzungen ihm viel bedeuten, weil er sonst nur mit wenigen Menschen redet. Nils Bergmann fühlt sich permanent angegriffen und unangemessen behandelt, und er reagiert mit subtiler Aggression, die sich bei ihm in passiver Sabotage äußert. Seine Freundlichkeit überdeckt seinen Hochmut und seine Ignoranz. Und das sind Schutzmechanismen, um sein geringes Selbstwertgefühl zu überdecken. Da fühle ich sofort mit ihm mit. Eigentlich nutzt Nils Bergmann klassische passiv-aggressive Strukturen und Muster: Er ist unglücklich mit sich selbst, macht aber alle anderen dafür verantwortlich. Ergo hat er dem Außen eine kritische, feindselige Einstellung gegenüber, wertet alle anderen ab. Und indem er alles Negative auf andere projiziert, muss er sich nicht dem einzig Verantwortlichen stellen: nämlich sich selbst.

Das sollte ich auch dringend tun.

Mit seinen Gaming-Kollegen kommuniziert Nils Bergmann anders. In der Anonymität des Internets lässt er die Sau raus. Auch wenn ich mittlerweile weiß, dass sein größter Gegner dort ein zwölfjähriger Junge ist, mit dem Nils Bergmann eine Privatfehde hat. In der er beständig unterliegt. Was ihn noch mehr wurmt, anstatt sich einmal zu hinterfragen, warum er sich nicht gegen ein Kind durchsetzen kann. Ein Kind!

Ich will Nils Bergmann an den Schultern packen, ihn durchschütteln und ihn anschreien: Krieg deinen Scheiß zusammen und hör auf, rumzumemmen!

Verdammt! Ich bin so widerlich, so ungerecht.

Ich schäme mich. Und schaffe es deswegen endlich, in meine eigene Rolle zurückzufinden. Ich setze ein warmes Therapeutinnenlächeln auf, bin verbindlich, freundlich und erkläre entschieden: »Wir sehen uns ja nächste Woche wieder.«

Nils Bergmann seufzt, dann steht er auf wie ein geprügelter Hund und sagt sehnsüchtig: »Ich freue mich darauf.«

»Das ist doch schön«, erwidere ich.

Womit ich endlich wieder in dem distanziert-zugewandten Psychologinnen-Modus angekommen bin, in dem ich nichts von mir preisgebe und auch zu mir als Person mit meinen eigenen Affekten einen gesunden Abstand eingenommen habe.

Allerdings nur kurz. Denn Nils Bergmann streckt mir seine Schwitzehand entgegen, und allein der Gedanke, sie berühren zu müssen, versetzt mich in Panik. Mir wird heiß, und ich kriege schweißige Achseln. Aber ich kann nicht anders, ich muss die Hand nehmen und schütteln, das ist Teil des Patienten-Coach-Rituals. Genauso wie wir am Anfang zuerst kurz schweigen, dann einmal bewusst ausatmen, bevor wir dann mit der Sitzung beginnen.

»Geht es Ihnen gut?«, fragt Nils Bergmann und sieht mich forschend an.

Ich zucke zusammen. Nicht nur, weil das eine seltsame Frage von ihm ist, denn ein Patient fragt seinen Coach so was normalerweise nicht. Ich schrecke auch deswegen zusammen, weil es mir so gar nicht gut geht, und obwohl ich es verzweifelt versuche zu verbergen, scheint es mir auf der Stirn geschrieben zu stehen.

Ich nicke. »Danke. Es geht mir gut.«

Normalerweise würde ich fragen: Wie kommen Sie darauf, warum interessiert Sie das? Denn ich weiß, Nils Bergmann kreist nur um sich und hat kein empathisches Gespür. Aber ich habe keine Lust auf seine Antwort.

»Bis nächste Woche«, sage ich daher und zähle die Sekunden, bis er endlich durch die Tür ist und ich eine Ladung Desinfektionslösung auf meine Hand kippen kann, und am liebsten auch auf den Stuhl, auf dem Nils Bergmann gesessen hat.

Aber das ist natürlich völlig unangemessen und übertrieben.

Genauso unangemessen und übertrieben, wie dass ich später Nils Bergmann töten werde.

Aber das weiß ich zu diesem Zeitpunkt noch nicht.

Kapitel 2

Seit letzter Woche ist mein Leben ein anderes. Seit Dienstag. Ich weiß noch genau, wie dieser katastrophale Tag angefangen hat, der alles, mein Leben, mein Denken, meine Gewissheiten, mich, auf den Kopf gestellt hat.

Es ist warm draußen, der Frühling kommt. Man merkt es an allen Ecken und Enden, an den entspannteren Gesichtern der Menschen, die ihren Winterfrust langsam ablegen und wieder positiver in die Zukunft schauen. Außer denjenigen meiner Patienten natürlich, die unter einer schweren Depression leiden. Aber auch denen hilft ein Sonnenstrahl, das Vogelgezwitscher, die Luft, die auf einmal so viel leichter zu sein scheint und in der man schon meint, den Grillgeruch aus den Parks im Sommer wahrzunehmen. Ich sitze in meinem Polo und habe das Fenster runtergekurbelt, während ich im Stop and go durch die Stadt fahre. Für einen kurzen Moment bedaure ich es, dass ich nicht wie sonst das Fahrrad genommen habe. Aber ich muss später einen Großeinkauf machen. Dafür strecke ich jetzt meinen Kopf aus dem Fenster, schnuppere die Luft und beschließe, im Moment zu sein. Alles ist gut, alles ist es wert, gefühlt zu werden. Selbst mein kurzer Ärger.

Als ich zehn Minuten später keinen Parkplatz vor der Praxis finde und dreimal um den Block fahren muss, läuft das mit der Achtsamkeit und dem Annehmen der negativen Gefühle wie Wut und Frust weniger gut, aber auch eine Aggression ist wichtig zu spüren, und ich weiß ja schließlich, woher das kommt. Ja, es sind die anderen Verkehrsteilnehmer und die Stadtverwaltung, die aus allem eine Fahrradstraße macht, vor allem jedoch ist es meine mangelnde Fähigkeit, vernünftig einzuparken. Jeder andere, vor allem mein Mann Jakob, wäre in diese Mini-Parklücke reingekommen. Ich nicht. Aber dann kann ich die Gefühle beiseiteschieben, entwickele sogar so etwas wie Trotz und beschließe, den Polo im Hinterhof zu parken, auf dem Parkplatz, der dieser Casting-Agentur im Erdgeschoss gehört. Ich hoffe, dass die Agentin, die mit ihren überkandidelten Bleistiftröcken selbst aussieht wie eine Schauspielerin, ihren dicken BMW angesichts des guten Wetters zu Hause lässt.

Als ich aussteige und über die Einfahrt nach vorn gehe, habe ich wieder gute Laune. Vor mir liegt ein Tag mit eher angenehmen Patienten. Ich freue mich auf meinen ersten Kaffee, und als ich die Treppen des großen Altbauhauses hinaufsteige, höre ich im ersten Stock, dass der Klavierlehrer gerade eine Stunde gibt. Irgendwie was von Chopin oder so, eine luftig-leichte Melodie. Schön.

Ich schließe die Eingangstür meiner Praxis auf und

atme den Holzduft der alten Dielenbretter ein. Dazu liegt noch der Geruch einer Duftkerze in der Luft, die ich gestern in der letzten Sitzung angezündet hatte, um der Patientin eine andere Wahrnehmungsebene zu eröffnen. Die Dielen knarren unter meinen Füßen, als ich in die kleine Küche gehe und die Kaffeemaschine anstelle. Ich reiße kurz im Behandlungsraum die Fenster auf, lasse die Frühlingsluft herein, dann bringe ich meine Tasche in das Büro nebenan und stelle sie neben meinem Schreibtisch ab. Im Bürozimmer stehen dunkle Holzregale, in denen ich alle Psychotherapiebücher versammelt habe, die ich in meinem Leben gelesen habe. Es sind eine Menge, obwohl ich zugeben muss, dass einige von ihnen noch ungelesen und nicht mal ausgepackt sind, aber egal. Der Raum hat die Atmosphäre einer Bibliothek, und seine warme Ruhe entspannt mich immer wieder.

Gleiches gilt für den Behandlungsraum, den ich mit zwei Grünpflanzen, einem hellen großen Wollteppich und einem Bild abstrakter Kunst eingerichtet habe. An der Wand steht eine Couch, die ich für meine Patienten eher selten benutze. Ich sitze auf einem Freischwinger, gut drei Meter von dem bequemen Stuhl entfernt, auf dem die Patienten sonst Platz nehmen. Daneben steht ein kleiner runder Couchtisch, auf dem ich ein Glas und eine Wasserkaraffe platziere, dazu ein Paket Taschentücher. Das wird immer wieder gebraucht, und ich habe mir angewöhnt, direkt die Großpackungen im Großmarkt zu kaufen. Die neue Patientin, die ich kurz darauf empfange, wird sie nicht brauchen. Das ist mir schnell klar.

Amelie ist Ende zwanzig und eine hübsche junge Frau. Sie hat blonde halblange Locken und eine süße Stupsnase. Sie lächelt mich etwas nervös an, als sie sich mir gegenübersetzt und ihre dicke, sehr bunte Prada-Handtasche neben sich auf den Boden stellt. Ich lächele beruhigend zurück und warte, bis sie sich auf ihrem Stuhl eingerichtet hat, bis sie ihre langen Beine übereinandergeschlagen und die Ellbogen auf die Stuhllehnen gelegt hat. Amelie hat wirklich sehr lange und schöne Beine, fällt mir auf, und ich überlege kurz, warum sie heute zu ihrem Erstgespräch einen Rock gewählt hat, der viel von ihren Beinen zeigt. Und das enge rote Oberteil betont viel von ihrem Körper. Sie hat sich offensichtlich herausgeputzt, und ja, irgendwie will sie attraktiv und sexy sein. Für mich? Ich zucke insgeheim die Schultern und bin gespannt, was da kommt.

Ich atme bewusst und hörbar ein, dann lasse ich den Atem gehen und schenke uns beiden einen Moment der Ruhe. Einen Moment, um hier anzukommen.

»Wie geht es Ihnen heute?«, frage ich freundlich.

Amelie überlegt kurz, dann antwortet sie: »Ich denke ... ganz gut.« Sie deutet auf meine großen Fenster. »Der Frühling liegt in der Luft. Da ist alles irgendwie leicht und schön, oder?«

»Da haben Sie recht, das fiel mir heute Morgen auch auf.« Abgesehen von meiner kurzen Verstimmung über die Verkehrssituation. Aber es ist ein schöner Tag. Ich habe gute Laune, bin offen und positiv und freue mich, dass diese neue Patientin ein ähnliches Flair versprüht.

Ich mag sie und schweige bewusst einen Moment, dann frage ich: »Warum haben Sie den Wunsch, mit jemandem zu sprechen?«

»Meine Mutter ist gestorben ...«

»Das tut mir leid«, sage ich und gebe ihr einen Moment, verdaue die Nachricht und richte mich auf das Thema ein. »Wie lange ist das her? Ist das akut?«

»Vor drei Monaten.« Amelies attraktives Gesicht verdüstert sich leicht. »Und ich denke immer noch pausenlos daran.«

»Nun, ein solcher Schicksalsschlag wirkt nach und beschäftigt uns lange«, beginne ich. »Trauer ist ein Prozess, und der braucht seine Zeit. Es gibt Hochs und Tiefs, und wir brauchen eine Menge Kraft.«

»Ja, aber ich habe das Gefühl, dass ich aus dieser Gedankenspirale nicht herauskomme ...«

Es stellt sich im Gespräch heraus, dass Amelie schwer mit dem Verlust ihrer Mutter zu kämpfen hat und Schwierigkeiten hat, sich abzugrenzen. Auch in anderen Bereichen. Ich erkenne schnell, dass Amelie wohl Probleme mit ihrem Selbstwertgefühl hat, sie biedert sich schnell an und will gefallen. Wohl auch mir, deswegen hat sie sich extra schick gemacht. Und sie bemüht sich, eine gute Patientin zu sein, ist zugewandt, offen und kann auch über sich selbst lachen. Wie bald herauskommt, ist Amelie immer wieder in Beziehungen, und ich vermute, dass sie vor allem ihre Sexualität einsetzt, um Bindung zu erhalten. Nun, wer tut das nicht, Amelie jedoch scheint das recht offensiv zu machen. Ich hüte mich natürlich vor zu schnellen Diagnosen, aber im Grunde liegt hier höchstens eine kleine Anpassungsstörung vor, die durch den Tod ihrer Mutter ausgelöst wurde, ansonsten scheint sie recht stabil. Insgesamt ist es ein gutes, freundliches Gespräch. Sie ist eine angenehme, interessante junge Frau. Ich mag sie und kann mir gut vorstellen, mit ihr eine Zeit lang zu arbeiten. Als ich auf die Uhr schaue und ihr zu verstehen gebe, dass unsere Zeit abgelaufen ist, lächelt sie entschuldigend.

»Oh, tut mir leid, ich hatte die Zeit nicht im Blick.«

»Das sollen Sie auch nicht«, erkläre ich. »Deswegen habe ich hier diese Uhr. Und der nächste Patient kommt gleich. Nun, ich weiß nicht, welchen Eindruck Sie von unserem Gespräch hatten und ob Sie sich vorstellen könnten, mit mir in den Prozess zu gehen ...«

»Unbedingt!« Amelies Augen strahlen. »Das wäre toll. Ich mag Sie.« Sie wird sogar ein bisschen rot. »Wirklich. Sie sind großartig. Ich fühle mich sehr wohl.«

»Das freut mich«, sage ich und stehe auf.

Amelie greift sich ihre Handtasche und steht ebenfalls auf. Sie ist fast so groß wie ich. Eine nette, gut aussehende junge Frau mit einem Problem, das wir in den Griff bekommen werden. Ich bin zuversichtlich und freue mich darauf.

Ich bringe Amelie zur Tür und gebe ihr zum Abschied die Hand. Sie hat feingliedrige Hände und trägt einen lilafarbenen Nagellack. Amelie lächelt und bedankt sich.

Als sie fast durch die Tür des Behandlungsraums ist, dreht sie sich noch einmal um.

»Sie sind viel hübscher, als Jakob erzählt hat«, erklärt sie, als wäre es eine pure Beiläufigkeit.

Bitte was???

Kapitel 3

Woher kennt sie meinen Mann?

Ich starre Amelie an. Ihre Stupsnase, zwei Sommersprossen auf der linken Wange. Ihre langen blonden Locken. Ihre Augen, die mir eben noch so warm und offen erschienen waren und in denen jetzt eine Kälte liegt, die mit Amelies harmlosem Lächeln überhaupt nicht konform geht.

Woher kennt sie meinen Mann?

Gedanken rasen durch meinen Kopf. Ist Amelie eine Kollegin, der er mich empfohlen hat? Aber er hat noch nie von ihr gesprochen. Oder die Tochter eines Freundes? Ich kenne alle von Jakobs Freunden, niemand hat eine Tochter namens Amelie. Kennt er sie aus dem Fitnessstudio? Seit drei Monaten geht Jakob dorthin. Es tut ihm gut, sagt er, sich wieder zu spüren, Energie zu tanken. Und ja, tatsächlich hat er abgenommen, sieht viel vitaler, sportlicher, energetischer aus. Er gefällt mir gut in letzter Zeit. Oder ist Amelie ... eine Bekanntschaft aus einem Café? Mir fällt keine Antwort ein.

Und wieso sagt er so was?

Wieso redet Jakob mit dieser Frau über mein Aussehen? Und ... wieso stellt er mich als hässlich dar. Warum wertet er mich ab? *Sie sind viel hübscher, als Jakob gesagt hat.* Dieser Satz wirbelt und dröhnt durch meinen Kopf. Ich begreife rein gar nichts, was hier passiert.

»Ich verstehe nicht ...«, bringe ich daher nur mühsam hervor.

Amelie zuckt die Schultern.

»Schon gut, macht ja nichts«, meint sie und will gehen.

»Moment«, sage ich und greife nach ihrer schlanken Schulter. »Moment bitte.«

Amelie dreht sich wieder zu mir um. Ihr Gesicht ist eine Maske, aber in ihren Augen liegt jetzt ein triumphaler Zug. Sie weiß, dass sie mich überrumpelt, mir wehgetan hat. Und das genießt sie.

»Woher kennen Sie Jakob?« Ich merke, dass meine Stimme belegt ist, meine Kehle sich zuschnürt und mir Tränen in die Augen steigen. Mein Körper begreift schneller als mein Kopf.

Amelie schaut mich nur an, macht eine lange Pause. So ungefähr wie ich, bevor ich mit meinen Patienten und der Sitzung loslege.

»Woher kennen Sie Jakob?«, krächze ich.

Aber ich weiß es jetzt. Die Synapsen in meinem Hirn laufen Amok, Neuronalbahnen verknüpfen sich, verknoten sich, bringen Dinge zusammen, die vorher nicht zusammen waren, und ich verstehe: Jakob hat eine Affäre. Mit Amelie.

Mir wird schwindelig. Mein Bauch wird flach, drückt sich zusammen. Und in meiner Kehle steigt ein riesiger Kloß hoch. Ich fühle mich, als ob mir die Luft abgeschnürt wird. Einige meiner Patienten haben nur schwer oder kaum Zugang zu ihren Gefühlen. Sie sind aufgrund kindlicher Erfahrungen nicht in der Lage, ihre Emotionen adäquat zu spüren. Vielleicht, weil sie lernen mussten, diese zu verdrängen. Weil sie ein Trauma erleben mussten, das sie nur durchstehen konnten, indem sie lernten, ihre Gefühle abzuspalten. Ich kenne das auch, habe jedoch in den Jahren gelernt, wieder zu mir zu kommen, mir meiner Emotionen bewusst zu werden, sogar ganz ins Gefühl zu gehen. Jetzt gerade, in diesem ersten Schockmoment, kann ich das nicht. Ich spüre nur meine körperliche Reaktion, die Enge, den Druck, und erst allmählich merke ich, wie meine Emotionen langsam durchbrechen, hochkommen, mich überwältigen.

»Sie haben eine Affäre mit Jakob«, sage ich. Und es bricht mir mit jedem ausgesprochenen Wort ein Stück weiter das Herz.

Amelie schweigt. Ein kaum merkliches Nicken, ein Wimpernschlag. Sie beobachtet mich genau, genießt es, wie diese katastrophale Wahrheit mich in Stücke reißt.

Ich fühle mich hintergangen, gleich doppelt und dreifach. Amelie schläft mit meinem Mann. Jakob redet schlecht über mich. Und diese Frau, mit der mein Mann schläft und vor der er mich abwertet, schleicht sich in meine Praxis ein?

Ich bin völlig entsetzt.

»Nichts für ungut«, sagt Amelie lapidar, als hätte sie mir aus Versehen meinen Platz im Café oder in einer Warteschlange weggenommen.

»Nichts für ungut?«, bringe ich entsetzt hervor.

Mir wird in diesem Moment sehr viel gleichzeitig klar, und ich bin erstaunt über mich selbst, dass ich in diesem komplett überfordernden Moment, in dem gerade meine Welt zusammenbricht, auch noch komplexere Gedankengänge auf die Reihe bekomme. Für Jakob ist das keine bloße Liebelei. Er hat Amelie gesagt, dass er verheiratet ist. Wohl auch, dass ich Therapeutin bin. Dass ich nicht hübsch bin. (Warum wurmt mich besonders das so?) Dass er diese junge attraktive Frau dagegen wahnsinnig heiß findet. Und dass es für Amelie offensichtlich auch etwas Ernstes ist. Warum sonst würde sie sich hier einschleichen, sich als Patientin ausgeben und mir darüber hinaus noch eine bestimmt völlig erfundene Geschichte auftischen.

»Ihre Mutter ... ist gar nicht ... tot«, stammele ich. Das wirkt in Verbindung zu dem Ehebruch und allem irgendwie ein bisschen zusammenhanglos.

»Nein. Die ist gerade auf Mallorca.« Amelie zuckt mit den Schultern.

Sie hat auch die Therapeutin in mir angelogen.

Und sie ist nur hierhergekommen, um mich anzusehen und zu erfahren, wie die Frau so ist, mit deren Mann sie schläft. Wer macht so was??? Was ist das für ein Mensch?

»Wie können Sie nur?« Ich bin fassungslos.

»Es war wohl keine so gute Idee«, sagt Amelie, dreht sich um und will gehen. Ich halte sie am Arm fest.

»Nein. Stopp!«, bricht es aus mir heraus, lauter, als ich will.

Plötzlich ist da Wut in mir.

Was für ein Dreckstück! Beide. Amelie und Jakob.

Das ist eine totale Grenzüberschreitung.

Meine Praxis ist mein *safe space*. Und sie ist hier eingedrungen.

Aber auch meine Ehe ist mein *safe space*. Und sie ...

»Lassen Sie mich los!« Amelie versucht, sich loszureißen, und hält dabei die grässlich bunte Handtasche vor ihre Brust.

»Nein! Zuerst beantwortest du mir meine Fragen!«

Ich bin vom Therapeuten-Sie ins persönliche Du gerutscht. Aber die Frau schläft mit meinem Mann. Wir kennen uns irgendwie. Und außerdem ist sie so jung, dass ich sie einfach duzen muss. Sie ist so fucking jung!

»Loslassen!«, faucht mich Amelie aggressiv an.

Ich fasse sie härter an, denn ich will nicht, dass sie geht. Sie muss mir meine Fragen beantworten.

»Schläfst du mit Jakob?! Habt ihr eine Affäre?!«

Amelie sagt gar nichts, sondern reißt mit aller Kraft an ihrem Arm, den ich mit Eisenpranken festhalte. Sie entgleitet mir trotzdem fast. Ich greife nach allem, was ich packen kann, kriege den Griff ihrer Handtasche zu fassen, dann lange ich mit der anderen Hand in ihre Frühlingsjacke. Amelie windet sich. Wir rangeln. Ich weiß nicht, woher ich diese Kraft plötzlich nehme, auf einmal sind meine Finger in ihren Haaren, krallen sich in die blonden dicken Locken. Amelie schreit vor Schmerz auf. Sie boxt mich auf die Brust, die Luft bleibt mir kurz weg. Ich packe um so härter zu.

»Schlampe«, rutscht es mir heraus. Ich kann nichts dafür. Mein Gesicht ist puterrot, und meine Gesichtszüge bestimmt total verzerrt. Amelie reißt ihr Knie hoch und trifft mich in den Unterleib. Eine Welle von Schmerz breitet sich in mir aus. Ich stoße Amelie so fest zurück, wie ich nur kann.

Es gibt ein lautes *Pock*, als Amelie rückwärts gegen den dicken Türrahmen aus Eichenholz knallt.

Ich stehe da, schwer keuchend, schmerzerfüllt und völlig irritiert, als Amelie seltsam die Augen verdreht und plötzlich ganz langsam an der Tür heruntergleitet. Als sie auf dem Boden angelangt ist, steht ihr Kopf in einem seltsamen Winkel vom Körper ab.

Sie ist tot.

Kapitel 4

Ich stehe in dem Durchgang zwischen Behandlungsraum und Flur und schaue auf Amelie herunter. Ihre schlanken Beine mit den braunen Fesseln in den weißen Turnschuhen sind zur Seite geknickt, ihr blauer Rock wirft Falten, und das rote Top unter ihrer Jacke ist leicht hochgerutscht. Amelies blaue Augen sind geöffnet, und aus ihrem Mund rinnt ein dicker Speichelfaden. Und sie sieht längst nicht mehr so hübsch aus wie vorher, als sie noch lebte.

Der Gedanke kreist in meinem Kopf, und im Unterschied zu vorher, als ich alles gleichzeitig und schnell und komplex denken konnte, ist mir, als hätte plötzlich jemand den Zeitlupe-Knopf gedrückt.

Alles läuft extrem langsam ab, und ich brauche ewig, bis die Information wirklich durchsickert.

Amelie ist tot.

Es klingelt an der Tür.

Ich zucke so heftig zusammen, dass ich mich mehr über mein Zucken als über das Klingeln erschrecke. Damit habe ich überhaupt nicht gerechnet. Automatisch schaue ich auf meine Armbanduhr. 10:55 Uhr. Nils Bergmann ist wie immer überpünktlich zu seinem Elf-Uhr-Termin.

Vor mir liegt eine Leiche auf dem Boden.

Ich bete, dass Nils Bergmann unten an der Haustür geklingelt hat und nicht schon oben vor der Praxistür steht.

Ich muss sofort Amelie von hier wegschaffen. Und obwohl die Zeit drängt, stehe ich regungslos vor ihr. Irgendwas in mir sträubt sich dagegen, sie anzufassen. Ich kann es einfach nicht. Die Vorstellung, diesen toten Körper zu berühren, übersteigt meine Kräfte.

Es klingelt wieder.

Nils Bergmann freut sich immer auf die Therapie. Sie ist sein Ein und Alles. Und er hat, wie ich schon längst herausgefunden habe, eine geringe Frustrationstoleranz. Er will es jetzt. Sofort. Seine Therapie. Und deswegen klingelt er schon wieder.

Ich begreife: Ich muss vom Reden ins Handeln kommen. Nie war es wichtiger als jetzt.

Ich beuge mich zu Amelie herunter und packe sie an den Fesseln. Sofort lasse ich los, als hätte ich meine Hände in kochendes Wasser gesteckt. Ich kann ihre nackte Haut nicht anfassen. Aber ich muss sie hier wegschaffen! Ich packe Amelie schließlich an den Schultern, hebe sie ein Stück hoch, damit ich sie unter den Achseln greifen kann. Dann schleife ich sie quer durch den Behandlungsraum in mein angrenzendes Büro. Der helle Wollteppich schlägt Falten, wellt sich und wird ein Stück mitgezogen. Als ich Amelie über die Schwelle gewuchtet habe und sie im Türschatten auf den Boden gleiten lasse – *gleiten* ist eigentlich zu viel gesagt, sie rutscht mir aus den verschwitzten, klebrigen Händen –, klingelt es zum fünften Mal. Oder zum sechsten? Ich weiß es nicht.

Ich eile in den Flur zurück und drücke auf den Türöffner. Dann stürze ich ins Bad. Mein Gesicht sieht grauenhaft aus, verzerrt, rot, schwitzig. Ich schütte mir Wasser ins Gesicht und versuche, meine Haare irgendwie zu ordnen. Nach ein paar fahrigen Gesten halte ich inne. Ich starre mich im Spiegel an. Meine Augen sind dunkel, fast schwarz. Ich sehe hässlich aus, unfassbar hässlich. Das Gesicht, das mir entgegenguckt, ist das einer Mörderin.

Nach ein paar endlos erscheinenden Sekunden kann ich mich endlich losreißen. Als ich die Tür der Praxis öffne, steht Nils Bergmann so nah vor der Tür, dass ich fast zurückschrecke. Er mustert mich irritiert.

»Frau Stach?«

Ich schlucke hart, denn der Kloß in meinem Hals ist immer noch nicht weg. Dann versuche ich ein Lächeln. Eigentlich fällt mir das leicht, ich mag Nils Bergmann. Aber heute ist es aufgesetzt.

»Herr Bergmann, kommen Sie doch herein.« Ich trete zur Seite.

Nils Bergmann schiebt seinen massigen Körper an mir vorbei, ohne mich aus den Augen zu lassen, und erklärt: »Ich habe mir Sorgen gemacht.«

»Aber wieso denn?«

»Dass Sie meinen Termin vergessen haben.«

»Das würde ich doch nicht, Herr Bergmann.«

»Ist alles in Ordnung?«, fragt er irgendwie besorgt.

»Aber sicher. Ich war nur ... also ... eine kleine Unpässlichkeit. Gehen Sie schon mal vor. Sie kennen ja den Weg«, scherze ich verkrampft.

Nils Bergmann geht in den Behandlungsraum und lässt sich schwer auf dem Patientenstuhl nieder.

»Ich bin sofort bei Ihnen«, sage ich, drehe mich um und gehe in die Küche. Mit zitternden Händen öffne ich den Wasserhahn und kippe dann ein kaltes Glas Wasser herunter.

Warum, verdammt, habe ich ihn reingelassen? Warum habe ich nicht einfach das Klingeln ignoriert? Ich hätte irgendwas vorschieben können oder auch jetzt gerade noch sagen können, dass der Termin ausfallen muss. Eine Krankheit, etwas in der Familie, irgendwas. Aber ich war gar nicht auf den Gedanken gekommen, sondern habe blind funktioniert. Ein Muster abgespult.

Ich versuche, mich zu sammeln, dann gehe ich über den Flur und betrete das Behandlungszimmer. Ich bemerke sofort, dass Nils Bergmann auf etwas schaut, das unten neben der Tür liegt. Ich folge seinem Blick.

Amelies Handtasche. Ihre hässliche, quietschbunte Prada-Handtasche! Ich habe sie vergessen. Ich bücke mich danach.

»Ist das Ihre?«, fragt Nils Bergmann neugierig.

»Ja«, lüge ich.

Nils Bergmann mustert mich erstaunt. »Ist die neu?«

»Ja, wieso?« Und wieso weiß Nils Bergmann, was ich

sonst für Handtaschen habe? Das ist rätselhaft. Ich fühle mich beobachtet.

»Die ... passt so gar nicht zu Ihnen, Frau Stach«, erklärt Nils Bergmann. »Die ist so ... bunt.«

»Ach, wissen Sie ... jetzt im Frühling kann man durchaus mal was Mutigeres wagen, oder?« Ich lächele mühsam und gehe mit der Handtasche in Richtung Büro. Kurz habe ich Panik, bevor ich die Tür öffne. Als könnte mir Amelie entgegenkommen. Oder dass mir Nils Bergmann folgen würde. Ich öffne die Tür nur einen Spaltbreit, stelle die Tasche auf den Boden und schließe die Tür schnell wieder.

»Prada?«, fragt Nils Bergmann skeptisch. »Wirklich von Prada?«

»Ach, ich verstehe, was Sie meinen«, erwidere ich, mache eine Wischbewegung und lächle dabei, so gut es mir gelingt. »Mein Mann hat sie mir geschenkt, etwas überkandidelt, finde ich auch. Aber nun ja, Geschenk ist Geschenk.«

Das scheint Nils Bergmann zufrieden zu stimmen. Aber als ich mich irgendwie tapsig meinem Stuhl nähere, brennt nur ein Gedanke in mir.

Hat Jakob Amelie die Tasche geschenkt?

Und obwohl ich keinen Beweis, nicht mal die Herleitung eines Verdachts dafür habe, schmerzt der Gedanke wie Hölle. Ich lasse mich auf meinen Stuhl sinken, verschränke die Hände und atme für Nils Bergmann sichtbar ein und dann langsam aus. Das Signal, dass die Stunde beginnt. Er tut es mir nach.

An die Stunde selbst habe ich später keine Erinnerung. Ich weiß nicht, was ich gesagt habe, die Notizen, die ich mir wie immer zwischenzeitlich mache, sind ein einziges Gekrakel. Ich kann nichts identifizieren. Als ich auf die Uhr blicke und Nils Bergmann zum Verabschieden drängen muss – wie immer –, weiß ich von all dem, was er erzählt hat, nur, dass er seine Privatfehde mit dem Zwölfjährigen auf ein neues Level gehoben hat. Nils Bergmann hat rausgefunden, wie der Klarname des Jungen ist. Und also auch, wo dieser wohnt.

Ich hoffe, ich habe Nils Bergmann gesagt, dass er so etwas unterlassen soll und keinesfalls im Realleben Kontakt zu dem Jungen aufnehmen soll, geschweige denn, ihm irgendwie zu drohen oder anderweitig übergriffig zu werden. Ich hoffe, ich habe ihm zu verstehen gegeben, dass sein Problem woanders liegt und der Zwist mit dem Zwölfjährigen nur ein Spiegel für ein Problem ist, das in Nils Bergmann liegt und das er hier mit mir angehen soll.

In der Tür streckt mir Nils Bergmann seine Hand entgegen. Ich ergreife sie mechanisch.

»Sie wirken verändert«, sagt er.

»Wir alle verändern uns, tagtäglich. Und das ist ein Prozess, den wir begrüßen sollten«, kommt es aus mir heraus. Irgendwelche Standardsätze. »Haben Sie eine gute Woche, Herr Bergmann.«

Er nickt mit einem undefinierten Blick, macht aber keine Anstalten, zu gehen.

»Danke, Herr Bergmann. Machen Sie es gut«, sage ich, und erst als ich langsam die Tür zu schließen beginne, dreht er sich um und geht. Ich hoffe, er hört nicht, wie ich, mit dem Rücken an die Tür gelehnt, auf den Boden sinke und völlig erschöpft in Tränen ausbreche.

Kapitel 5

Ich sage alle weiteren Termine des Tages ab.

In meinem Büro liegt Amelie auf dem Boden hinter der Tür, und ich traue mich die erste Zeit nicht, den Raum zu betreten. Ich verbringe Stunden in der Küche, regungslos am Fenster, von dem ich auf den Hinterhof schaue, auf eine angrenzende Rasenfläche dahinter und auf den Spielplatz etwas weiter weg, der im Winter immer so unfassbar trostlos aussieht, dass man weinen möchte. Die andere Hälfte der Zeit verbringe ich auf der Toilette und kotze.

Irgendwann am späten Nachmittag habe ich das Tief halbwegs überwunden. Mit einem Kaffee in der Hand stehe ich am Küchenfenster und stelle etwas Erstaunliches fest. Ein warmes Kribbeln, das in meinem Magen beginnt und das nicht vom Kaffee kommt, sondern das der Beginn eines völlig irritierenden Glücksgefühls ist. Eine tiefe Befriedigung. Amelie ist tot. Die Frau, die mir meinen Mann stehlen wollte. Die Affäre von Jakob ist beendet. Endorphine beginnen, unkontrolliert Funken in mir zu schlagen, bis mich sogleich eine Welle von Schuld übermannt. Dieses Gefühl lasse ich zu, dieses inadäquate Befriedigungsgefühl schiebe ich, so schnell es geht, zur Seite. Ich fühle mich widerlich deswegen.

Endlich habe ich die Kraft, mich der Situation zu stellen. Mir wird immer klarer, wo ich hier hineingeraten bin. Ich versuche, es so nüchtern wie möglich zu sehen. Am liebsten hätte ich einen Zettel genommen und einfach nur die Fakten notiert, wie ich es meinen Patienten manchmal rate, wenn sie eine Situation überfordert. Aber wenn jemand diese Notizen finden würde, hätte ich mein eigenes Grab geschaufelt. Fakt ist:

In meiner Praxis liegt eine Leiche.

Ich habe diese Frau getötet.

Nicht willentlich, es war ein Unfall.

Die Frau ist die Affäre meines Mannes.

Wenn man diese Frau tot in meiner Praxis finden würde, dann würde kein Gericht der Welt glauben, dass es nur ein Unfall war.

Ich habe das stärkste und glaubwürdigste Motiv von allen. Mord aus Eifersucht.

Und außerdem habe ich den ganzen Tag hier mit der Leiche verbracht, ohne den Notarzt, die Polizei oder sonst irgendwen zu informieren.

Das macht mich noch verdächtiger, denn es gibt keinen Grund für mein Verhalten.

Auf Schockzustand zu plädieren ist keine gute Idee. Viele meiner Kollegen sind Gerichtsgutachter. Ich weiß, wie das läuft und wie groß meine Chance ist, davonzukommen.

Fazit: Ich kann niemandem etwas davon sagen. Und ich muss die Leiche loswerden, sodass niemand eine Verbindung zu mir zieht.

Für einen Moment bedauere ich es, dass ich keine Krimis schaue. Ich finde die oberflächlich, realitätsfern und in der verkürzten Darstellung der Psychologie einfach albern. Ihre Mutter hat Sie emotional missbraucht – und schon werden Sie zum Serienmörder. Das ist doch Quatsch. Jedes Mal, wenn Jakob sich den *Tatort* ansieht, gehe ich in die Küche und lese dort am Küchentisch ein gutes Buch. Gerade wünsche ich mir, ich hätte auf all die Coelhos, Taddeos und Ruiz Zafóns verzichtet und mir besser ein paar Kriminalfilme angeschaut, dann wüsste ich auch, was ich mit dieser Leiche im Büro nebenan anstellen sollte. Ich weiß nur eins: Ich muss es schnell tun, sonst breche ich zusammen. Denn dieser kurze Klarmoment nach der anfänglichen Überforderung wird nicht lange dauern. Ich spüre es in mir wühlen, fühle Verzweiflung, Panik, nackte Angst aufwallen, und ich bin mir sicher, dass ich das nicht lange halten kann.

Als ich von der Küche über den Flur ins Behandlungszimmer gehe, habe ich noch keinen Plan, was ich tun werde. Aber dann fällt mir der helle Wollteppich ins Auge.

Es ist komplizierter, als ich dachte, die tote Amelie in den Wollteppich einzuwickeln. Ich lege den Teppich auf den

Büroboden, dann rolle ich die Leiche langsam darauf. Wobei ich vermeide, Amelie genauer anzusehen. Allein ihre halb offenen Augen machen mir Angst. Leider rollt ihr Körper ein Stück zu weit nach rechts, dann wieder nach links, dann wieder ist der Teppich zu kurz. Es dauert ewig, bis Amelie in der Mitte liegt und ich den Teppich über ihr zusammenschlagen kann. Mit schmerzendem Rücken richte ich mich auf und starre auf die flusige dicke Teppichrolle vor mir. Und jetzt?

In der Küche finde ich Paketband und eine Schere. Irgendwann ist aus Amelie ein dickes, weiches, mit braunem Klebeband umwickeltes Paket geworden. Und aus mir eine rotgesichtige, schnaufende und sehr, sehr überforderte Frau. Aber das ist erst der Anfang.

Ich schaue durch das Küchenfenster auf den Hinterhofparkplatz. Mein Wagen steht noch da. Wie gut, dass ich mit dem Auto gekommen bin und nicht mit dem Fahrrad.

Ich schleife Amelie im Teppich bis zur Praxistür. Vorsichtig öffne ich die Tür zum Hausflur, fast vermute ich, dass Nils Bergmann davorsteht. Aber das tut er natürlich nicht. Ich lausche in den Hausflur. Es ist 18:45 Uhr. Der Klavierlehrer ist seit über einer Stunde leise. Ich hoffe, dass er nach Hause gegangen ist. Gleiches gilt für die Schauspieleragentur unten. Im Haus ist tatsächlich nichts zu hören. Ich stecke meinen Schlüssel ein, und dann packe ich den Teppich und Amelie. Ich weiß, dass ich keine Kraft habe, sie lange zu schleppen, ich hatte es eben versucht. Aber sie hat meine Statur und Gewicht. Und ein

Körper, aus dem alles Leben gewichen ist, ist aufgrund der fehlenden Spannung um ein Vielfaches schwerer. In diesem Moment bleibt mir nur, den Teppich langsam die einzelnen Treppenstufen hinuntergleiten zu lassen. Ich danke den Teppichknüpfern, dass sie extrem dicke Wolle verwendet haben, der Teppich gleitet gut über die Altbaustufen.

Ich habe die ganze Zeit Angst, dass ich erwischt werde. Aber irgendwann bin ich im Erdgeschoss, und niemand hat mich ertappt. Als ich vor der Tür zum Hof stehen bleibe und durch die Scheibe auf mein Auto gegenüber starre, wird mir etwas klar: Ich habe einen dummen, dummen Anfängerfehler begangen. Warum nur habe ich nicht gewartet, bis es dunkel ist? Ich hätte einkaufen fahren sollen, dann nach Hause, dann mit Jakob zu Abend essen, und danach wäre ich unter einem Vorwand zurückgekehrt und hätte die Leiche im Dunkeln zu meinem Wagen gebracht und sie dann weggefahren.

Jetzt liegen gut acht Meter vor mir, die ich im immer noch hellen Licht über den Hof zurücklegen muss. Gut, die Front des Hauses gegenüber ist rot geklinkert und fensterlos. Aber die Leute aus dem Park? Vom Spielplatz gegenüber? Und vielleicht ist doch noch jemand im Haus hier, der zufällig aus dem Fenster sieht?

Ich bin eine gottverdammte Idiotin. Aber ich kann das Paket mit Amelie keinesfalls hier im Flur liegen lassen.

Doch ich erkenne im gleichen Moment: Ein Abend mit Jakob, während die tote Amelie bei mir in der Praxis liegt – das würde ich niemals durchstehen. Ein Teil in mir hatte gespürt: Ich muss sie wegschaffen, das Ganze zu irgendeinem Abschluss bringen. Erst dann kann ich Jakob gegenübertreten.

Als meine Hände nach dem Schlüssel greifen, um die Hoftür aufzuschließen, zittern sie. Und auch dann, als ich den Polo starte und zur Hoftür zurücksetze, den Kofferraum aufschließe und mich dabei hundertmal umschaue. Es ist niemand da. Aber ich fühle mich dennoch beobachtet. Anzeichen von Paranoia, versuche ich mich zu beruhigen.

Als ich versuche, Amelie im Wollteppich in den Kofferraum zu hieven, fühlt es sich an, als würde mein Rücken brechen. Und es fühlt sich leider auch so an, als würde Amelie nicht in den Kofferraum passen. Es fühlt sich nicht nur so an, es *ist* leider sogar so. Durch den dicken Teppich ist die Rolle zu lang geworden und, wie ich feststelle, unknickbar. In einer übermenschlichen Anstrengung verfrachte ich Amelie schließlich auf die Rückbank. Sie nimmt die ganze Länge ein. Aber wenigstens kann ich die Autotüren schließen. Ich keuche, meine Beine zittern. Aber dann drehe ich um und spurte die Treppen wieder nach oben. Ich muss etwas finden, womit ich den Teppich bedecken kann. Sonst sieht es einfach zu verdächtig aus. Mit meinem Sommermantel, der seit Monaten an der Garderobe hängt, kehre ich zurück. Und wieder habe ich das Gefühl, dass ich beobachtet werde. Ich schaue mich dreimal um. Aber hier. Ist. Niemand.

Als ich den Wagen starte, säuft er mir ab. Ich schlage wütend und mit voller Kraft auf das Lenkrad.

»Verdammt!«

Ich schlucke hart, Tränen in den Augen, und versuche es noch mal. Der Polo springt an. Als ich vom Hof auf die Straße biege und langsam meinen Weg hinaus aus der Stadt suche, umklammern meine Hände das Lenkrad so fest, dass meine Knöchel weiß hervortreten. Erst als ich auf der langen Ausfahrtsstraße bin, atme ich zum ersten Mal aus. Ich schalte das Radio ein. Lana Del Rey. *Ultraviolence.* Ausgerechnet. Warum ein Lied mit Gewalt im Titel, warum keins über Blumenwiesen?

Irgendwann habe ich die Stadt hinter mir gelassen. Noch habe ich keinen Plan, wohin ich will und was ich suche. Ein Feld? Eine Böschung? Einen Wald? Erst als ich das Schild »Stausee« passiere, weiß ich, wohin. Ich trete auf die Bremse, reiße das Steuer herum, und gerade noch so kriege ich die Abbiegung.

Die kleine Asphaltstraße bis zum Parkplatz des Stausees ist schnurgerade und ewig lang. Kein einziger Wagen kommt mir entgegen. Ich danke irgendwem dafür, dass es noch Frühling ist, denn im Sommer sieht das hier anders aus, zig Badegäste belagern dann den See, die Straße und den Parkplatz. Als ich auf ihn einbiege, steht kein einziger Wagen da. Mittlerweile setzt die Dämmerung ein.

Als mir klar wird, dass zwischen mir und der Staumauer, von der ich Amelie in den See rollen werde, gut hundert Meter liegen, auf denen ich sofort von einem Jogger oder einem Spaziergänger oder einem Jäger aus dem Wald nebendran gesehen werden könnte, bekomme ich Panik. Aber irgendwie bringe ich das Ganze hinter mich.

Ich schleppe Amelie auf dem Rücken und komme dreimal ins Taumeln, einmal kippe ich sogar in ein Gebüsch. Doch irgendwie schaffe ich auch das. Innerlich völlig tot, nur noch funktionierend, nur noch ein Automatismus. Den Teppich mit Amelie auf die Betonbrüstung zu hieven ist mir fast unmöglich, aber dann rollt sie über die Kante und fällt in die Tiefe. Es dauert, bis ich das Wasserplatschen höre. Die Staumauer ist hoch.

Erst als ich wieder im Wagen sitze, die Tür verriegelt und den Wagenschlüssel hilflos in der Hand habe, unfähig, damit eine weitere Bewegung auszuführen, erst da breche ich zusammen. Und kriege einen Heulkrampf.

Kapitel 6

Ich weiß nicht, wie lange ich im Wagen auf dem Parkplatz gesessen habe, wie ich zurück in die Stadt und dann sogar einen Parkplatz gefunden habe. Ich dissoziiere, wie wir Psychologen sagen.

Dissoziieren bedeutet, dass wir unsere Wahrnehmung abspalten, weil eine Situation zu schrecklich oder untragbar ist. Wir kapseln unsere Emotionen ab und nehmen das, was gerade passiert, nicht mehr wahr, sondern begeben uns in eine andere Welt. So lange, bis die grauenhafte Situation vorbei ist und wir uns wieder der Realität stellen können. Dissoziation ist ein Schutzmechanismus. Eigentlich eine schlaue Strategie, die es uns ermöglicht, eigentlich Unaushaltbares zu überleben. Alle Trauma-Opfer erleben dies. Menschen, die misshandelt, vergewaltigt, gequält werden. Und ich bin mir sicher, dass ich soeben auch ein Trauma entwickelt habe. Noch eins obendrauf.

Als ich die Wohnung betrete und mir ein warmer Essensgeruch entgegenschlägt, irgendwas mit Fleisch im Ofen schätze ich, komme ich langsam wieder in der Realität an. Auch weil Jakob den Schlüssel im Schloss gehört hat und den Kopf aus der Küche streckt.

»Hey, wo warst du?«

Jakob, mein Mann. Mit den braunen Wuschelhaaren, die immer etwas zu lang sind und unordentlich aussehen. Seinem breiten Lächeln und den vollen, sehr erotischen Lippen. Seinen braunen Augen, die wach und optimistisch ins Leben blicken und mich jetzt etwas besorgt ansehen.

»Alles in Ordnung?«, fragt er und mustert mich, als würde er mich gleich in den Arm nehmen, weil er merkt, wie aufgelöst, überfordert und völlig durch den Wind ich bin.

Weil ich seine Affäre umgebracht habe.

»Ja … alles in Ordnung«, lüge ich. Ich schäle mich mit schmerzenden, immer noch zitternden Armen mühsam aus meiner Jacke und weiß jetzt schon, dass ich Muskelkater haben werde.

»Wo warst du?«

Jakobs Kopf verschwindet wieder in der Küche. Ich antworte nicht, weil ich keine Ahnung habe, was ich antworten soll. Ich lasse meine Arme erschöpft sinken, nachdem ich die Jacke aufgehängt habe, und bleibe einen Moment starr stehen.

»Ich habe ein paar Mal angerufen, aber du bist nicht drangegangen.«

Oh shit! Ich hole das Handy aus meiner Jackentasche und schaue darauf. Drei Anrufe von Jakob. Und eine

Nachricht: »Wann kommst du? Es gibt dein Lieblingsessen.« Und dann ein Herz-Emoji.

Ich weiß nicht, was mich gerade am härtesten trifft. Dieses Herz- Emoji, was eine mir ins Gesicht schreiende Lüge ist? Ein Hohn. Eine Ohrfeige. Ein Tritt zwischen die Beine, der, wie ich jetzt weiß, auch für Frauen unfassbar schmerzhaft ist.

Oder dass er mein Lieblingsessen kocht? Warum tut er das? Will er mich in Sicherheit wiegen, mir eine heile Welt vorspielen? Will er seine Schuldgefühle damit kompensieren? Will er mir sogar ein schlechtes Gewissen machen? Denn indem man so etwas »Liebevolles« tut, erzeugt man ja dem anderen gegenüber ein gewisses Schuldgefühl, löst den Gedanken aus, sich irgendwie revanchieren zu müssen.

Will Jakob heute etwa Sex?

O Gott, nein. Allein der Gedanke löst bei mir Entsetzen und Abscheu aus.

»Was gibt es denn?«, frage ich, als ich langsam den Flur entlang auf die Küche zugehe.

»Bœuf bourguignon. Gerade fertig.«

Bœuf bourguignon? Das ist nicht mein Lieblingsessen. Mein Lieblingsessen sind Spaghetti Vongole. Oder Baguette mit salziger Butter. Gut, ich habe jahrelang so getan, als wäre Bœuf bourguignon mein Lieblingsessen, aber das liegt eigentlich nur daran, dass es mich immer an jenen so unfassbar romantischen ersten Urlaub erinnert, den ich mit Jakob in der Auvergne verbracht habe. Wir waren Mitte zwanzig, und er sah die ganze Zeit aus wie der

Paradefranzose schlechthin: Die Wuschellocken, die rausgewachsenen Haare, sein charmantes Lächeln, das auch dann nicht versiegt war, als wir auf dem Campingplatz in das schlimmste Unwetter gerieten, das unser Zelt wegriss und schließlich dazu führte, dass wir in einem kleinen Hotel, das wir uns eigentlich gar nicht leisten konnten, die Nacht verbringen mussten. Dort hatten wir unterkühlt und völlig durchnässt dieses Bœuf bourguignon serviert bekommen, und es war wirklich wundervoll gewesen, lecker, stärkend und genau das, was wir brauchten. Aber eigentlich erinnert es mich an die unfassbar erotische Liebesnacht damals, in der mir klar geworden war: Das ist der Mann meines Lebens.

O Gott!

Ich spüre, wie mir die Beine fast wegknicken, als ich mich an diesen Moment erinnere. Nur deswegen hatte ich jahrelang behauptet, dass das mein Lieblingsessen sei. Nicht wirklich eine Lüge, würde ich sagen, sondern eine romantische Reminiszenz. Und dann kocht er das ausgerechnet heute?

Ich stehe vor der offenen Küchentür und schaue auf Jakob, wie er sich über den Herd beugt und aus dem Backofen den Bräter herausholt. Jakobs Schultern sind breiter geworden. Ich sehe seinen Oberarmmuskel, der unter dem T-Shirt hervorlugt. Früher war der nicht so definiert, früher war da mehr Fleisch. Aber Jakob geht ja jetzt ins Fitnessstudio ... ich wische den Gedanken und alles, was damit zusammenhängt, weg, als er sich mit dem Bräter umdreht und strahlend und stolz lächelt.

»Was war denn los?«

»Ach ... ein ... ein Notfall. Eine Krisenintervention«, lüge ich. Das kennt Jakob. Es kommt selten, aber immer mal wieder vor, dass ein Patient oder eine Patientin in eine Ausnahmesituation gerät und ich dann Soforthilfe leisten muss.

»Worum ging es?«

Ich winke mühsam ab und lasse mich auf den Stuhl links am Esstisch sinken. »Ich will eigentlich nicht drüber reden.«

Das darf ich ohnehin nicht. Zwischen Therapeuten und Patienten besteht eine Stillschweigevereinbarung. Natürlich kann ich grob einen Fall schildern, ohne jedoch genaue Namen oder Daten oder irgendwas zu verraten. Manchmal tue ich das, weil mich meine Patienten und ihre Probleme durchaus länger beschäftigen, weil ich Strategien und Lösungsansätze im Kopf umherwälze oder weil mich ihre Konflikte selbst persönlich treffen und ich voller Mitgefühl bin. Ja, ich habe Schwierigkeiten, mich abzugrenzen. Das weiß ich. Aber vielleicht bin ich auch deshalb so eine gute Therapeutin?

Es sei denn, ich töte eine Patientin.

Sofort wallt es wieder in mir hoch, und ich habe das Bedürfnis, mich zu übergeben.

»Tut mir leid, dass ich nicht auf deine Anrufe reagiert habe.«

»Nicht schlimm, das verstehe ich ja.« Er mustert mich. »Du siehst sehr erschöpft aus ...«

»Das kann gut sein. Es war ... herausfordernd.« Sogar

mehr als das. Ich greife nach dem Rotwein, der in der Mitte des Tisches steht, und gieße mir ein Glas ein. Jakob bringt noch einen grünen Salat, dann setzt er sich mir gegenüber. Ich starre auf das Weinglas, das ich in meiner Hand drehe. Jakob lächelt und fragt, ob er mir aufgeben könne. Ich nicke.

Noch habe ich keinen Schluck getrunken. Aber ich habe das große Bedürfnis, ihm den teuren Rotwein ins Gesicht zu schütten und ihn anzuschreien. Ihm meine ganze Wut, meinen Hass, meinen Ekel, meinen Abscheu entgegenzuschreien.

Aber ich weiß, dass das alles nur sekundäre Emotionen sind, die eigentlich nur eines überdecken: endlose, tiefste Trauer.

»Guten Appetit«, sagt Jakob und schaut mich freundlich und erwartungsvoll an.

Es ehrt ihn, dass er mit mir und meinem Schweigen so entspannt umgeht, dass er mich nie drängt, sondern mich auch in meinen schlechten Momenten annimmt, wie ich bin, ohne mich ändern zu wollen, ohne mich zwanghaft aufbauen zu müssen. Er ist wirklich ein guter, liebevoller Partner.

Und ein Lügner. Ein mieser, hinterfotziger Lügner und Betrüger.

Ich nehme einen Schluck vom Wein. Einen weiteren. Als ich das Glas absetze, habe ich es halb ausgetrunken.

Jakob schaut mich fast ein bisschen belustigt an. »So schlimm?«

»Ja.«

Damit wir nicht weiterreden, greife ich nach der Gabel und nehme den ersten Bissen.

Was ist meine Ehe? Was bedeutet sie? Für mich? Und für Jakob? Welchen Stellenwert hat sie für ihn? Offensichtlich keinen großen, sonst hätte er nie diese Affäre begonnen.

Ich mustere Jakob, wie er völlig entspannt und bei sich das Bœuf bourguignon genießt. Wie harmlos er aussieht.

Ich frage mich, wie lange diese Affäre schon ging. Wie sehr er Amelie liebt. Was sie für ihn ist. Welche Pläne er hat. Ein Teil von mir möchte ihn ausfragen, ein anderer Teil hinterherspionieren. Ich möchte in sein Handy schauen, die Nachrichten lesen, die er mit Amelie sicherlich geschrieben hat. Ich will wissen, was das war.

Aber dann denke ich: Wozu?

Was bringt das noch? Er kann sie nicht mehr treffen.

Es ist vorbei.

Und dann schlucke ich den Bissen, den ich seit Ewigkeiten im Mund habe, herunter.

Kapitel 7

Ich hatte eine schlaflose Nacht. Was nicht am Essen lag, das ich in mich hineingezwängt hatte, zumindest die drei Bissen. Mir wäre schlecht, hatte ich gelogen. Obwohl es eigentlich keine Lüge war. Irgendwie hatte ich es hinbekommen, mich ein wenig mit Jakob zu unterhalten, dann hatte ich mir eine Wärmflasche gemacht und war ins Bett gegangen, um allen weiteren Gesprächen aus dem Weg zu gehen. Ich hatte schlaflos an die Decke gestarrt, und als Jakob gegen elf hereinkam und sich neben mich legte, hatte ich mich schlafend gestellt und inständig gebetet, dass er sich nicht an mich kuschelt.

Irgendwie habe ich die Nacht überstanden. Irgendwann war ich wohl weggenickt, bis dahin hatte mich das Adrenalin wach gehalten.

Und als ich jetzt in den Spiegel sehe, wirke ich um Jahre gealtert. Jakob klopft.

»Darf ich reinkommen?«

»Klar«, sage ich und drehe mich um, schlängele mich an ihm vorbei in den Flur.

»Willst du einen Kaffee?«, fragt er, wie immer zuvorkommend, während er sich auf die Toilette setzt, um zu pinkeln.

»Ich gehe jetzt joggen«, sage ich. Ein völlig spontaner Gedanke, der mich selbst überrascht, aber ich kann es einfach nicht ertragen, einen Morgen, ein Frühstück mit Jakob zu erleben.

»Was, echt jetzt?« Er ist überrascht.

»Warum nicht?«, frage ich und merke, dass ich ein wenig patzig klinge.

»Du gehst nie joggen!« Er spült und kommt aus dem Bad.

»Es ist Frühling.« Ich deute nach draußen. »Ich will was für mich tun. Machst du doch auch.«

Ich muss an sein dämliches Fitnessstudio denken, in dem er bestimmt Amelie kennengelernt hat. In dem er sich abrackert, damit er seinen kleinen Bauchansatz verliert und schön und sexy ist für sie.

Nicht für mich.

Anscheinend starre ich ihn wütend an, denn Jakob hebt die Hände. »Sorry, ich wollte dir nicht zu nahe treten. Klar, geh joggen. Das ist doch schön. Viel Spaß.«

Als ich kurz darauf in Sportklamotten in meine Joggingschuhe schlüpfe, die ich mir vor zwei Jahren gekauft und seitdem nie getragen habe, fühlen sich meine Füße wie Betonklötze an. Ich habe schon Schwierigkeiten, sie diese paar Zentimeter vom Boden zu heben. Wie soll ich da jetzt joggen gehen?

Der Kauf der Schuhe war eine dämliche Übersprunghandlung gewesen. Darunter verstehen wir Psychologen ein unangemessenes Verhalten, das in einer Konfliktsituation auftritt und das als eine Art Fluchthandlung fungiert. Wir versuchen dadurch, Stress zu reduzieren und uns selbst zu beruhigen. Als ich damals vor den Schuhen stand, war ich hin- und hergerissen zwischen dem Gefühl, zu dick zu sein, und meinem körperlichen Phlegma. Ich bin nun mal unsportlich. Aber ich wollte mein Gewissen beruhigen und habe daher extra diese besonders teuren Schuhe gekauft. Eine Schnapsidee, wie ich bald wusste. Doch für einen kurzen Moment fühlte ich mich tatsächlich beruhigt und war guten Mutes.

Meine Übersprunghandlung gestern war ebenfalls in einer Konfliktsituation entstanden. Ich wollte dadurch auch meinen Stress regulieren, und ja, mein Handeln war der Situation auch völlig unangemessen. Und dass ich damit Stress abgebaut und mich irgendwie beruhigt habe, kann ich nicht sagen. Im Gegenteil.

Ich greife mir den Wohnungsschlüssel und verschwinde mit einem kurzen »Bis später« aus der Wohnung.

Ehrlich gesagt, Joggen tut mir gut. Obwohl meine Lunge pfeift, meine Seiten schmerzen und der Bauch sich wie ein Stein anfühlt. Ich gebe bestimmt ein lächerliches Bild ab, aber Meter für Meter spüre ich, dass ich irgendwie Frust abbaue.

Gut, zugleich baue ich auch Frust auf, denn das Laufen ist fürchterlich anstrengend. Ich ärgere mich über mich selbst, dass ich so unsportlich bin, aber zumindest schaffe ich es, kurzzeitig Jakob und Amelie und das ganze Desaster zu vergessen.

Wenn ich sportlicher und trainierter wäre, dann hätte ich bestimmt nicht noch zwanzig Minuten im Eingang des Hauses gegenüber von unserer Wohnung stehen müssen, bis Jakob endlich ins Büro gefahren ist. Als ich mich nach oben schleppe, habe ich das Gefühl, dass ich mir eine Erkältung eingefangen habe. Ich habe mich unterkühlt im Windzug dort im Hauseingang, und der Frühling ist kälter, als ich gedacht hatte. Aber ich hätte Jakob nicht direkt wieder gegenübertreten können. Es war wichtig, Distanz reinzubringen zwischen Jakob und mich.

Das gilt auch für meine Patientin Inez und ihren Ex-Freund Justin. Inez sitzt mir gegenüber. Die braunen Haare fallen ihr locker über die Schultern. Sie hat Farbe im Gesicht, und sie sieht jetzt mal wirklich ziemlich gesund aus. Nichts im Vergleich zu vorher, als ich sie als verschreckte Frau wahrnehmen musste, die sich noch nicht einmal traute, mit geradem Rücken aufrecht auf dem Stuhl zu sitzen. Inez war so dermaßen eingeschüchtert, dass sie immer versuchte, im Boden zu versinken, unsichtbar zu sein. Und gleichzeitig versuchte ein anderer Teil von ihr, nach außen hin stark zu sein und uns allen die lebenslustige Spanierin vorzugaukeln, die sie eigentlich war. Ihr Lächeln war festgetackert, aber, wenn man genau hinsah, leer. Heute jedoch lächelt Inez wirklich, es kommt von innen heraus. Und es ist schön für mich, das zu sehen. Es tröstet mich irgendwie.

Man sollte nie die Bedeutung und die Effekte unterschätzen, die die Patienten auf ihre Therapeuten haben. Klar, die ganz normale Übertragung, aber manchmal, gerade an einem Tag wie heute, an dem ich mit brennenden Oberschenkeln vom Laufen auf meinem Therapiestuhl sitze und fürchterlichen Durst habe, den auch die dritte Karaffe Wasser nicht stillen kann, und an dem meine Gedanken nur um das kreisen, was gestern geschehen ist – an einem Tag wie diesem tut es unfassbar gut, eine Patientin zu sehen, die wieder zu ihrer Lebenslust zurückgefunden hat.

Wie ich sie beneide.

»Wie geht es Ihnen?«, frage ich Inez.

Sie strahlt breit. »Ganz gut geht es mir.«

»Ganz gut? Ich habe das Gefühl, dass Sie untertreiben«, sage ich.

Inez schmunzelt. »Vielleicht. Ich glaube, ich traue mich einfach noch nicht so ganz, das auch wirklich anzunehmen ...«

Wenn man so lange in permanenter Unsicherheit leben musste wie Inez, ist das mehr als natürlich.

»Sie sind misstrauisch. Es ist zu gut, um gut zu sein?«

»So ähnlich. Ich weiß auch nicht.«

»Gab es Kontakt?«, frage ich.

Inez zuckt leicht zusammen. Kaum merklich, aber sofort ist da der dunkle Schatten in den Augen. Sie schüttelt den Kopf.

»Nein ...«

»Und wie fühlt sich das an?«

»Ich ... ich weiß nicht. Ich ... ich weiß, wir haben darüber geredet. Und glauben Sie mir, ich bin sooo froh, da endlich einen Bruch gemacht zu haben, aber ... ein Teil von mir ...« Sie schweigt.

»Vermisst ihn?«

Sie nickt deprimiert.

»Auch das ist verständlich. Aber was hatten wir noch genau darüber gesagt?«

»Je länger es her ist, desto ... eher würde ich anfangen, ihn zu verklären ...«

Sofort schießt mir Jakob in den Kopf. Und obwohl es nicht einmal vierundzwanzig Stunden her ist, dass ich von der anderen Seite in ihm erfahren habe, muss ich plötzlich daran denken, was für ein großartiger Ehemann er eigentlich ist. Wie liebevoll. Offen. Nachsichtig. Kritikfähig. Gesprächsbereit. Wie unprätentiös er sein kann. Und wie charmant. Lauter Worte, die mir fiese, tiefe Nadelstiche versetzen.

Erst bei dem Gedanken »Was für ein Arschloch« geht es mir kurz besser.

»Sie erinnern sich daran, wie sozial kompetent Justin ist, wie charmant, wie einnehmend ...?«

Inez nickt. »Und plötzlich denke ich wieder, er kann doch nichts dafür ...«

Und auch ich ertappe mich bei dem Gedanken. Kann Jakob etwas dafür? Was in unserer Ehe hat ihm gefehlt, dass er sich von außen Bestätigung holen musste? Ging es ihm überhaupt um Bestätigung? Es gibt viele Gründe, warum Menschen sich in Affären stürzen. Ein Fluchtimpuls zum Beispiel, weil ihnen die Partnerschaft zu eng geworden ist. Abwechslung, weil ihnen die Beziehung zu langweilig geworden ist. Oder weil ein anderes Bedürfnis nicht gestillt wird. Was ist das bei uns, bei mir und Jakob? Und inwieweit trage ich Mitschuld daran?

Denn ich als Paartherapeutin weiß: Es sind in fast allen Fällen beide Partner dafür verantwortlich, dass sich einer von ihnen jemandem außerhalb der Beziehung zuwendet. Als ich kurz darüber nachdenke, welche Fehler ich gemacht habe oder mache, meldet sich eine andere Stimme in mir, die mir wütend erklärt: Sophie! Such nicht die Schuld bei dir, verdammt noch mal! Du weißt genau, dass du damit in dein altes Muster zurückfällst, hör auf, dich tausendmal zu reflektieren, sondern steh verdammt noch mal endlich dazu, dass dein Mann ein betrügerischer Wichser ist! Ein egozentrisches, widerliches Arschloch!

»Justin kann *alles* dafür, Inez«, sage ich etwas harsch.

Sie senkt den Kopf.

»Wie nennen wir das, in das Sie eben gerutscht sind?«, frage ich sanft lächelnd, damit sie weiß, dass ich ihr keinen Vorwurf mache.

»Empathiefalle«, antwortet Inez und senkt schuldbewusst den Kopf.

»Genau. Und, Inez: Das passiert. Das ist nur natürlich, dass wir solche Momente haben. Und ja, Justin *hat* gute Seiten. Aber er hat auch große Schwierigkeiten. Und er hat Ihnen sehr, sehr wehgetan ...«

Das ist eigentlich untertrieben.

Justin hatte seine Freundin Inez mit dem Kopf voran die Treppe heruntergeworfen. Er hat ihr drei Rippen gebrochen, mehrfach die Augenhöhle. Er hat sie mit kochendem Wasser übergossen und einmal eine Zigarette auf ihr ausgedrückt. Er hat sie in die Badewanne geprügelt und auf sie uriniert. Es werden noch andere Dinge passiert sein, aber von denen muss ich gar nicht wissen. Es reicht, dass Justin ein krankes Arschloch ist. Wie meine Mutter.

Als Therapeutin formuliere ich das natürlich anders, reflektierter. Justin ist eine emotional instabile Persönlichkeit mit einem Borderline-Aspekt, sodass er inneres Erleben und tatsächliche Sachverhalte manchmal nicht auseinanderhalten kann. Ein Teil in ihm weist horrende Verlustangst auf, ein anderer Teil davon unabhängig zerstörerische Aggression, sodass er in seiner Erlebniswelt Gewalt für sich rechtfertigt. Denn alles, was sein Opfer äußert, wird von ihm als Entwertung oder als Angriff gedeutet. Woraufhin er entsprechend massiv reagiert. Ohne Justin jemals kennengelernt zu haben, ahne ich, dass bei ihm ein Trauma vorliegt. Das er nun seiner Ex-Freundin Inez weitergegeben hat.

Vielen Dank, Justin.

Ich lächele Inez aufmunternd an.

»Sie haben so einen riesigen Schritt getan, Inez. Sie haben sich befreit. Selbst, aus eigener Kraft. Sie können so stolz auf sich sein. Vergessen Sie das nie!«

Ich denke an mich und meine Geschichte, und ja, ich

versuche auch, stolz auf mich zu sein, dass ich mich aus meiner Hölle damals befreit habe.

Aber wie immer merke ich, dass sich mein Körper versteift und anspannt und – ich finde es fürchterlich – auf eine Art und Weise elektrisiert, wenn ich an Gewalt denke und mir die entsprechenden Bilder vorstelle oder von früher in Erinnerung rufe.

Ertappen und umschalten, wie Stefanie Stahl sagt, denke ich schnell. Doch anstatt diese medial erfolgreiche Kollegin zu zitieren, rufe ich mir lieber die Worte meiner eigenen großartigen Therapeutin damals in den Kopf: »Die Hölle ist vorbei.«

Und das sage ich auch Inez, die sich endlich aus dieser toxischen Beziehung mit Justin gelöst hatte und nun versucht, diese und die Gewaltspuren aufzuarbeiten.

Aber ich spüre, wie ich lüge. Denn die Hölle ist mitnichten vorbei. Ich schmecke Blut auf meinen Lippen. Mein T-Shirt ist nass von den Tränen. Der dröhnende Kopfschmerz vom Holz des Tisches, gegen den ich geknallt bin.

Und plötzlich schiebt sich dieses Bild über meine Kopfbilder, über die alten von früher. Plötzlich sehe ich Amelie, wie sie mit dem Hinterkopf gegen den Eichentürrahmen knallt, höre das seltsame *Pock*, das sich viel zu klein und viel zu dünn anhört für das, was es war. Irgendwie habe ich erwartet, dass der Moment, in dem die Halswirbelsäule eines Menschen bricht und er dadurch *sein Leben verliert* einen beeindruckenderen Ton macht. Etwas Gewichtiges, der Sache Angemessenes. Ich finde meine Gedanken bestürzend und weiß ja, dass ich wieder in die Ironie, den Zynismus rutsche, mit dem ich verzweifelt versuche, Distanz zu dem Geschehenen zu erzeugen. Aber was mich noch viel mehr fertigmacht? Dass meine Gewaltbilder von früher durch Amelie überlagert werden. Und dass sich in den Schrecken, den Schmerz, die Ohnmacht, in dieses Fegefeuer plötzlich etwas anderes mischt. Eine leise Befriedigung.

Kapitel 8

Die Sitzung mit Inez lässt mich aufgewühlt zurück. Noch aufgewühlter, als ich ohnehin schon war. Irgendwie überstehe ich die weiteren Patiententermine und kann mich im Laufe des Tages zumindest so weit regulieren, dass ich bei beinahe klarem Kopf bin, als ich mit dem Fahrrad durch das Viertel nach Hause fahre.

Ich versuche, eine Distanz zu allem einzunehmen und mich auf meine therapeutischen Erfahrungen zu verlassen, die Betroffenen, also auch mir selbst, es ermöglichen sollen, mit Krisensituationen erwachsen umzugehen.

Also: Seitensprung und Affäre – man kann da erwachsen und offen mit umgehen. Es ausdiskutieren und schauen, was es mit der Partnerschaft macht.

Was allerdings ein Problem ist, wenn eine Leiche involviert ist.

Verdammt!

Sofort schießt Panik hoch. Und Wut. Frust. Enttäuschung. Ich fühle mich elend.

Als ich die Wohnung betrete, spüre ich sofort: Jakob ist

unruhig. Er tigert umher, sitzt mal da, mal dort, schlägt seine Zeitung auf und wieder zu, wischt auf seinem Handy rum, wechselt andauernd zum nächsten Lied auf der Playlist, bis ich ihn irgendwann entnervt frage: »Willst du das nicht vielleicht ausmachen?«

»Warum das denn?«

»Na, dir scheint nichts zu gefallen.«

Er schweigt. Ich mustere ihn, ob ich irgendwas erkennen kann. Was auch immer ich zu erkennen hoffe. Aber irgendwie kann ich es nicht orten.

»Was ist denn mit Abendessen?«

Jakob verzieht den Mund. »Ich habe keinen Hunger«, sagt er. Und jetzt ahne ich, woher seine Nervosität, seine schlechte Laune kommt.

Amelie antwortet ihm nicht. Wahrscheinlich hat er ihr geschrieben. Vielleicht waren sie sogar verabredet. Und sie ist nicht aufgetaucht. Das macht ihn fertig. Er kann sich keinen Reim darauf machen. Warum meldet sie sich nicht? Ghostet sie ihn? Hat sie Schluss gemacht? Oder ist ihr irgendwas passiert?

Ich betrachte Jakob, dessen Gesicht verschlossen ist, während er versucht, sich auf seine Zeitung zu konzentrieren. Aber ich merke, dass seine Augen keinem Buchstaben folgen, sie blicken starr und dunkel geradeaus. Er macht sich Gedanken. Es wühlt in ihm. In mir allerdings auch. Ich stehe auf.

»Ich habe auch keinen Hunger«, verkünde ich. Eigentlich möchte ich einfach nur noch kotzen.

»Ein Wein wäre gut«, sagt Jakob, ohne aufzusehen.

»Da hast du ausnahmsweise recht«, stimme ich ihm zu und merke, dass er meine Spitze mit einem Blick bedenkt.

Ich gehe in die Küche und öffne den teuersten Wein, den ich finden kann. Jakob gieße ich nur zwei Fingerbreit ein. Mir schenke ich doppelt so viel ein. Und weil ich mich im selben Moment kindisch finde, trinke ich die Hälfte meines Glases aus, damit es nicht so doof aussieht, wenn ich damit ins Wohnzimmer komme. Jakob nimmt das Glas, ohne aufzublicken, aber wenigstens mit einem »Danke« entgegen.

Ich setze mich ihm gegenüber auf das Sofa und greife mir irgendwelche Patientenunterlagen. Keine Ahnung, was ich mir da anschaue, aber so sitzen wir da, tun beide so, als würden wir lesen, und hängen unseren Gedanken nach. So verbringen wir unseren Abend. Die einzige Abwechslung ist, dass einer von uns aufsteht und neuen Wein holt. Wir wechseln kaum ein Wort. Irgendwann sind wir beide angetrunken.

Es kommt, wie es kommen musste. Als wir im Bett liegen, will Jakob Sex.

Wir sind seit zwölf Jahren zusammen. Ich kenne seinen Blick, ich kenne die Hand, die langsam zu mir rüberwandert, die über meinen Rücken, meine Hüfte streicht, und natürlich kenne ich die Lippen, die sich bald auf meine legen. Jakob schmeckt nach Wein und riecht ein wenig nach Schweiß. Und nach dem Parfüm, das ich ihm zu Weihnachten geschenkt habe. Nach seiner Tagescreme. Und seinem unverwechselbaren Körpergeruch.

Warm, kräftig, irgendwas mit Moschus, erdig auf eine Art. Was habe ich diesen Geruch geliebt!

Und wie sehr tue ich das immer noch. Ich merke, dass ich für einen Moment darin aufgehe, dass ich umhüllt werde von diesem Jakob-mein-Ehemann-Geruch und er mich wehrlos macht. Ich küsse zurück, greife nach seinem Rücken, spüre Muskeln, die vorher nicht da waren, und lasse mich darauf ein, mit Jakob zu schlafen.

Aber ...

Während wir es tun, während er in mich eindringt und langsam anfängt, sich zu bewegen, während seine Küsse dringlicher werden, er mir in den Nacken fasst und ein bisschen an meinen Haaren zieht, wie ich es eigentlich gerne habe, während alldem schießt mir plötzlich ein Gedanke in den Kopf.

Wie hat er mit Amelie geschlafen?

Der Gedanke ist wie ein störendes Insekt, das einen an einem Sommerabend umfliegt, hin und her taumelnd im Schein der letzten Lampe, den Körper umkreisend, etwas ungeschickt, tumb, aber gierig auf der Suche nach einer Einstichstelle, egal wie oft man es wegwedelt. Oder sogar mit der Zeitung danach schlägt. Das Insekt gibt nicht auf. Der Gedanke auch nicht.

»Jakob«, sage ich.

Es dauert, bis er reagiert. Er schaut mich erstaunt an. »Was ist?«

»Ich ... ich kann irgendwie gerade nicht. Tut mir leid.«

Jakob hält inne, zögert, dann rollt er von mir herunter. Er legt sich enttäuscht auf den Rücken und starrt an die

Decke. Aber natürlich will er mir kein schlechtes Gewissen machen.

»Schon okay«, sagt er und legt beruhigend, wie er findet, die Hand auf meine Hüfte. So liegen wir da.

»Ich bin auch nicht ganz bei der Sache«, gibt er schließlich zu.

Das kann ich ihm nicht verdenken. Und im selben Moment schießt der Schmerz in mir hoch.

Hat er an sie gedacht, während er mit mir schläft? Während er in mir ist? Hat er daran gedacht, wie er in Amelie eindringt, wie sie ihm ihre Hüften entgegenstreckt, wie sich ihre Brüste anfühlen, wie ... Ich kneife die Augen zusammen und hoffe, dass diese Bilder in meinem Kopf weggehen.

Stille.

Dass unsere Decke im Schlafzimmer endlich mal gestrichen werden muss, ist offensichtlich.

Nach einer Weile drehe ich mich auf die Seite und schaue Jakob an. Er atmet zum Himmel hin.

»Bist du glücklich?«, frage ich, und er zuckt zusammen. »Also, vielleicht nicht gerade jetzt, in diesem Moment, aber so generell? Geht es dir gut?«, hake ich nach.

Jakob überlegt ein bisschen, viel, vieeeel zu lange, dann nickt er. »Ja, bin ich.« Er schaut mich an. »Wird das ein *Gespräch?*«

Ich weiß, was er damit meint. Hallo, ich bin Therapeutin, ich bin reflektiert und versuche, erwachsen und vernünftig mit unserer Paarbeziehung umzugehen.

Ich vögele keine dahergelaufenen jungen Frauen, falls meine Bedürfnisse in der Beziehung nicht erfüllt sind.

Aber verdammt, vielleicht sollte ich das einmal tun? Ich merke, wie sofort der Trotz und die Wut wieder hochkommen, und zähle schnell bis zehn. Und dann, weil ich ahne, dass ich selbst dem *Gespräch* nicht gewachsen bin, breche ich ab. »Keine Sorge. Ich wollte einfach nur mal wissen, wo wir so stehen ...«

»Mir geht es gut«, beteuert Jakob. Er rollt sich auf die Seite und schaut mir in die Augen. Warme, große braune Jakob-Augen. »Der Job nervt, aber ich bin ganz froh, dass ich mit dem Fitnessstudio angefangen habe. Das ist echt gut, als Ausgleich.«

Du dumme Sau, denke ich. Da hast du Amelie kennengelernt! Ich würde ihn am liebsten anschreien. Aber ich versuche, reflektiert und überlegt zu sein. Kontrolle ist King! Woher ich diesen Sinnspruch auch immer haben mag. Aber es stimmt, es ist der einzige Ausweg, den ich habe. Jakob darf niemals erfahren, dass ich Amelie getötet habe. Ich muss die Situation kontrollieren, komme, was da wolle!

Kapitel 9

Apropos Kontrolle. Mir sitzt eine Frau gegenüber, die ein Abbild von Perfektion ist und alles an und in sich kontrolliert. Christine hat blonde, von einem teuren Friseur gelockte Haare, ihre Augenbrauen sehen aus, als hätten drei Visagisten daran gesessen, und bestimmt kostet ihr Make-up so viel wie der Inhalt meines gesamten Badezimmerschrankes. Als ich sie mustere und mein Blick auf ihre perfekt manikürten Nägel fällt, merke ich, dass ich meine Finger einziehe und zu halben Fäusten balle. Nicht aus Wut, sondern weil mir meine Fingernägel, die ich seit Wochen nicht mehr lackiert habe, peinlich sind. Und ja, schneiden muss ich die Nägel auch. Und wann war ich das letzte Mal bei der Kosmetikerin? Und eine Pediküre habe ich noch nie machen lassen. Habe ich mir zu wenig Mühe gegeben? Für Jakob? Amelie mit ihrem jugendlichen Teint kommt mir in den Sinn. Im Vergleich zu Amelie und auch zu der gertenschlanken Christine mir gegenüber komme ich mir plötzlich wahnsinnig hässlich vor. Würde Jakob mich noch lieben, wenn ich solche Röcke tragen würde wie Amelie? Oder solche gemachten Brüste hätte wie Christine? Sie trägt eine leichte Strickjacke über ihrem teuren T-Shirt, aber wenn sie sich nach vorn beugt wie jetzt, um nach dem Wasserglas zu greifen, sehe ich, dass die Brüste einfach ihre Form behalten. Es könnte ein sehr guter BH sein, doch daran glaube ich nicht. Christine lächelt mich an, und ihre Zähne sind so weiß, dass sie mich fast blenden.

»Danke, dass wir die Möglichkeit haben, mit Ihnen zu sprechen«, sagt sie. Ich habe nicht das Gefühl, dass sie es wirklich ernst meint. Sie wirft ihrem Mann Samuel einen Blick zu. Ein Nicken. Er soll loslegen.

Samuel räuspert sich. Er ist wie Christine Anfang vierzig. Seine Schuhe sind aus teurem Kalbsleder oder so was, seine Hose ist von Boss und steht ihm überhaupt nicht. Und er trägt einen leichten grauen Pullover. Samuel hat graue Schläfen und traurige Augen. Ich mag ihn, sein Blick ist warm und sympathisch. Und er ist derjenige, der das Problem hat, das spüre ich sofort. Oder anders ausgedrückt: Christine hat bestimmt auch jede Menge Probleme – das hat jeder, der wie sie so bedingungslos auf Perfektion setzt oder meint, alles kontrollieren zu müssen. Wie zum Beispiel ich. Aber gut, meine Situation ist eine andere.

»Ja, schön, dass wir hier sein können«, bringt Samuel hervor. Die Wörter purzeln aus seinem Mund. Er ist etwas nervös.

»Was führt Sie denn zu mir?«

Samuel wirft Christine einen Blick zu, dann sieht er mich an.

»Wir haben Probleme ... in unserer Ehe.« Dann schweigt er.

Danke. Ich bin froh, dass die beiden nicht auch noch eine perfekte Ehe führen. Aber sonst wären sie ja auch nicht hier. Eine perfekte Ehe (so es sie denn überhaupt gibt) könnte ich heute wirklich nicht ertragen. Nicht angesichts der Ruinen meiner Ehe, die ich halb zerstört, in Flammen geschossen, vor Augen habe.

»Nun, alle Partnerschaften haben zumindest zeitweise Schwierigkeiten«, sage ich. »Können Sie etwas genauer beschreiben, vor welchen Herausforderungen Sie stehen?«

»Also, eigentlich ist alles gut«, grätscht Christine dazwischen, bevor Jakob etwas antworten kann. »Wir sind seit acht Jahren verheiratet, vorher waren wir schon drei Jahre zusammen, dann haben wir geheiratet. Auch weil Johanna kam. Aber es ist die große Liebe«, fügt sie schnell hinzu und wirft Samuel einen schmachtenden Blick zu, der ziemlich eingeübt wirkt.

Große Liebe für den Arsch, denke ich. Was ist schon Liebe? Und wie lange hält Liebe? Und was hält Liebe aus?

»Wir haben zwei Kinder, wissen Sie?« Christine strahlt mich an. »Johanna ist sieben, Ben fünf. Er wird dieses Jahr eingeschult. Ich meine, er ist ein Kann-Kind. Aber er ist so weit, im Vergleich zu seinen Spielkameraden in der Kita. Und wenn er noch ein Jahr im Kindergarten bleiben muss, dann dreht er bestimmt durch. Das sind alles keine adäquaten Spielkameraden mehr, wissen Sie, was ich meine?«

Christine, ich weiß vor allem, dass du erstens meiner Frage ausgewichen bist und zweitens zweimal die Frage »Wissen Sie« benutzt hast. Weil dir die Rückversicherung deines Gegenübers wichtig ist, weil du mich mit der Frage in dein Boot holen willst. Es ist eine Verbrüderungstaktik: Hier, wir beide, wir sind auf derselben Seite, oder etwa nicht?

»Haben die Kinder etwas mit dem Problem zu tun, weswegen Sie hierhergekommen sind?«, will ich wissen.

»Natürlich nicht!« Christine ist erschrocken. »Sie sind wunderbar! Ganz tolle Kinder. Und das sage ich nicht, weil ich deren Mutter bin. Alle spiegeln uns das. Die Erzieher, die Lehrer, die anderen Mütter. Wir haben wirklich Glück gehabt.«

Ich sehe, wie Samuels Blick von Wort zu Wort trauriger wird. Er schluckt, dann sagt er: »Wir haben ... wir schlafen nicht mehr miteinander.«

Sex. Der verdammte Sex. Es ist immer wieder Sex. Zu viel, zu wenig, zu lieblos, zu leidenschaftslos oder Sex mit jemand anderem außerhalb der Beziehung. Vor allem das. Ich muss an Amelie und Jakob denken und hoffe, dass mir meine Miene nicht verrutscht.

Christine wirkt pikiert. Es scheint ihr peinlich zu sein. Beide schweigen.

»Dass in einer langjährigen Partnerschaft das Interesse an Sex nachlässt, ist beinahe unvermeidlich.«

»Aber wir tun es kaum noch ...«, beklagt sich Samuel.

Ich ahne längst, womit das zusammenhängt, aber ich lasse die beiden es aussprechen.

»Was bedeutet *kaum noch*?«

»Alle paar Wochen. Einmal in zwei Monaten, wenn's hoch kommt.« Samuel wirkt wütend.

»Und wie ist das für Sie, Samuel?«

»Beschissen ist das für mich. Ich wünsche mir mehr Sex.«

»Und wie ist das für Sie, Christine?«

»Ich ... hach, es ist mir peinlich, darüber zu reden. Ich ... wünsche mir auch mehr Sex. Früher hatten wir ...« Sie wird wie auf Knopfdruck rot, bevor sie weiterspricht. »... gevögelt wie die Wahnsinnigen. Wir hatten tollen Sex, wirklich. Erfüllend. Bahnbrechend. Weißt du noch, Samuel, als wir in der Toskana waren, da ...«

»Mann, Christine!«, platzt es aus Samuel heraus. Anscheinend erkenne nicht nur ich ihre Ablenkungsmanöver sofort. Samuel sieht sie wütend an. »Ja, wie ist das denn für dich, Christine, sag das doch mal. Vermisst du es denn gar nicht?«

Sie senkt den Blick. »Doch«, sagt sie leise und schweigt dann.

»Sie haben also beide den Wunsch, miteinander eine Sexualität zu erleben. Sie beide vermissen es, die Nähe, den Austausch? Was würden Sie denn sagen, woran liegt es, dass Sie so wenig miteinander schlafen?«

Ich sehe mit Absicht keinen der beiden an. Nicht nur aus therapeutischen Gründen, auch, weil ich an gestern Abend denken muss und an die Nähe zwischen Jakob und mir, die ich plötzlich nicht ertragen konnte, und wie sehr mir es das Herz zerreißt.

»Christine ist dauernd gestresst ...«, beginnt Samuel.

»Aber du doch auch«, zischt sie fast. »Du bist immer nur bei der Arbeit, kommst nach Hause und bist völlig erledigt. Und du bist dauernd weg, dauernd Termine, Reisen dahin und dorthin und alles.«

»Aber *ich* habe trotzdem Lust auf Sex, Christine. Und du nicht.«

»Wir wollen versuchen, hier niemandem die Schuld zuzuweisen«, sage ich. »Es ist fruchtvoller, wenn Sie – und das gilt für Sie beide – eine andere Art der Kommunikation wählen. Versuchen Sie es mit Ich-Botschaften, das wirkt weniger aggressiv und öffnet den Gesprächsraum.« Als ich die fragenden Blicke der beiden bemerke, erkläre ich: »Versuchen Sie es doch einmal so zu formulieren: Ich fühle mich traurig, wenn du nicht mit mir schlafen willst. Oder: Ich fühle mich zurückgewiesen, und das verletzt und verwirrt mich.«

»Genau! So ist es!« Samuel richtet sich plötzlich energisch auf. »Das macht mich traurig, und es verletzt mich, wenn du mich zurückweist.«

Christine schweigt.

Ich lächele Samuel zu.

»Und das ist nachvollziehbar. Aber Ihre Frau wird auch gute Gründe dafür haben, dass sie im Moment vielleicht kein so großes Interesse an Sexualität hat. Sie ist keine Maschine. Sex kann nur entstehen, wenn beide sich wohlfühlen und ...«

»Ich fühle mich nicht wohl.« Christine nickt, dankbar, denn sie fühlt sich in Schutz genommen. »Ich habe auch so ein anstrengendes Leben. Ich meine, ich bin alleine mit den Kindern, du bist viel weg, und, na ja, Johanna ist dauernd krank. Und Ben, du weißt, wie ungeschickt er ist.« Sie richtet den Blick auf mich. »In der Hinsicht haben wir wirklich Pech. Dauernd tut er sich weh. Das blaue Auge letztens. Kaum, dass der Armbruch verheilt war. Glauben Sie mir, ich pfeife aus dem letzten Loch.«

Ich nicke verständig.

»Haben Sie Kinder?«, fragt Christine neugierig.

O Gott, das fehlte noch. Jetzt in dieser Katastrophe ein Kind zu haben, um das ich mich kümmern müsste. Ich kann mich ja noch nicht mal um mich selbst kümmern.

»Ich habe keine Kinder.« Und ich bin gerade sehr froh darüber.

Obwohl, wenn Jakob und ich Kinder hätten, dann würde er mich vielleicht nicht verlassen. Würde er mich verlassen, wenn es Amelie noch gäbe? Wäre seine Liebe so groß, dass er mich zurücklassen und mit ihr ein neues Leben beginnen würde? Ich schlucke hart.

»Und außerdem ... mein Körper hat sich verändert. Nach den Kindern.«

Ich starre diese gertenschlanke, perfekte Frau an, der bestimmt jeder zweite Bauarbeiter hinterherpfeifen würde.

Ich hoffe, Bauarbeiter tun dies nicht. Es ist frauenverachtend, es geht lediglich um das Bild.

»Ach, Christine, du bist wunderschön«, sagt Samuel. »Und die Sache mit deinem Körper ... ich dachte, du hättest das überwunden?«

»Fühlen Sie sich unwohl mit Ihrem Körper?«, frage ich. Nicht, dass das etwas Neues für mich wäre. Ich hatte schon Patientinnen, die aussahen wie Topmodels und eine halbe Stunde darüber reden konnten, was alles an ihrem Körper falsch, hässlich und sogar ekelerregend war.

Christine schweigt und knibbelt an ihren Händen.

»Christine hat früher Bulimie gehabt. Aber das hat sie überwunden«, verrät Samuel mit warmer und mitfühlender Stimme.

»Das war eine schlimme Zeit, früher, in meiner Jugend. Doch das habe ich jetzt im Griff«, versichert sie. »Es ist kein Problem mehr. Aber ... richtig wohl fühle ich mich trotzdem nicht. Und solange das so ist, habe ich Schwierigkeiten mit dem Sex. Und ich fühle mich allein, wenn du so lange weg bist. Ich brauche, glaube ich, ein wenig Zeit, um mich dir wieder näher zu fühlen, wenn du zurückkommst. Und dann klappt das auch alles wieder.«

Damit hat Christine einen Punkt. Ich kann sie gut verstehen. Aber am liebsten möchte ich ihr den ganz untherapeutischen Tipp geben, endlich wieder mit ihrem Mann zu vögeln, sonst sucht er sich eine andere, und nachher endet es damit, dass die andere tot in Christines Flur auf dem sündhaft teuren Terrakottaboden liegt.

Bestimmt haben sie einen Terrakottaboden, denke ich.

Kapitel 10

Ich verbringe ein unruhiges Wochenende. Nicht nur, weil ich mich neben Jakob absolut unwohl fühle und weil mein Kopf voll ist von zermarternden Gedanken über unsere Ehe, die Rechtfertigung von Gewalt oder die tote Amelie. Ich schaue in jede Zeitung, die ich finden kann, durchstöbere die Onlineausgaben und suche sogar auf dem Polizeiportal, ob irgendwo eine Meldung über einen Leichenfund im Stausee zu finden ist. Als ich auf der Polizeiseite bin, kommt mir plötzlich in den Sinn, dass man mich vielleicht tracken könnte. Über Cookies, IP-Adresse. Keine Ahnung, wie das funktioniert. Sofort schließe ich panisch die Seite, klappe den Computer zu, dann wieder auf und fahre ihn ordentlich herunter, als könnte das etwas ändern. Dass ich den Laptop dann auch noch in den Schrank im Wohnzimmer lege, ist natürlich völlig albern. Das weiß ich auch. Aber es ist nun mal eine klassische Übersprunghandlung. Manchmal wünschte ich mir, ich wäre keine Psychotherapeutin und könnte nicht hinter jedem Mist einen Sinn oder zumindest eine Strategie entdecken. Das macht es auch nicht besser und führt letztlich zu nichts. Zumindest nicht in meinem überforderten Zustand, der mich absolut unfähig macht, mit meinen Emotionen und Gedanken umzugehen. Und mich entsprechend zu regulieren.

Ich bin ein Wrack.

Genauso wie Jakob. Der ist schweigsam, eigenbrötlerisch, und obwohl er immer ein Lächeln aufsetzt, wenn er mir in der Wohnung begegnet, merke ich, dass es sofort in sich zusammenfällt, wenn er den Kopf abwendet. Wahrscheinlich macht er sich Sorgen, warum sich Amelie nicht meldet. Ob sie ihn abgesägt hat, ob ihr etwas zugestoßen ist.

(Hey, Jakob: Ja, ist es. Deine Frau, die heute Morgen neben dir im Bett aufgewacht ist und der du netterweise einen Kaffee gebracht hast, hat sie ermordet. Sorry. War ein Versehen.)

Ich ertappe Jakob ein paar Mal dabei, dass er sein Handy abrupt sinken lässt oder weglegt, wenn ich in seine Nähe komme. Wahrscheinlich checkt er verzweifelt ihren Instagram-Kanal. Bestimmt ist jemand wie Amelie auf Instagram. Und bestimmt zeigt sie dort schöne Bilder von sich, von dem fotogenen, hypergesunden Essen, das sie sich kocht, oder Bilder von ihren Work-outs. Und vielleicht gibt es dort sogar irgendwo einen Hinweis darauf, dass sie sich verliebt hat, *den* Mann gefunden oder dass sie himmelschreiend glücklich ist.

Ich installiere mir Instagram und habe keine Ahnung, wie ich damit umgehen soll. Ich finde Hunderte Amelies, aber keine Amelie Haage und keine andere unter den ganzen seltsamen Kürzeln, die ich ihr zuordnen kann. Ich müsste mehr über sie wissen, ihren Wohnort, irgendwas.

Samstagnachmittag geht Jakob in die Stadt shoppen. Er fragt mich, ob ich mitkommen möchte, aber ich merke sofort, er tut das nur aus Pflichtbewusstsein. Und ich liege richtig, denn als ich verneine und Müdigkeit vorgebe, kann er seine Erleichterung kaum verbergen. Schnell schnappt er sich den Schlüssel und ist raus, bevor ich mich umsehen kann.

Wahrscheinlich fährt Jakob zu Amelies Wohnung und klingelt da aufgelöst, nervös und ängstlich Sturm.

Also: Tatsächlich tut er das. Das weiß ich, weil ich ihn da gesehen habe. Ich bin eine Stalkerin. So wie Nils Bergmann, der ebenfalls deutliche Tendenzen dazu hat. Aber wir haben daran gearbeitet, und er scheint zurzeit mit Abstrichen stabil.

Im Gegensatz zu mir. Wir Psychologen gehen davon aus, dass Stalker in ihrer Kindheit kein Vertrauen in Bindungen erwerben konnten (ich: Check!) und dass das aufgrund von Trennungserfahrungen oder Zurückweisung so ist (Check!). Wenn diese Menschen dann im Erwachsenenalter wieder zurückgewiesen werden, reagieren sie wie ein Kleinkind, können nicht zwischen dem erwachsenen Ich und dem kindlichen Ich differenzieren. (Momentan: Check!) Die Stalker entwickeln daher oft eine Realitätsverzerrung, weil sie ihr angegriffenes Selbstwertgefühl schützen wollen. (Nun ja, mein Selbstwertgefühl ist definitiv angegriffen. Aber eine Realitätsverzerrung habe ich nicht entwickelt. Ich weiß, was ich hier tue, als ich mit meiner hastig übergeworfenen Jacke, die viel zu dünn ist, und den Hausschuhen in einer Einfahrt stehe und zusehe, wie Jakob vor einem Mehrfamilienhaus steht und dauernd auf eine Klingel drückt.) Ich habe nicht wie klassische Stalker eine verzerrte Wahrnehmung, die alles und vor allem jedes Nein umdeutet. Ich sage mir nicht: Der andere will doch mit mir zusammen sein, aber er kann es einfach nicht zeigen. Ich bin nicht davon überzeugt, dass es einfach nur ein romantisches Spiel ist.

Ich bin mir völlig bewusst, dass mein Ehemann verzweifelt nach der Frau sucht, in die er sich verliebt hat.

Irgendwann hat Jakob das Glück, dass jemand aus dem Haus kommt. Er hält der unfreundlichen alten Dame die Tür auf, und als sie weg ist, schlüpft er hinein. Durch die Glasscheiben im Treppenhaus sehe ich seinen Schatten, der sich in den dritten Stock begibt und dort wahrscheinlich weiter Sturm klingelt oder an die Tür hämmert. Ich spurte über die Straße und schaue auf das Klingelschild. In der dritten Klingelreihe lese ich: Haage. Als ich Geräusche im Hausflur höre, renne ich um die Ecke. Hoffentlich sieht Jakob mich nicht. Meine Lunge bebt von den wenigen Metern, vielleicht ist es auch nur das Adrenalin, denn eigentlich bin ich in den letzten Tagen immer joggen gewesen, und ich weiß, dass ich mittlerweile eine halbe Stunde laufen kann, ohne zusammenzubrechen. Und dennoch krampft mein Herz.

Ich spüre den Schmerz, die Panik vor dem Verlust, und es überwältigt mich fast. Wenn ich ein klassischer

Stalker wäre, dann hätte ich diese grandiose Wahrnehmungsverzerrung, die mich vor der Auseinandersetzung mit diesem so völlig überwältigenden schmerzlichen Gefühl der Ohnmacht bewahren würde, die an den Kern meiner eigenen Identität geht. Was Stalker nicht können, ist, sich mit der eigenen Trauer auseinanderzusetzen. Ich schon, als ich in einem Hinterhof neben drei schmutzigen und stinkenden Mülltonnen zu Boden sinke und hemmungslos weine.

Ich bin keine Stalkerin, ich kann sehr gut in meine Trauer gehen. Ich weine gut zwanzig Minuten lang hemmungslos und schreie irgendwann voller Schmerz und Wut sogar laut, was zwischen den schmierigen Mülltonnen seltsam hallt. Und ich hätte sogar weitergemacht, aber irgendwann steht dieser neunjährige Junge mit einer Mülltüte vor mir und blickt irritiert auf mich herunter. Recht hat er mit seiner Irritation, denn ich liege in Embryonalstellung auf dem dreckigen Boden, besudelt von Erde, Müllresten, Tränen, Rotz und Taubendreck.

Ich weiß nicht, wie lange er da schon gestanden und zugesehen hat, wie ich zuckend und weinend daliege, wie sich mein Körper vor Krämpfen schüttelt und ich beinahe tierische Laute von mir gebe. Aber als ich ihn durch meinen Tränenschleier schemenhaft erkennen kann, reiße ich mich zusammen, setze mich auf, klopfe mir den Dreck von der Jacke und der Hose. Dann stehe ich auf, setze so was wie ein Lächeln auf und gehe an ihm vorbei, so als wäre gar nichts gewesen. Zwei Meter weiter zucke ich zusammen.

»Sie haben Ihren Hausschuh vergessen«, ruft der Junge.

»Ach, danke«, sage ich und nehme ihn aus seiner kleinen Hand entgegen, als wäre es ein Kaugummi oder eine Blume oder irgendwas Harmloses. Und nicht ein Zeichen dafür, dass hier eine Frau so derart die Fassung verloren hat und nicht mal gemerkt hat, dass sie nur mit einem einzigen Schuh unterwegs war.

Ein paar Minuten später stehe ich auf einem schmucklosen Platz in diesem halb gentrifizierten Viertel und rauche. Gut, dass es hier an jeder Ecke einen Kiosk gibt. Ich weiß nicht, warum ich damals nach dem Abitur aufgehört hatte zu rauchen. Es ist eine der besten Erfindungen der Welt. Es ist fantastisch!

Gut, nach der dritten Zigarette hintereinander brummt mein Kopf, und meine Kehle schmerzt. Aber als all das nachlässt, werde ich allmählich klarer.

Mir wird bewusst, dass dieser »Ausflug« hinter Jakob her völlig sinnbefreit war. Nun gut, ich habe noch mal deutlich vor Augen geführt bekommen, wie wichtig ihm Amelie ist, wie sehr es in ihm wühlt und wie sehr er sie vermisst. Das hätte ich mir nicht unbedingt ansehen müssen.

Verdammt, um an ihre Adresse zu kommen, um irgendwie mehr über diese Frau herauszufinden, hätte ich einfach in ihre Handtasche schauen können, die ja immer noch in meiner Praxis steht. Ich Depp.

Am liebsten würde ich sofort hinfahren und die Handtasche durchsuchen, vielleicht Amelies Wohnungsschlüssel finden und dann herausfinden, wer diese Frau ist, die meine Ehe, mein Leben und meine Liebe zerstört hat.

Doch ich habe den Praxisschlüssel zu Hause gelassen. Als ich unsere Wohnungstür aufschließe, horche ich. Jakob ist nicht da. Erleichtert schlüpfe ich aus meinen Klamotten und packe sie in die Waschmaschine, dann springe ich unter die Dusche. Als ich dann halbwegs wiederhergestellt und in ein Handtuch gewickelt im Schlafzimmer vor dem Kleiderschrank stehe, um mir frische Sachen anzuziehen und dann zur Praxis zu fahren, kommt Jakob zurück. Er wirft einen Blick ins Schlafzimmer und sieht mich halb nackt vor dem Schrank stehen. Meine nackten Beine, meine Schultern. Ich weiß nicht, wieso, aber ich lasse das Handtuch fallen und stehe nackt da. Vor Jakob.

Er geht nicht darauf ein, sondern sagt nur: »Ah, du ziehst dich schon mal um für gleich?«

»Was gleich?«, frage ich verdutzt.

»Holger und Carmen? Das Abendessen?« Jakob ist ebenfalls verdutzt. »Das hast du doch nicht etwa vergessen?«

Was ich auf jeden Fall nicht vergessen habe, ist, wie Jakob früher immer meinen Körper bewundert und begehrt hat. Wie gerne er mich angesehen hat. Wie oft er dann zu mir gekommen ist und mich an meiner nackten Hüfte gepackt und an sich gezogen hat. Und wie wir dann leidenschaftlichen Sex hatten. Nichts davon heute. Ich lasse ihn völlig kalt.

»Nein, natürlich nicht«, erkläre ich. In meinem zermarterten Hirn kommt eine Erinnerung hoch. Wir sind bei unseren ältesten Freunden zum Abendessen eingeladen. Wir und noch zwei weitere Paare. Freundliche, reflektierte Boho-Menschen, allesamt in Akademikerberufen, zum Teil sogar solvent. Es gibt immer lustige Tischgespräche, manchmal aber auch ernsthafte Auseinandersetzungen über gesellschaftliche Themen. All das, was man so macht in unserer Bubble. Normalerweise mag ich diese Abende, mag den Austausch, die intellektuelle Herausforderung. Ich mag meine Freunde.

Aber diesen Abend heute mit ihnen zu überstehen kommt mir völlig unmöglich vor. Nicht nur, weil ich eigentlich in die Praxis und zu Amelies Handtasche will, sondern auch, weil ich dieses Lügengebilde wahrscheinlich nicht aufrechterhalten kann.

Es hilft, dass Holger Raucher ist. Obwohl ich sonst immer in den Chor der anderen einfalle, die ihm deswegen Vorhaltungen machen und ihm erklären, dass Rauchen nicht nur schädlich, sondern auch völlig unzeitgemäß ist, gehe ich an diesem Abend mindestens fünfmal mit Holger auf den Balkon und rauche eine Zigarette mit. Das Rotweinglas balancierend und auf die Brüstung gestützt, schauen wir dabei schweigsam auf die nächtliche Stadt. Es tut gut, einmal nicht reden zu müssen. Ich kann den Diskussionen drinnen kaum folgen, und es tut auch gut, Distanz zwischen mich und Jakob zu bringen. Und dann sein vorwurfsvoller Blick, als er mitbekommt, dass ich rauche.

»Seit wann das denn, Sophie?«

Ich zucke nur die Schultern.

»Heute ist eben so ein Abend«, sage ich.

Heute ist auch so ein Abend, an dem ich viel mehr Alkohol in mich reinschütte, als ich vertrage. Als wir im Taxi nach Hause fahren, muss ich mich fast übergeben. Jakob sagt nichts. Vielleicht ist es ihm auch einfach egal.

Am Sonntag gibt es immer noch keine Nachrichten über einen Leichenfund im Stausee. Als ich mich am frühen Nachmittag von Jakob verabschiede, weil ich »noch etwas in der Praxis vorbereiten muss«, zuckt er nur mit den Schultern und scheint froh, dass ich weg bin. Seit gestern Abend ist die Stimmung besonders mies zwischen uns.

Amelies Handtasche. Ich weiß, dass ich sie entsorgen muss – schließlich ist sie ein Beweis dafür, dass Amelie hier bei mir war, ein Indiz, das die Polizei nachverfolgen und das mich mit ihrem Verschwinden in Verbindung bringen würde. Und auch jetzt, als ich sie auf meinen Schreibtisch stelle und anstarre, weiß ich: Ich muss sie entsorgen. Aber ich kann nicht.

Sie ist eine Trophäe. Mein kleines Geheimnis. Mein Schatz. Mein hässlicher, grauenhafter Prada-Schatz. Ich fühle mich wie der Gollum.

Mit schwitzigen Fingern öffne ich die Handtasche und hole nach und nach den Inhalt heraus. Es ist leider das Übliche, was man in Frauenhandtaschen so findet: Kosmetik, leere Kaugummipackungen, Tampons, Taschentücher, ein paar Stifte und eine abgerissene Kinokarte. Sofort frage ich mich, ob sie mit Jakob im Kino war. Als ich dann mit zitternden Händen meinen Kalender durchgehe und feststelle, dass Jakob an dem Abend mit mir im Theater war, bin ich kurz beruhigt. Ich frage mich allerdings, ob Amelie eifersüchtig war? Hatte sie zuvor mit Jakob geschrieben, um sich mit ihm zu verabreden, und hatte er ihr abgesagt, weil er mit mir ins Theater gehen würde? Ich hoffe, Amelie hat ansatzweise das Gefühl der Eifersucht verspürt, so wie ich es tue.

Andererseits wusste sie, dass sie auf der Siegerstraße war. Dass sie mir überlegen war und Jakob sich nach ihr verzehrte. Und dass er lieber mit ihr ins Kino gegangen wäre als mit mir ins Theater.

Ich greife ins Portemonnaie: Kleingeld, ein paar Scheine, ein paar Kundenkarten und der Ausweis. Amelie Haage ist achtundzwanzig, stammt aus Bielefeld und studiert Ernährungswissenschaften. Sie sammelt Paybackpunkte, trinkt Kaffee in einem dieser Hipsterläden und hat davon eine Bonuskarte, und ja, sie ist auch im selben Fitnessstudio wie Jakob. Wusste ich's doch.

Dann checke ich Amelies Handy, drücke auf das Display. Nichts regt sich. Akku leer. Natürlich. Es ist fünf Tage her. Amelie hat ein Ladekabel dabei. Kurz stecke ich es in die Steckdose und verbinde das Handy, aber nur Sekunden später reiße ich es wieder heraus. In einem der wenigen Krimis, die ich gesehen habe, konnte die Polizei über die

Handydaten feststellen, in welche Funkzelle das Handy eingeloggt war.

Wenn die Polizei Amelies Leiche finden würde, dann würden die Handydaten ausgewertet. Und man würde feststellen, dass sie zuletzt hier eingeloggt war. Und es würde seltsam aussehen, wenn fünf Tage nach Amelies Tod das Handy wieder eingeschaltet, also *wieder* in der Funkzelle wäre. Ein klarer Hinweis auf ihre Mörderin. Und selbst wenn man die Leiche niemals finden würde, vielleicht würde die Polizei doch irgendwann ermitteln. Schließlich gibt es bestimmt Menschen, die Amelie auch vermissen. Nicht nur Jakob.

Aber vielleicht habe ich Glück, und niemand sucht nach ihr. Und wie groß sind solche Funkzellen? Die werden das ja bestimmt nicht meiner Praxis zuordnen können, oder?

Ich wiege das Handy ratlos in der Hand. Einerseits gierig, andererseits voller Angst, was mich darin erwarten könnte. Ich bin beinahe froh, dass der Akku leer ist und ich den Code nicht kenne. Ich stecke alles zurück in die Tasche und stelle sie in den kleinen Schrank neben dem Schreibtisch. Die Tür schließe ich dreimal ab. Der antike Holzschrank ist wie ein Tresor. Für ein unangenehmes Geheimnis. Und dennoch will ich es lüften.

Dafür brauche ich Amelies Handy nicht.

Den Code von Jakob kenne ich, aber er lässt sein Handy nicht aus den Augen. Gestern nicht und auch heute nicht. Egal, was ich versuche. Ich will wissen, was in seinem

Handy ist! Welche Nachrichten er und Amelie geschrieben haben. Was sie sich gesagt haben. Es brodelt in mir. Ich bin sauer, verletzt. Deswegen rauche ich. Und genau deswegen haben Jakob und ich einen heftigen Streit. Abgesehen von den Zigaretten mit Holger, verheimliche ich das Rauchen seit Tagen, aber offensichtlich ungeschickt. Jakob hat das natürlich gemerkt. Der Nikotingeruch in meiner Kleidung, in meinem Atem.

Woher will er das wissen, wir küssen uns nicht mehr?!

»Ich bin ein freier Mensch«, erwidere ich trotzig. »Und wenn ich mich entscheide, jetzt gerade mal zu rauchen, dann mache ich das.«

»Wenn du wüsstest, wie albern und pathetisch sich das anhört«, blafft Jakob zurück.

»Der Einzige, der hier albern und pathetisch ist, bist *du*!«, schnauze ich.

»Warum das? Wie meinst du das?«, fragt Jakob sauer.

Ich sage nichts mehr. Es ist ja wohl offensichtlich, warum mein Mann ein pathetischer, alberner Wichser ist.

Doch er darf nicht wissen, dass ich von Amelie weiß. Und vom Rest erst recht nicht.

Kapitel 11

Ich bin nervlich und körperlich am Ende. Ich hasse die Welt, hasse mich. Ich hasse Amelie und Jakob. Und ich hasse Nils Bergmann, der mir jetzt gegenübersteht.

Letzte Woche hatte er die Handtasche von Amelie gefunden und mich deswegen gelöchert. Heute setzt er es fort.

»Geht es Ihnen gut?«, fragt Nils Bergmann und sieht mich forschend an.

Ich zucke zusammen. Nicht nur, weil das eine seltsame Frage von ihm ist, denn ein Patient fragt seinen Coach so was normalerweise nicht. Eigentlich ist es andersherum. Ich schrecke auch deswegen zusammen, weil es mir so gar nicht gut geht. Obwohl ich es verzweifelt versuche zu verdecken, scheint es mir auf der Stirn geschrieben zu sein.

Ich nicke. »Danke. Mir geht es gut.«

Normalerweise würde ich fragen: Wie kommen Sie darauf, warum interessiert Sie das? Denn ich weiß schließlich, Nils Bergmann kreist nur um sich und hat kein empathisches Gespür. Aber ich habe keine Lust auf seine Antwort.

»Bis nächste Woche«, sage ich daher und zähle die Sekunden, bis er endlich durch die Tür ist und ich eine Ladung Desinfektionslösung auf meine Hand kippen kann, und am liebsten auch auf den Stuhl, auf dem Nils Bergmann gesessen hat.

Doch in der Tür bleibt Nils Bergmann stehen.

»Ich mache mir Sorgen um Sie«, sagt er.

»Wieso das denn bitte schön?«, rutscht es mir ziemlich patzig raus.

»Ich habe den Eindruck, dass es Ihnen nicht gut geht«, erklärt er und wirkt völlig aufrichtig dabei. Er scheint sich wirklich Sorgen zu machen.

Ich hatte es immer schon gespürt, aber gleichsam versucht zu verdrängen, denn noch war es nicht so virulent, dass es unserer Therapeuten-Patienten-Verbindung und unserer Arbeit im Wege steht.

Aber Nils Bergmann hat sich in mich verliebt.

Das ist nicht unüblich in Therapieverhältnissen. Freud hatte das damals schon herausgefunden, als er feststellte, dass eine größere Zahl von Patientinnen sich nach der Therapie scheiden ließ und mit ihren Therapeuten zusammenkam. Damals, im Gegensatz zu heute, war dies noch nichts Ungewöhnliches, denn Therapeuten waren nicht per Gesetz dazu verpflichtet, einen professionellen Abstand zu ihren Patienten und Patientinnen einzuhalten. Damals teilten sie auch eigene Erfahrungen, Geschichten und Ereignisse aus ihren Leben mit ihren Patientinnen. Erst durch die Entdeckung, wie häufig Verbindungen und Ehen zwischen Therapeuten und Patientinnen entstanden, wurde Freud klar, dass hier ein psychologischer Mechanismus einsetzt, eine Affektübertragung.

Eigentlich ist es ganz simpel: Die Beziehungen zu Therapeuten sind eng, intensiv und auf den Patienten und seine Probleme ausgerichtet. Je mehr dieser daran arbeitet und je mehr er sich über sich selbst bewusst wird, desto eher fühlt er sich dadurch vom Therapeuten »gesehen« und »verstanden«. Dies ist etwas Besonderes. Niemand versteht mich so wie er, niemand kommt mir so nahe. Und daraus entsteht oft das Gefühl der Liebe. Solche Affektübertragungen sind häufig und sollen durch das mittlerweile geltende Abstinenzgebot verhindert werden.

Als würde ich mich jemals auf diesen widerlichen Nils Bergmann einlassen. Dafür brauche ich kein Abstinenzgebot.

Eher bräuchte ich ein Abstinenzgebot für meine eigenen widerlichen Gedanken und abscheulichen Einstellungen gegenüber meinen Patienten. *Das* wäre hilfreich.

»Wie kommen Sie darauf?«, frage ich und bemühe mich, meine Emotionen wieder zu regulieren.

»Wegen der Handtasche letzte Woche. Die passt doch so gar nicht zu Ihnen. Sie sind doch viel ... eleganter. Nicht so profan.« Nils Bergmann lächelt, als hätte er mir ein schönes Kompliment gemacht.

Hat er natürlich. Aber erstens sieht man hier die verquere Weltsicht, denn ich bin gar nicht elegant. Ich bin natürlich, irgendwie bodenständig, und, nun ja, eigentlich sollte ich mehr aus mir machen. Doch zweitens sieht man hier auch: Genau weil Nils Bergmann mir solche Komplimente macht, wird überdeutlich, dass er sich in mich verliebt hat. Und das ist nicht gut.

»Ich habe keine Midlife-Crisis, falls Sie das denken«, sage ich. »Aber danke, dass Sie sich Sorgen machen. Das brauchen Sie jedoch nicht. Herr Bergmann, meine nächste Patientin kommt. Da ist sie wohl schon.« Denn wir hören Schritte im Treppenhaus. Ich bin erleichtert, will Nils Bergmann so schnell wie möglich loswerden.

»Wir sehen uns nächste Woche, in Ordnung?«

Nils Bergmann sieht mich enttäuscht an. Er scheint sich nicht losreißen zu können. Ein seltsamer Ausdruck huscht über sein Gesicht, den ich noch nie gesehen habe. Irgendwie dunkel, leicht verschlagen. Oder täusche ich mich da? Nils Bergmann mustert mich, zögert. Dann nickt er.

»Sie sollen nur wissen, dass Sie auf mich zählen können.«

Wie, verdammt, meint er das ?

Habe ich gerade noch darauf gehofft, dass Inez kommt und mich erlöst, stört es mich plötzlich ungemein, dass sie die Treppe heraufkommt. Denn ich will von Nils Bergmann wissen, was zur Hölle er damit meint: Ich könne auf ihn zählen? Wobei?

»Äh ... wie soll ich das verstehen, Herr Bergmann?«

»Hallo, Frau Stach«, flötet Inez, die jetzt auf unserer Etage steht und freundlich lächelnd herankommt.

»Schon gut. Wir sprechen noch darüber«, sagt Nils Bergmann, dreht sich um und geht, ohne einen Blick auf die hübsche Inez zu werfen, an ihr vorbei die Treppe hinunter.

Ich habe auch keinen Blick für die leicht irritierte Inez, als sie näher kommt, denn in mir breitet sich ein unwohles Gefühl aus. Was, wenn ich Gegenstand von Nils Bergmanns Interesse geworden bin? Kein Wunder, dass er daher seine Stalking-Tendenzen in der Therapie heruntergespielt hatte. Er wollte mich beruhigen, mich in Sicherheit wiegen.

Was, wenn er mich stalkt?

Was, wenn er dabei etwas mitbekommen hat???

Kapitel 12

»Wo ist eigentlich der Teppich?«, fragt Inez, als sie auf ihrem Stuhl Platz nimmt.

Ich bin perplex, überrascht. Wieso fragt sie danach?

»Ich ... in der Reinigung, musste ihn reinigen lassen. Er war ganz verdreckt«, rasselt es aus mir raus. Aber dann kann ich mich sammeln, kann ein Lächeln aufsetzen und Inez ruhig und freundlich fragen: »Wie geht es Ihnen heute?«

»Gut«, erklärt Inez und beginnt zu erzählen.

Wir reden fünfzig der fünfundfünfzig Minuten Therapie über alles Mögliche, über Inez' Entwicklung und Fortschritte, ihr erstarktes Selbstbewusstsein und wie gut es ihr eigentlich geht. Fünfzig Minuten, bei denen ich, zugegeben, nicht ganz bei der Sache bin. Die Bemerkung und das Verhalten von Nils Bergmann schwirren mir im Kopf herum. Weiß er etwas? Und was? Und wieso? Während ich mir Horrorszenarien ausmale und gleich wieder verwerfe und alles auf eine harmlose Bemerkung schiebe, die ich mit meiner derzeit eingeschränkten Perspektive naturgemäß auf die Amelie-Katastrophe beziehen muss, hält Inez mich hin, bis sie kurz vor Ende ganz nebenbei sagt: »Justin hat sich gemeldet.«

Es ist nicht das erste Mal, dass ich einem Patienten oder einer Patientin gegenübersitze, die erst am Ende der Sitzung mit einer überraschenden, peinlichen oder unangenehmen Neuigkeit aufwarteten: Ich habe meine Frau betrogen. Ich habe mich mit meinem Vater geprügelt. Ich habe den fünften Job in drei Monaten gekündigt. Ich bin wieder rückfällig geworden ... Sie alle tun es, um der drohenden Schelte zu entgehen. Also, wir schimpfen natürlich nicht mit den Patienten, weisen sie darauf hin, dass sie in alte Muster zurückgefallen sind und das wahrscheinlich Konsequenzen hat. Das tun wir. Und ja, es fühlt sich für viele wie eine Schelte an, weil wir ihnen ihr Versagen aufzeigen. Dabei wissen sie selber genau, dass sie »versagt« haben. Aber sie wollen es einfach nicht noch mal hören.

Inez ist also auch rückfällig geworden. Oder was heißt das genau?

»Was meinen Sie damit?«, frage ich, bin plötzlich wieder hellwach und ganz bei der Sache. Nils Bergmann ist vergessen.

»Ich ...«, Inez senkt den Blick, um mir auszuweichen. »Na ja, er hat sich gemeldet.«

»Und Sie sind darauf eingegangen? Wollten Sie sich nicht an die Kontaktsperre halten?« Ich könnte das nachsichtiger formulieren, aber ich bin sauer.

»Er war so nett ... wirklich. Er hat sich geändert. Aber er sah schlecht aus, es geht ihm nicht gut ...«

»Ich schließe daraus, dass Sie sich sogar getroffen haben, oder?« Ich bin entsetzt.

»Tut mir leid«, sagt Inez kleinlaut.

»Es muss Ihnen nicht leidtun, nicht mir gegenüber. Ich bin nur ... etwas erstaunt.«

»Ich weiß ... ich ja auch.«

Zwischen »Justin hat sich gemeldet« und »Ich habe Justin getroffen« besteht ein riesiger Unterschied. Doch was mich noch mehr beunruhigt, ist Inez' Bemerkung, dass Justin schlecht aussah. Irritierenderweise entwickeln betroffene Frauen oft so etwas wie Muttergefühle den Tätern gegenüber. Oft wissen sie, dass diese selbst Gewalt oder Traumata durchleben mussten. Und wenn die Täter dazu noch starke kindliche Anteile aufweisen, geraten die Betroffenen in die Empathiefalle, fühlen sich verantwortlich, sogar gebraucht, und nehmen die Täter in Schutz. Und so geraten sie wieder in den Strudel. Das macht mir Sorgen.

»Und was wollte Justin?«

»Er will, dass ich zu ihm zurückkomme«, antwortet Inez. »Aber das mache ich natürlich nicht. Ich bin ja nicht bescheuert. Mir geht es so viel besser, wirklich! Ich habe so große Fortschritte gemacht. Das lasse ich mir nicht mehr nehmen. Nicht von einem wie Justin!« Inez sitzt da, den Rücken durchgedrückt, aufgerichtet, ihre Muskeln angespannt. Sie wirkt entschlossen, kämpferisch, unbeirrbar.

Ich könnte mich übergeben, denn ich kenne Inez mittlerweile zu gut, ich ahne, dass sie mir das alles nur vorspielt.

Ich erinnere sie an ihre Entwicklungsschritte und bestärke sie. Es wäre ein Rückschritt. Sie hat so viel Selbstbewusstsein und Selbstwertgefühl getankt. Und es ist gut, dass sie das erkennt. Sie sollte ihren Weg anerkennen und stolz auf sich sein ...

Als Inez gegangen ist, stehen mir Tränen der Ohnmacht und Wut in den Augen. Ich kann nur hoffen, dass Inez sich nicht beirren lässt.

Am Abend sitze ich desillusioniert in der Küche. Der Rotweinkonsum in unserem Haushalt hat sich in der letzten Zeit um ein Vielfaches potenziert. Aber ich bin nicht die Einzige, die sich abends betrinkt. Jakob im Wohnzimmer, ich in der Küche. Ich bin froh darüber, dass unser Balkon von der Küche abgeht, sonst müsste ich jedes Mal an Jakob vorbei, wenn ich rauchen will. Ich hasse seine angewiderten Blicke. Und ich hasse auch Jakob, zumindest minutenweise. Dann wieder ist die Liebe für ihn so stark, dass ich alles über Bord werfen und wirklich *alles* anstellen würde, um wieder mit ihm zusammenzukommen.

Meine Nebenbuhlerin umzubringen wäre nur ein Schritt von vielen.

Ich beobachte mich selbst und wie ich von einem Gemütszustand in den nächsten rutsche, ohne dass ich es kontrollieren kann. Wie sich Gefühlswelten auf- und wieder abbauen, wie ich keine Ruhe finde, mich nicht regulieren kann. Altes kommt wieder hoch. Denn ich kenne das, dieses Glitschen, aus meiner Kindheit.

Ich hatte über lange Jahre das Gefühl, dass ich es überwunden, das Trauma integriert hatte. Dass ich weiter war, gesund, irgendwie stabil. Aber es kommt plötzlich alles wieder hoch. Ich sitze auf dem alten restaurierten Küchenstuhl und merke, wie ich meine Hand um die Lehne kralle. Ich stelle es erst fest, als mein Blick zufällig auf meine Hand fällt. Meine Knöchel treten weiß hervor. Ich habe vorher nicht gemerkt, wie ich meine Muskeln anspanne, wie hart sich mein ganzer Körper anfühlt, wie jede einzelne meiner Zellen sich verhärtet, verkantet. Plötzlich kommen Bilder hoch. Schemenhafte Bilder.

Unsere Küche damals. Meine Mutter, wie sie vor mir steht und mich anschreit, wütend, hasserfüllt. Ich kriege ihre Spucke ab. Es ist wie der Geifer von diesem Drachen, den ich letztens in diesem Film gesehen habe. Und vor dem ich mich so gefürchtet habe. Ich bin sechs Jahre alt, und ich weiß gerade nicht, warum ich dieses Monster verärgert habe. Dabei habe ich doch alles dafür getan, dass meine Mutter nicht wieder mutiert. Und ich kann nichts dafür, dass ich dieses Hühnchenfrikassee nicht mag. Warum bin ich deswegen undankbar? Eine schlechte Tochter, die die Arbeit ihrer Mutter nicht wertschätzt? Warum bin ich deswegen Dreck? Abschaum? Die Liebe meiner Mutter nicht wert?

Ich blinzele nur, traue mich nicht, die Augen aufzuma-

chen, habe Angst und warte inständig darauf, dass es vorbeigeht ...

»Alles okay mit dir?«

Ich zucke zusammen. Jakob steht in der Küche, sein
leeres Glas in der Hand. Er will sich Nachschub holen.
Anscheinend beobachtet er mich seit Längerem. Sein
Blick ist forschend, unergründlich.

»Ja, ich bin nur ...«

»Du starrst ins Nichts. Hast mich nicht mal bemerkt,
als ich reingekommen bin.«

»Ich ...«, ich atme langsam und schwer aus. »Es ist
nur so ... altes Zeugs. Und ... es passiert gerade viel ...« Ich
sehe ihn an und wünsche mir, dass Jakob mich in den
Arm nimmt. Dass er mir die Haare aus der Stirn streicht,
meinen Kopf an seinen Bauch drückt und mir versichert,
dass alles gut sei und werden wird und ich mir keine Sorgen machen soll, denn er ist da.

Im selben Moment spüre ich, dass ich keine Berüh-
rung ertragen könnte. Nicht von Jakob, von niemandem.
Wahrscheinlich würde ich aufspringen und jeden angreifen, mit allem, was ich habe – kratzen, schlagen, treten,
beißen ...

Insofern bin ich beinahe froh, dass Jakob sich abwendet und, während er sein Glas nachfüllt, über die Schultern sagt: »Wir können ja morgen reden. Ich muss noch
diesen Artikel zu Ende lesen, okay?«

Ich spüre genau, dass er auch morgen nicht reden will,
sondern dass er nur irgendeine Ausflucht aus der Situation sucht. Er will nur den Wein, dann will er wieder aufs

Sofa und an seinem Handy rumfummeln und darauf warten, dass Amelie sich meldet.

Aber das wird sie nicht, mein Lieber.

Jakob geht hinaus. Ich sehe ihm nach. Heilfroh, dass er geht. Wütend. Und dann fühle ich mich wie Inez. Unbelehrbar, toxisch verstrickt in eine hoffnungslose Beziehung, für die ich alles tun würde.

Alles.

Verdammt!

Kapitel 13

Es gibt noch immer keinen Leichenfund. Das war das Erste, wonach ich gegoogelt habe, als ich mit schweren Kopfschmerzen aufgewacht bin. Wahrscheinlich kommt das von den Zigaretten, die, gepaart mit dem Wein, eine toxische Mischung abgeben. Aber als ich jetzt von meiner Joggingrunde zurückkehre und wieder etwas klarer im Kopf bin, habe ich Glück. Jakob steht unter der Dusche.

Ich eile in meinen durchgeschwitzten Klamotten auf halb nassen Socken ins Schlafzimmer und finde sein Handy. Er hat es nicht mit ins Bad genommen, wie er es sonst in den letzten Tagen getan hat. Überhaupt hat er es mit Argusaugen bewacht, hatte es teilweise über Nacht irgendwo in der Wohnung liegen lassen, aber nicht wie sonst neben das Bett gelegt. Er hatte es versteckt. Als ahnte er, dass ich danach suchen würde. Dieser Fuchs.

Nein, dieses Schwein.

Jakob hat seinen Code geändert.

Seit Jahren kenne ich seinen Handycode, es ist immer der gleiche. Es gab auch nie einen Grund, dem anderen den Code vorzuenthalten. Wir sind erwachsene Menschen, die ein Leben miteinander teilen, die in ihrer Beziehung offen und ehrlich sind und wissen, dass nur so echte Intimität entsteht. Durch Freiheit und Vertrauen. Damit meine ich nicht, dass Paare *alles* miteinander teilen müssen, im Gegenteil. Die Psychologen-Kollegin Esther Perel zum Beispiel meint, dass echte Leidenschaft nur dadurch entsteht, dass der Partner geheimnisvolle Seiten hat, sodass man nie ganz genau weiß, wer er ist. Dadurch entsteht Spannung, ein Rätsel, und das wiederum erzeugt Neugier und den Wunsch, den anderen an sich zu binden. Und das tut man gerne über Sex. Der erzeugt die Nähe, Verbindung und die Vergewisserung, dass der andere mich will und ich ihn.

Im Moment erscheint mir Esther Perels These völlig unglaubwürdig. Die geheimnisvolle Seite von Jakob, sein Doppelleben, erzeugt in mir eher den Wunsch, ihm den Schädel mit einem Bügeleisen einzuschlagen. Ihn mit dem Auto zu überfahren oder ihm ein Messer in die Brust zu rammen. Und nicht, mit ihm ins Bett zu gehen.

Aber im selben Moment weiß ich: Das sind nur meine verletzten, trotzigen Gefühle, weil ich mich zurückgewiesen fühle.

Ja, ich kannte Jakobs Code und er meinen. Aber gerade dadurch, dass ein Vertrauen, eine gemeinsame Vision von uns und unserer Partnerschaft zwischen uns herrschten, hatte keiner von uns den Drang, das Handy des anderen auf irgendetwas hin zu durchsuchen.

Hätte ich es besser mal getan. Dann wüsste ich jetzt,

wie lange das mit Jakob und Amelie schon lief und was er ihr schrieb. Aber vor allem: was er für sie empfand.

Jetzt stehe ich da, starre auf sein Handy, das einen neuen Code hat, und begreife langsam, was daran mich besonders schmerzt.

Jakobs Handy-Code war mein Geburtsdatum.

Und jetzt nicht mehr. Es ist, als würde er mich aus seinem Leben ausschließen. Ich bin ihm nicht mehr wichtig, nicht mehr seine Nummer eins. Ich bin nicht mehr die Frau, die ihm so wichtig ist, dass er ihr Geburtsdatum als Code wählt und jedes Mal, wenn er sein Handy entsperrt, an sie denkt. Was für eine Demütigung!

Ob er jetzt Amelies Geburtsdatum als Code genommen hat? Mir dreht es den Magen um. Das wäre die schlimmstmögliche Metapher für ihren Stellenwert in seinem Leben und die maximalste Zurückweisung für mich.

Ich muss in die Praxis. Auf Amelies Ausweis schauen. Und dann versuchen, ob ihr Geburtsdatum Jakobs neuer Code ist. Ich höre die Badezimmertür und lasse das Handy fallen, als wäre es eine heiße Kartoffel. Oder besser: eine giftige Qualle. Denn es schmerzt unsäglich, es in der Hand zu halten.

Schnell gehe ich ums Bett herum und begegne Jakob in der Schlafzimmertür.

»Guten Morgen«, bringe ich hervor. »Ist das Bad frei?«

»Du kannst«, antwortet Jakob und geht, mit einem Handtuch um die Hüften, an mir vorbei. Ich will nicht, aber ich muss ihm doch hinterherblicken. Wie schlank er geworden ist, wie dünn der leichte Speckansatz an seinen

Hüften. Wie viel mehr Muskeln ich auf seinem Rücken sehe und wie viel breiter seine Schultern geworden sind. All das für Amelie. Nicht mehr für mich.

Als ich unter der Dusche stehe, weine ich. Meine Tränen vermischen sich mit dem warmen Wasser und der Seifenlauge des überkandidelt teuren Bio-Duschgels, rinnen über mein Gesicht, meine Brüste, meinen Bauch, meine Hüften, Beine und Füße. Alles ist eins, alles vermischt sich, alles fließt, alles ist in Auflösung begriffen. Alles ist ein einziger, langer, drängender, schmerzhafter Strom von Schmerz, Trauer und Ohnmacht. Und während ich mich tränenblind an der Duschstange festhalten muss und Wasser, Duschgel und Tränen an meinem Körper herunterfließen spüre und schließlich leicht kräuselnd im Abfluss verschwinden sehe, bete ich, dass auch der Schmerz dort in dieses dunkle Loch mitgerissen wird, dass er fortgespült wird und einfach endlich verschwindet.

Aber er bleibt.

Als ich in die Praxis komme, mache ich einen Bogen um mein Büro, genauer gesagt, um die Handtasche von Amelie. Ich habe einfach nicht die Kraft, sie zu berühren, zu öffnen, in sie hineinzufassen, irgendwas von Amelie in die Hand zu nehmen. Ich habe einen langen Therapietag vor mir und brauche all meine Kraft, um diesen durchzustehen. Ich kann nicht wieder und wieder abschweifen, in Gedanken bei etwas anderem sein, und nicht bei meinen Patienten. Ich habe schließlich eine Verpflichtung ihnen gegenüber. Sie sind mir wichtig. Auch wenn sie mich auf persönlicher Ebene vielleicht irritieren oder sogar abstoßen. Ich bin Therapeutin, ich weiß, dass das nur Affekthandlungen von mir sind, Gegenübertragungen, die ich mit mir ausmachen muss und die in den meisten Fällen gar nichts mit meinem Gegenüber zu tun haben. Nils Bergmann zum Beispiel. Was habe ich ihm für ein Unrecht getan? Sicher, er ist kein großer Sympath, ein Riesenbaby mit einer passiv-aggressiven Persönlichkeitsstruktur und Stalker-Tendenzen, aber das alles doch nur, weil er zu sehr in seinem kindlichen Ich gefangen ist, das niemals mit Zurückweisung umgehen konnte und sich einfach nicht geliebt fühlt. Ich sollte ihm helfen, anstatt ihn als Qualle zu beschimpfen.

Aber was hat er gestern mit seinen Worten gemeint? »Sie können auf mich zählen.« Und: »Wir sprechen noch darüber.« Irgendwie hört sich das wie eine Drohung an. Wann wird das sein?, frage ich mich. Nächste Woche zu seinem Termin? Eigentlich will ich darauf nicht warten, zu sehr brodelt die Neugier, die Auflösung des Rätsels in mir. Eigentlich die Sorge, die Angst. Aber Nils Bergmann anrufen und nachfragen? Das könnte ich nicht. Das würde mich doch nur verdächtig machen. Ich trinke einen dritten Kaffee an diesem Morgen und stehe am offenen Fenster der kleinen Küche und rauche. Ich hoffe, dass der Geruch nicht in die Praxis zieht, das wäre mir peinlich vor den Patienten.

Eine Therapeutin, die raucht, ist das Gleiche wie ein

Herzchirurg, der kokst oder Amphetamine und Hamburger in sich reinfrisst.

Na gut, es gibt einige davon.

Trotzig ziehe ich an der Zigarette. Kurz darauf klingelt es. Prompt fühle ich mich ertappt, und vorbei ist es mit dem Trotz. Ich werfe die Zigarette schnell runter in den Hof und wedele die Luft weg, als würde das etwas bringen.

Christine sitzt mir gegenüber und rümpft die Nase. Offensichtlich hat sie den Zigarettenrauch gerochen. Sie wirkt angewidert, und ich merke, dass ich in ein altes Entschuldigungsmuster zurückfalle.

»Riechen Sie das auch?«, frage ich. »Die Putzfrau ... ich habe ihr das schon mehrfach gesagt. Hoffentlich stört Sie das nicht?«

Ich bin eine fadenscheinige, miese Lügnerin. Und vor allem: Es gibt überhaupt keinen Grund dafür! Warum sollte mir das zusetzen, dass Christine sich über Rauch aufregt? Ich schätze, weil ich mich ihr unterlegen fühle. Auf eine dumme, sehr frauenspezifische Art. Denn natürlich weiß ich, dass ich Christine in Sachen Reflexion und Intellektualität überlegen bin, aber ihr perfektes Aussehen, ihre Schönheit schüchtern mich ein.

Christine trägt perlweiße Sneaker ohne jede Gebrauchsspuren. Sie hat makellose, schlanke Fesseln, wunderschöne Unterschenkel, und das helle sommerliche Kleid, das sich um ihren schlanken Körper schmiegt, betont die leichte Bräune ihrer Haut. Christine lächelt, die

Haare fallen ihr wie Kronjuwelen auf die Schultern, und sie wirkt so makellos schön, dass ich schätze, die meisten Männer, denen sie auf der Straße begegnet, wollen sofort mit ihr schlafen. Unter anderem ihr Mann. Und deswegen sitzen Christine und Samuel hier und sind unglücklich darüber, dass sie es nicht mehr tun.

Ich glaube nicht, dass die meisten Männer, denen ich auf der Straße begegne, mit mir schlafen wollen. Nichts an mir sticht heraus, ich bin zu unauffällig. Ich weiß, ich habe einen festen Po, schlanke und ganz gute, gerade Beine, aber meine Nase ist vielleicht ein wenig zu spitz, und die Haare könnten einen gewagteren Schnitt vertragen. Wenn ich mich jedoch ein wenig herausputze, kann ich ganz schön sexy sein. Aber ich will gar nicht, dass alle Männer mit mir schlafen wollen. Igitt!

Ich will gerade einfach nur ein bisschen so schön sein wie Christine. Einmal nur.

Sofort merke ich, wie ein Abwehrmechanismus in mir anspringt. Das ist doch alles gar nicht echt bei ihr, alles nur Hülle. Innen ist sie leer, verletzt, bestimmt traumatisiert, und sie versucht, all ihre Ängste durch äußere Perfektion zu verdecken. Ich frage mich, ob Samuel das nicht durchschaut. Oder ob er sich genau das gewünscht hat: eine Frau, die eine perfekte Abziehfläche ist und zu der er nach innen keine Intimität aufbauen kann, weil da drinnen gar nichts ist in ihr. In Samuel vielleicht auch nicht, aber zumindest wirkt er »gehaltvoller« und offener als Christine.

»Ich fühle mich einfach nicht mehr gesehen«, sagt Samuel, und ich sehe, dass Tränen in seinen Augen aufsteigen, die er sofort wegdrückt. Er knetet seine Hände, hat die Ellbogen auf den Knien abgestützt und beugt sich nach vorn. Dass er sich mit keinem Millimeter Christine zuwendet, sondern seinen ganzen Körper von ihr wegdrängt, zeigt, wie tief der Graben zwischen den beiden ist. Ich frage mich, ob wir ihn füllen können.

»Fühlen Sie sich von Samuel gesehen?«, frage ich Christine.

Sie zögert.

»Wie gesagt, irgendwie ist er nie da, und wenn, dann hat er keine Augen für die Probleme, die wir zu Hause haben. Johanna mit ihrem Magenleiden. Dr. Rathmann hat einen Verdacht auf Morbus Crohn. Weißt du das, Samuel?«

Samuel schüttelt den Kopf. Er wirkt angesäuert, aber er bemüht sich, gute Miene zu machen.

»Aber das sind alles äußere Dinge, die Sie aufgezählt haben«, sage ich zu Christine. »Meine Frage war viel mehr: Fühlen Sie sich von Samuel innerlich gesehen? Erkennt er, was Sie umtreibt, was Ihre Bedürfnisse, Ihre Wünsche sind. Nicht das alltägliche Kleine, meine ich, sondern das ganz Große, Ihre Lebensziele, Ihre Ängste, Ihr Ich? Weiß er, wer Sie sind?«

»Um da gleich mal einzuhaken«, beginnt Christine, »das haben wir alles geklärt, als wir geheiratet haben. Ich möchte eine gesunde Familie. In einem Umfeld, in dem ich mir keine Sorgen machen muss. Und ja, auch einen gewissen Wohlstand, einfach nur, weil der uns Sachen erlaubt, die unser Leben erleichtern.« Sie tätschelt Samuels Arm und lächelt breit. »Und ich kann von Glück sagen, dass das eigentlich fast alles so gekommen ist. Bis auf die Gesundheit ... das ist wirklich ein Problem bei den Kindern.« Ihr Blick verdüstert sich leicht. Meiner auch, aber nur innerlich hoffentlich. Christine hat gar nicht gemerkt, dass sie völlig an mir vorbeigeredet hat. Anscheinend hat sie gar keinen Zugang zu ihrem inneren Ich. Keine Verbindung zu ihrem Kern, ihrem Selbst.

Samuel wirft mir einen bekümmerten Blick zu. Vielleicht kann er es noch nicht genau formulieren, aber er ahnt auch, *was* seine Frau ist. Wahrscheinlich hat Samuel es früher nicht gewusst, nicht festgestellt, als er sie geheiratet hat. Aber es scheint, als wäre er ein Stück des Weges gegangen, gewachsen und würde jetzt feststellen, dass seine Frau zu keiner inneren Verbindung, weder zu sich noch zu ihm, fähig ist. Bei Christine ist alles Spiegelung des Äußeren. Dadurch erzeugt sie ihren Selbstwert. Daher das perfekte Äußere. Das perfekte Leben. Das Haus, der erfolgreiche Mann. Und deswegen macht es sie so hilflos, dass ihre Kinder Krankheiten haben, dieser Punkt nicht perfekt ist.

»Ich wollte immer Ärztin werden«, erklärt Christine.

Natürlich auch das noch, denke ich zynisch.

»Das war immer mein Traum. Aber dann, nun ja, Sie wissen, wie das ist, dann kamen die Kinder, und ich musste mich um so viel kümmern. Und na ja, irgendwie habe ich den Punkt verpasst, an dem ich es hätte angehen können. Es jetzt noch zu versuchen, das wäre doch Wahnsinn, oder? Oder was meinen Sie, soll ich es probieren?« Christine strahlt mich an, als hätte sie mir den aufregendsten Vorschlag der Welt gemacht.

»Na, so viel, wie du mit Ärzten sprichst, kannst du gleich selbst eine werden«, brummt Jakob mit einem vorwurfsvollen, zynischen Unterton.

Christine springt sofort darauf an. »Wie meinst du das?«, zischt sie plötzlich empört.

»Du rennst von einem Arzt zum anderen ...«

»Wegen der *Kinder!* Und weil du dich nicht kümmerst ...«

Aha! Schuldzuweisungen retour.

»Du kannst nicht jede Diagnose anzweifeln und dir noch mal und noch mal eine andere holen ... Du übertreibst es maßlos.«

»Ich versuche nur mein Bestes. Denn *ich* liebe meine Kinder!«

Genau. Mehr als mich, denkt Samuel jetzt wahrscheinlich.

Kein Wunder, dass der Streit nun eskaliert.

Als die Sitzung vorbei ist, habe ich sie heruntergepegelt, einen harmonischeren Frieden wiederhergestellt und ihnen geraten, es einfach mal zu versuchen, miteinander Sex zu haben. Ohne darüber nachzudenken, sich einfach mal darauf einzulassen und zu schauen, was passiert. Es gibt Kollegen, die solchen Paaren raten, jeden Tag miteinander zu schlafen. Gerade wenn eine solche Distanz besteht. Das ist Unsinn, wie ich finde. Ich denke über Christine nach und ihre große innerliche Distanz zu sich selbst. Und ich frage mich, wie es mit meiner Distanz zu mir selbst aussieht, denn einerseits gibt es eine tiefe Verbindung zu all meinen Gefühlen, und andererseits bin ich seltsam abgespalten. All das, was in den letzten Tagen passiert ist, läuft wie ein Film vor meinen Augen ab, und ich fühle mich machtlos, kann gar nicht eingreifen und bin nur Zuschauer meiner selbst.

Es ist, auf eine Art, wie früher, als ich dissoziiert habe, um in der Hölle, die mich umgab, auf irgendeine Art und Weise überleben zu können. Und ja, das, was hier passiert, ist ebenfalls eine Hölle.

Meine persönliche Hölle.

Kapitel 14

Ich habe noch zwei weitere Patiententermine, danach verlasse ich ausgehungert die Praxis, um mir bei dem Türken zwei Straßen weiter einen Döner zu holen. Ich habe so etwas seit Jahren nicht mehr gegessen, und eigentlich ekelt mich das an. Ich achte auf gesunde Ernährung, bin gegen Formfleisch und Massentierhaltung. Aber irgendwas in mir verspürt mächtigen Hunger nach etwas Billigem, Sättigendem, Ungesundem. Eine Gier, die sich in jeder Faser meines Körpers breitmacht und mich überwältigt. Aber wahrscheinlich ist das nur eine normale körperliche Reaktion, denn ich habe in den letzten Tagen kaum, und wenn, dann nur automatisch, etwas gegessen.

Als ich die Haustür öffne und heraustrete, bin ich von triebhaftem karnivoren Fleischhunger erfüllt und schwitze fast vor Gier und Lust danach. Was aber sofort zum Erliegen kommt, als ich Nils Bergmann gegenüberstehe.

Ich trete automatisch einen kleinen Schritt zurück. Nils Bergmann ist gut anderthalb Köpfe größer als ich und breit wie ein Berg. Er ist viel zu groß und kommt mir viel zu nahe. Ich bin völlig perplex, denn ihn habe ich nicht erwartet. In sechs Tagen wäre sein nächster Termin. Und wieso steht er ausgerechnet pünktlich zum Beginn meiner Mittagspause hier? Und was will er?

Seine kleinen Augen lächeln, als er mir zunickt.

»Hallo, Frau Stach«, sagt er.

»Herr Bergmann .... Was machen Sie denn hier?«

»Können Sie sich das nicht denken?«

»Äh ... nein, eigentlich nicht. Wir sehen uns nächsten Dienstag zu unserem üblichen Termin. Und jetzt kann ich, ehrlich gesagt, auch nicht, ich habe ...«

»Mittagspause«, unterbricht er mich.

Ich zucke zusammen. Wundere mich über mich selbst, dass ich ihm so dringend ausweichen will, denn eigentlich brenne ich doch darauf, zu wissen, was er mit seinen Andeutungen gemeint hat. Aber offensichtlich will ein Teil in mir das auch gar nicht hören, sondern schiebt das lieber weg.

»Wollen wir ein Stück gemeinsam gehen?«, fragt Nils Bergmann.

»Also, Herr Bergmann ... Sie wissen genau, dass ich Wert darauf lege, dass eine Patienten-Therapeuten-Beziehung sich in einer maßvollen, professionellen Distanz abspielt und wir Gespräche daher auf unsere Sitzungen in der Praxis beschränken ...«

Er grinst. »Sie wollen also spielen.« Es scheint ihm zu gefallen, und er nickt, als hätte er das geahnt.

Fuck! Ein Spiel? Ist es das für ihn? Was will er?

»Was meinen Sie damit? Ich will nicht spielen, ich ...«

Und ganz ehrlich, ich will wirklich nicht spielen, ich will einfach nur, dass Nils Bergmann verschwindet. Irgendetwas an ihm macht mir Angst.

»Schon gut«, beruhigt er mich.

Aber es ist offensichtlich, dass er keineswegs meiner Meinung ist.

»Ich will nur kurz mit Ihnen reden«, sagt er.

Drei Dinge kommen mir in den Sinn.

Erstens, dass Nils Bergmann mich genau zur richtigen Zeit abgepasst hat. Ist er nur zufällig jetzt hier vorbeigekommen, oder hat er womöglich gewartet?

Zweitens: Nils' Vergangenheit als Stalker. Und damit verbunden seine absolute Unfähigkeit, eine Zurückweisung hinzunehmen. Stattdessen deutet er sie als einen Teil eines Spiels um. Die Frau, die er damals über ein Jahr verfolgt hat, konnte sich nur mit richterlicher Verfügung und mehreren Gefährderansprachen seitens der Polizei gegen ihn durchsetzen. Und dann der kleine Junge, sein Gegner aus dem Internet, dessen reale Adresse er auch jetzt herausgefunden hat. Ich bin mir sicher, dass Nils Bergmann dem Jungen intensiver hinterherspioniert, als er mir in unseren Sitzungen erzählt.

Und drittens: meine Vorahnung, dass Nils Bergmann sich in mich verliebt hat. Bin ich sein nächstes Stalking-Opfer?

Ich muss den Kreislauf sofort unterbrechen.

»Herr Bergmann«, sage ich streng, »wir werden dieses Gespräch hier sofort abbrechen. Ich bitte Sie, meine

Grenzen zu respektieren, und ich möchte, dass Sie jetzt umdrehen und gehen. Wir reden nächste Woche Dienstag!« Ich schaue ihm fest in die Augen, wie ich das in meinen Selbstverteidigungskursen gelernt habe.

Gut, eigentlich war es nur einer, der während eines zehntägigen Frauen-Yoga-Selbstfindungsretreats in Portugal stattgefunden hat. Zusammen mit zwölf Frauen, unzähligen Gesprächen, wertvollen Einsichten und tiefen Verbindungen, die bis heute reichen. Es gab gesundes, vegetarisches Essen, jeden Tag zwei Yoga-Einheiten und einmal am Tag eine Reflexion, gefolgt von einer Meditation. Und an einem der Tage hatte es eine Einführung in Krav Maga gegeben, spontan außer der Reihe. Denn es hatte sich herausgestellt, dass Bea, eine der Teilnehmerinnen, eine in allen möglichen Nahkampftechniken ausgebildete Personenschützerin war. Sie war im Retreat gewesen, weil sie kurz vor dem Burn-out stand. Und sie war in dem Kreis von uns reflektierten, gesundheitsbewussten, spirituell angehauchten Akademikerinnen so etwas wie ein Einhorn gewesen. Eine ganz andere Welt, eine ganz andere Denkstruktur und ein ganz anderes Verhältnis zu Männern und Macht und zum eigenen Körper.

Kein Wunder, dass wir uns um Bea geschart hatten, alle Geschichten ihrer Einsätze hören wollten. Alles hatte darin gegipfelt, dass sie uns an zwei Tagen Unterricht in Selbstverteidigung geben musste. Zugegeben, ich hatte fast alles vergessen, aber das eine Mantra hatte ich noch im Kopf: Zeig nie, dass du ein Opfer bist. Weich nicht dem Blick aus, duck dich nicht weg. Du bist stärker.

Ich starre Nils Bergmann mit aller Entschlossenheit und Kraft, die ich habe, in die Augen. Doch das alles bricht zusammen, und ich werde ganz klein und schwach und fange an zu taumeln, als er mich fast in lapidarem Ton fragt: »Wo haben Sie die Leiche eigentlich hinge-bracht?«

Kapitel 15

Ich starre Nils Bergmann an und bin unfähig, mich zu bewegen oder zu denken. Etwas zu sagen. Wenigstens ist das Reptiliengehirn in mir nicht betroffen, sondern funktioniert weiterhin und sagt meiner Lunge, dass sie atmen soll. Auch meinen Kreislauf und meinen Blutdruck hat es irgendwie im Griff, auch wenn beide unter Normalwerte sinken, deutlich und zu schnell. Mir wird schwindelig. Ich möchte mich irgendwo festhalten. Aber das Einzige, was ich greifen könnte, ist Nils Bergmann, der mir viel zu nahe gegenübersteht. Und das Letzte, was ich anfassen oder berühren möchte, wäre Nils Bergmann.

Er mustert mich interessiert, schaut zu, wie ich seine Information verarbeite. Er wirkt dabei gar nicht böse oder hinterhältig, sondern distanziert, gespannt wie ein Forscher, der ein Insekt beobachtet. Sein wulstiger Mund steht leicht offen, er sieht mich unverwandt an, blinzelt nicht mal. Erst als ich anscheinend taumele und er mich am Arm packt, um mich zu stützen, schaut er besorgt drein.

»Frau Stach?«

»Ich ... alles in Ordnung.« Ich mache mich los. Seine Hände hinterlassen Brandflecken auf meiner Haut. Zumindest fühlt es sich so an.

»Ich war nur überrascht«, erkläre ich.

»Fragen Sie mich mal«, sagt Nils Bergmann und lächelt dabei leicht. »Das hätte ich Ihnen nicht zugetraut, Frau Stach. Also, was haben Sie mit der Toten gemacht? Es interessiert mich.«

»Ich glaube, wir reden hier von zwei verschiedenen Dingen, Herr Bergmann. Und das ist es, was mich hier gerade etwas verunsichert, deswegen meine kurze Irritation.«

»Ihr Schock, wollten Sie sagen.«

»Wie auch immer Sie das nennen wollen.«

»Gehen wir hoch und reden in Ruhe?«

»Auf keinen Fall«, gebe ich entschieden zurück.

Er zuckt mit den Schultern. »Schade. Aber wenn Sie das lieber hier unten auf der Straße klären wollen?«

»Was denn, bitte schön, Herr Bergmann?« Ich mustere ihn herausfordernd. Obwohl alles in mir bebt und zittert und ich Schwierigkeiten habe, mich zu regulieren, und kurz vor einem Nervenzusammenbruch stehe, muss ich jetzt Stärke zeigen und einen Plan entwickeln. »Ich weiß immer noch nicht, wovon Sie hier eigentlich sprechen.«

»Nun, mich interessiert, wer diese blonde Frau ist, die Sie in einen Teppich gerollt und auf den Rücksitz Ihres Wagens gelegt und weggefahren haben. Und warum Sie das getan haben.«

Der Schweiß rinnt mir die Wirbelsäule herunter. Mein Mund ist trocken, als ich langsam antworte: »Ach so, das denken Sie also ... Herr Bergmann, ich habe das Gefühl, dass wir bei der Symptomatik, die Sie aufweisen, auf eine neue Ebene gekommen sind.«

»Wie meinen Sie das?«

»Nun, ich glaube ... und das soll Ihnen aber keine Sorgen machen, so etwas kann auftreten, und Sie müssen wissen, dass Sie keine Schuld daran haben und dass das nur temporär ist und sicherlich bald vorbeigeht, aber ...«

»Aber?«

»Nun, es ist ziemlich offensichtlich, dass Sie gerade unter einer PPD leiden. Eine Phase sicherlich.«

»PPD?«

»Haben Sie in letzter Zeit sonst schon das Gefühl gehabt, dass sich jemand unlauter gegenüber Ihnen verhält? Dass man Ihnen vielleicht nachspioniert oder so etwas Ähnliches?«

»Hä, nee. Quatsch! Worauf wollen Sie hinaus?« Er ist sichtlich irritiert.

»Nun gut, auch wenn nicht. Für mich ist es sehr offensichtlich, dass Sie gerade einen paranoiden Schub erleiden als Teil einer paranoiden Persönlichkeitsstörung. Wie gesagt, das ist kein Grund zur Sorge ...« Ich halte inne, als Nils Bergmann in lautes Lachen ausbricht.

»Frau Stach, Sie sind mir eine. Ehrlich. *Köstlich.*« Nun lacht er extra noch mal lauter.

»Klar, dass Sie jetzt in den Widerstand gehen«, behaupte ich.

»Ach, Frau Stach, ich mag Sie.« Er lächelt.

Ich weiß.

Ich *weiß*.

Und genau das macht mir Sorgen.

»Ich mag Sie auch, Herr Bergmann, aber das tut hier nichts zur Sache. Ich glaube, wir sollten uns überlegen, wie wir jetzt verfahren. Ich würde Ihnen atypische Anti-psychotika verschreiben, allerdings darf ich das rein recht-lich nicht.« Und ich hasse mich gerade dafür! »Ich bin keine Psychiaterin. Doch ich überlege gerade, ob ich ei-nen Kollegen fragen kann oder ob wir im Krankenhaus vorsprechen ...«

»Das würde ich an Ihrer Stelle nicht tun«, erwidert Nils Bergmann. »Stellen Sie sich vor, die fragen mich aus. Und ich erzähle dann alles, was ich weiß. Dass ich schon am Morgen da war und gesehen habe, wie diese blonde Frau in Ihre Praxis ging ...«

»Sie waren schon so früh da?«, rutscht es mir erstaunt heraus. »Zwei Stunden vor Ihrem Termin? Warum?«

»Zufall«, lügt Nils Bergmann.

Aber ich begreife: Er wollte mich beobachten, wie ich in die Praxis gefahren bin. So weit reicht sein Stalking schon. O Gott!

»Jedenfalls ist sie nicht wieder herausgekommen, oder zumindest nicht auf normalem Weg. Lebendig.«

»Ich sollte die Polizei rufen«, wage ich einen müden Versuch, während die Verzweiflung mir durch die Adern pulst.

»Wenn Sie das wünschen. Dann würde ich berichten,

dass Sie später am Abend Ihren Polo im Hof zurückgesetzt und die Leiche der Frau auf den Rücksitz gelegt haben. Nachdem Sie festgestellt haben, dass sie nicht in den Kofferraum passt ...«

»Wollen Sie mir gerade erzählen, dass Sie den ganzen Tag vor meinem Haus verbracht haben, um mich zu beobachten? Das ist eine extreme Grenzverletzung, Herr Bergmann.«

»Mord ist das erst recht, finden Sie nicht?«

Ich schweige überfordert.

»Dann haben Sie von oben Ihren Sommermantel geholt, über den Teppich gebreitet und sind weggefahren. Und die Handtasche der Toten, steht die auch jetzt noch in der Praxis? Oder haben Sie die mittlerweile entsorgt?«

Ich starre Nils Bergmann an. Er weiß *alles*. Was, verdammt noch mal, soll ich tun? Wie komme ich hier raus? Ich bin eine Mörderin, und Nils Bergmann wird mich auffliegen lassen. Ich werde verhaftet werden, verurteilt und ins Gefängnis kommen. Meine Ehe kann ich vergessen, meinen Beruf, mein Leben. Ich bin im Arsch.

»Machen Sie sich keine Sorgen«, beruhigt mich Nils Bergmann.

ICH SOLL MIR KEINE SORGEN MACHEN?

»Ich möchte ein Abendessen mit Ihnen«, sagt Nils Bergmann.

Was bitte?

Kapitel 16

Als ich an diesem Abend nach Hause komme, ist Jakob nicht da, sondern im Fitnessstudio, wie er auf einem Zettel in der Küche hinterlassen hat. Ich bin froh darüber, stehe auf dem Balkon und rauche eine Zigarette nach der anderen. Man spürt, dass die Tage wärmer werden und die Abende länger. Und dennoch fröstele ich, obwohl um mich herum Vögel zwitschern, ein Nachbar seinen Grill auspackt, draußen im Hinterhof Kinder spielen und auf dem Balkon gegenüber ein Pärchen im letzten Sonnenschein einen Aperol Spritz nach dem anderen trinkt. Alkohol würde mir auch guttun, denke ich für einen Moment, aber dann wird mir klar, dass ich es in der letzten Zeit übertrieben habe, mein Magen schon leicht schmerzt, und sogar meine Kehle. Gut, das kann vom Rauchen kommen, auch das tue ich über Gebühr, aber der Sinn an Zigaretten ist, wie ich jetzt feststelle, dass man sich an diesen kleinen, dünnen Dingern festhalten kann, als wären sie der Segelmast, an den man sich festkrallt, während eine riesige Flutwelle alles von Bord reißt. Unfassbar eigentlich, was diese winzigen Stängel für eine Kraft haben. Und die brauche ich jetzt auch.

Die Situation ist katastrophal. Das ist sie seit zehn Tagen schon, aber jetzt kommt es mir vor, als hätte jemand auf das ganze Desaster noch ein weiteres draufgepackt. Als wäre die eine Hölle nicht genug gewesen, stelle ich nun fest, dass es nur eine kleine Vorhölle war. Nun lauert ein noch tieferer Abgrund mit noch mehr Flammen, Schmerz, Angst und noch sadistischeren Tendenzen.

Nils Bergmann weiß über alles Bescheid. Er hat mich in der Hand, kann tun und lassen, was er mit mir will. Er kann mein Leben vollends zerstören. Mich. Er kann seine ohnehin vorhandenen Triebe, andere herabzuwürdigen, vollends ausleben. Ich ärgere mich über mich selbst, dass wir in seiner Therapie nicht weitergekommen sind, es mir offensichtlich nicht gelungen ist, ihm ein stabileres Selbst zu verleihen. Dass ich mich auf die falsche Fährte habe führen lassen, was seine Stalking-Tendenzen angeht. Und dass ich zu lange gebraucht habe, um seine Affektübertragung auf mich zu durchschauen.

Ich bin als Therapeutin eine Versagerin.

Als ich mich bei diesem Gedanken ertappe und feststelle, dass ich sofort wieder in ein altes Muster verfalle, nämlich, mir die Schuld zuzuschreiben an all dem, was passiert, und gleich wieder in die Scham zu gehen, beschließe ich: Schluss damit! Ich bin nicht verantwortlich für all das Böse dieser Welt. Gut, für eine Leiche in einem Stausee schon, aber ganz ehrlich: Hätte diese Bitch nicht die Grenzen überschritten und sich in meine Praxis eingeschlichen, um mich auszuspionieren, dann wäre sie jetzt noch am Leben. Und wenn Jakob sich gar nicht erst auf eine Affäre mit ihr eingelassen hätte, dann erst recht.

Ich bin gut so, wie ich bin.

Das steht sogar in meinem Tageshoroskop. Normalerweise lese ich diese Dinger nicht. Ich habe immer das Gefühl, dass hier nur ein Algorithmus am Werk ist, oder irgendwelche Kinderarbeiter in Indien, und diese Voraussagen und Sinnsprüche wahllos erstellt und zusammengewürfelt werden. Warum sollte man daran glauben, sich daran orientieren?

In meiner derzeitigen Situation muss ich zugeben, dass ich in den letzten Tagen ungefähr jedes Horoskop gelesen habe, das mir unter die Finger gekommen ist. Ja, ich habe sogar drei Apps runtergeladen und sie mit meinen Geburtsdaten und dem Ort, wo ich geboren bin, gefüttert. Und ja, auch mit Jakobs Daten. Um herauszufinden, ob wir eigentlich noch zusammenpassen.

Wir haben anscheinend eine schwierige Phase. Unrealistische Erwartungen, die aufeinanderprallen. Wir sollen dem anderen mehr Raum geben, mehr zuhören, dann wird alles gut. Es ist nur eine Phase, alles wird sich zum Guten wenden. Am 17.04. übrigens, das ist in zwei Wochen. Gut, denke ich, das halte ich auch noch durch.

Ich weiß natürlich, dass das völlig kindisch ist, aber was soll ich tun in meiner Situation? Außer nach jedem Strohhalm oder eben Segelmast zu greifen, der irgendwie Hoffnung oder Halt verspricht. Horoskope sind eigentlich auch nichts anderes als Zigaretten.

In einem der Tageshoroskope von heute steht, dass ich eine kreative Auszeit brauche. Na danke, ich brauche generell eine Auszeit! In dem anderen, dass das menschliche Miteinander heute schwierig ist. Nun gut, das kann man wohl sagen, wenn ich an Nils Bergmann denke. In dem dritten steht, dass ich eine Vision entwickeln kann, die langfristig alle anderen überzeugt. Den Gedanken nehme ich mir zu Herzen und beschließe, die Situation mit gebührendem Abstand zu analysieren und zu betrachten. Gut, als Therapeutin weiß ich, dass ein Perspektivwechsel das A und O ist, dafür brauche ich keine Horoskope, aber es hilft trotzdem, das noch mal von anderer Seite gesagt zu bekommen.

Ich drücke die Zigarette aus und denke nach.

Was will Nils Bergmann von mir? Was ist seine Intention? Da er in mich verliebt ist, wird es ihm sicherlich darum gehen, mich irgendwie zu »gewinnen«. Notfalls zu erpressen. Das tut er ja eigentlich schon. Er weiß, dass ich mich niemals auf ein Treffen mit ihm eingelassen hätte. Das eben hatte ich aber nicht ausschlagen können. Wenigstens habe ich etwas Zeit geschunden und unser Abendessen auf morgen Abend geschoben. Das verschafft mir Raum und Zeit, mir etwas auszudenken.

Aber was, verdammt noch mal?

Ich gehe in die Küche und mache mir einen Aperol Spritz, und zwar einen doppelt so großen wie die von den Nachbarn gegenüber. Sollen die mal sehen, ha! Und überhaupt denke ich, dass ich es irgendwie schaffen werde, dass ich da rauskomme. Dass ich viel besser und schlauer bin, als andere von mir denken, und viel mehr Kraft habe, als *ich* von mir denke.

Das *weiß* ich sogar. Nie hätte ich sonst die Hölle meiner Kindheit überstanden.

Das sind die letzten klareren Gedanken, denn dann setzt die Wirkung des Alkohols ein. Ich habe viel zu viel Aperol und viel zu wenig Wein eingeschenkt. Und als Jakob zwei Stunden später nach Hause kommt, schlafe ich längst, völlig daneben und betrunken.

Am nächsten Morgen entwickele ich einen Plan. Beim Joggen. Ich habe festgestellt, dass es von Tag zu Tag leichter geht und die Anfangsschmerzen in den Beinen, der Lunge, im Bauch und in den Hüften, überall eigentlich, in den Hintergrund treten. Ich laufe durch den kleinen Park, komme auf den Grüngürtel und passiere einen Hund und Herrchen nach dem anderen. Ich selbst werde von mehreren Joggern überholt. Sei's drum, aber wenigstens habe ich die Gruppen von Rentnerinnen mit Walking Sticks im Griff. Nach ein paar Minuten lässt mein Frust nach, allerdings auch mein Ehrgeiz. Ich floate so dahin, laufe einfach, bin in der Bewegung und merke, dass allmählich Gedanken aus meinem Unterbewusstsein hochkommen. Das hat nichts mit dem Runner's High zu tun, so weit bin ich körperlich noch lange nicht. Aber dadurch, dass mein Körper diese monotone Bewegung durchführt, fühlt sich mein Geist seltsam befreit und macht sein eigenes Ding.

Ich muss Nils Bergmanns Erwartungen unterlaufen, muss eine andere Sophie Stach sein, als er erwartet. Eine

Stach, die ihn irritiert, abschreckt, sodass er von seinem Liebesgefühl nicht mehr so eingefangen ist und er eine »Realität« serviert bekommt, mit der er nicht umgehen kann.

Was erwartet Nils Bergmann von einer Frau? Was weiß ich über ihn?

Nun, Nils Bergmann hat bislang wenig Erfahrungen mit dem anderen Geschlecht gehabt. Eine erste Freundin hatte er mit achtzehn, als ich jedoch in der Therapie nachgefragt habe, kam heraus, dass dies wohl eher eine geistige Verbindung gewesen war, die im Übrigen auch nur zwei Wochen gedauert hat. Sie hatten ein Mal Händchen gehalten und sonst Briefe ausgetauscht, mehr nicht. Dann gab es die »Freundin«, die er eine Zeit lang gestalkt hat. Auch bei ihr war das Verhältnis ähnlich gewesen. Es war nie zu körperlichem Kontakt gekommen. Nils hatte sich als »bester Freund« inszeniert, in der Hoffnung, sie dadurch zu bekommen. Als sie sich dann auf eine Beziehung mit einem anderen Mann eingelassen hatte, war Nils Bergmann durchgedreht und hatte mit dem Stalking angefangen.

Ich halte fest: Nils Bergmann hat mit seinen einunddreißig Jahren wahrscheinlich noch nie Sex gehabt. Er lebt all seine Emotionen in einer verzerrten Realität aus, redet sich platonische Freundschaften als romantische Lieben schön und empfindet einen zwölfjährigen Jungen als Angriff auf sich selbst und seine Männlichkeit. Nils Bergmanns Kämpfe finden in seinem Kopf statt. Was, wenn ich ihn mit der Realität konfrontiere? Ihm eine Sophie Stach präsentiere, die ihm offensiv und sexuell entgegengeht, seine romantischen Erwartungen untergräbt, sein Heiligenbild, das er sich von mir gemacht hat. Wahrscheinlich irritiert ihn das und holt mich von dem Sockel herunter, auf den er mich gestellt hat. Und wahrscheinlich irritiert ihn das so sehr, dass er von mir ablässt.

Ich kann nur beten, dass das funktioniert.

Kapitel 17

Das Restaurant, das ich ausgesucht habe, befindet sich am anderen Ende der Stadt. Es ist ein Kroate, und zwar der mit der miesesten Bewertung im Internet, die ich finden konnte. Das Restaurant liegt in einer Brache, neben einem Waxing-Studio und einem geschlossenen Kiosk. Ich stelle meinen Wagen auf dem Parkplatz hinter der Rückseite eines Fast-Food-Restaurants ab. Das scheint der einzige Laden zu sein, der hier in der Gegend läuft. Der Kroate jedenfalls ist bis auf Nils Bergmann und mich menschenleer. Gut, der unfreundliche Wirt, der fast verschreckt aufgeschaut hat, als wir hereingekommen sind, der ist natürlich auch da. Er hat die buschigsten Augenbrauen, die ich je gesehen habe, und Haare, die er einmal im Monat wäscht und in denen sich das Fett fängt von den Sachen, die er hier frittiert. Der Wirt hat ein ausdrucksloses Gesicht, das keine Regung zeigt, als er uns die Speisekarten überreicht und dann wortlos hinter dem Tresen verschwindet.

Das Restaurant ist eigentlich kein Restaurant, sondern eine bessere Imbissbude. Es gibt fünf Tische mit löchrigen Tischdecken, die bestimmt seit Jahren nicht gewaschen wurden. Der helle Läufer darüber mit den dicken Wollbommeln hat wahrscheinlich noch nie eine Waschmaschine von innen gesehen. Die Kerze in der Mitte zwischen Nils Bergmann und mir ist halb abgebrannt und verstaubt. Seltsam orientalische Musik tönt aus den scheppernden Boxen in der offenen Küche.

Nils Bergmann mustert mich etwas irritiert, als ich völlig zufrieden und eifrig nach der schmierigen, laminierten Speisekarte greife und mich begeistert darin vertiefe.

»Dieses Restaurant hier … ich hätte gedacht, Sie würden etwas anderes wählen«, sagt er vorsichtig. Dabei sieht Nils Bergmann so aus, als würde er sich ausschließlich von Pommesbudenfraß und Fertiggerichten ernähren. Den letzten Salat hat er bestimmt als Kind gegessen. Und ich vermute, dass er nichts anderes trinkt als zuckerhaltige Limonade oder diese grässlichen Energydrinks. Eigentlich sollte das hier doch genau sein Gusto sein.

»Der Djuveč-Reis hier ist hervorragend«, erkläre ich.

Es scheint ihn nicht zu überzeugen. Er hat wohl ein romantisches französisches Restaurant mit livrierten Kellnern erwartet.

»Ich gehe gern hierher. Das ist ein Geheimtipp«, sage ich. Das scheint ihn sanfter zu stimmen. Er schaut in die Speisekarte und bestellt, wie ich geahnt habe, die große Fleischplatte mit einer Extraportion Zwiebeln. Kein Wunder, dass dich keine Frau küssen mag, Nils, denke ich. Ich ordere ein Puszta-Schnitzel und habe jetzt schon Angst vor dem vor Antibiotika triefenden Formfleisch, das ich gleich serviert bekomme. Aber scheiß drauf, da muss ich jetzt durch. Wie sowieso durch diese grauenhafte Situation.

Aber ich bin eine Kämpferin, mich kriegt niemand unter.

»Schön, dass wir uns treffen und ein bisschen reden können«, sage ich, als ich mich zurücklehne und mein linkes Bein auf dem Stuhl neben mir ausstrecke. Als Nils Bergmann mein bestrumpftes Knie sieht, treten ihm tatsächlich Schweißperlen auf die Stirn.

Ich habe mir Mühe bei der Klamottenauswahl gegeben. Stundenlang hatte ich vor dem Kleiderschrank gestanden und zwischen Jogginganzug und elegantem Kleid geschwankt. Letztlich hatte ich mich für eine billige, ziemlich nuttige Variante entschieden. Ein hässliches buntes Oberteil, das eng anliegt und meine Brüste betont, einen kurzen Rock, die hässlichste Strumpfhose, die ich finden konnte und die zu meiner Freude sogar eine Laufmasche hat, und halbhohe Schuhe. Ich zeige Nils Bergmann mein Knie und beobachte, wie sein Blick zum Ausschnitt meines Oberteils wandert, das ich zuvor schon einen Knopf zu weit aufgeknöpft hatte.

»Ich finde es auch sehr schön, dass wir uns treffen«, sagt Nils Bergmann. »Sie sind mir wichtig ...«

»Und Sie mir auch. Selbst wenn die Situation etwas ... kompliziert ist, wie wir wissen.«

»Das stimmt wohl«, bestätigt er.

Der Wirt kommt und stellt uns das Essen hin. In der

Schnelligkeit, in der das passiert, wird klar, dass er alles nur in die Mikrowelle geschmissen hat. Selbst die Fleischberge von Nils Bergmann, die unter einem Berg von rohen Zwiebeln verborgen sind. Mein Schnitzel war wenigstens in der Fritteuse gewesen. Es knackt und knirscht beim Kauen. Der Djuveč-Reis schmeckt nach gar nichts, und die rote undefinierbare Soße mit den Paprikastücken schmeckt muffig, so als wäre sie seit 1970 aufbewahrt worden.

»Um es mal vorwegzusagen: Ich bin immer noch der Überzeugung, dass Sie die Realität etwas ... verzerrt wahrnehmen und dass das, was Sie meinen, gesehen zu haben, nicht der Wahrheit entspricht. Aber vielleicht lassen wir das Thema erst mal beiseite und machen uns einen schönen Abend.«

»Hat Ihr Mann eine Affäre mit dieser Frau gehabt?«, will Nils Bergmann wissen.

Fuck!

»Haben Sie sich auch mit meinem Mann auseinandergesetzt?« Ich schmunzele bemüht.

»Mit Jakob?«

Ich zucke zusammen. Er kennt den Namen?

»Ja klar.« Nils Bergmann nickt. »Also, verstehen Sie es nicht falsch. Sie sind mir wichtig, und ich möchte, dass es Ihnen gut geht ...«

»Und deshalb spionieren Sie Jakob hinterher?« Ich bin perplex und aufgebracht, versuche, es mir nicht anmerken zu lassen. Ich stopfe mir eine Gabel voller Formfleisch in den Mund und kaue ganz bemüht, damit ich Nils Bergmann nicht ins Gesicht springe.

Er wird ein bisschen rot.

»Es ist eher Zufall gewesen … Nun ja, sagen wir: Ich bin ihm mal begegnet. Ein-, zweimal.«

»Wissen Sie, wo er arbeitet und was? Welche Hobbys er hat?« Ich lächle, als wäre es ein lustiges Spiel. Dabei zieht sich in mir alles zusammen.

»Das Architekturbüro läuft ja anscheinend nicht so gut, oder? Und was seine Freizeit angeht, ich weiß nur, dass er neuerdings ins Fitnessstudio geht.«

Neuerdings? Wie lange beobachtet mich Nils Bergmann schon? Seit wann geht das? Ich kriege leichte Panik. Wie manisch ist dieser dicke Fleischkloß mir gegenüber?

»Da hat er auch diese blonde Frau kennengelernt«, fügt Nils Bergmann hinzu. »Ich habe sie mal zusammen gesehen.«

»Die Frau, die Sie meinen, bei mir erkannt zu haben?«, spöttele ich.

»Wie gesagt, ich habe sie in Ihre Praxis gehen sehen, und sie trug dieselbe Handtasche. Ich habe sie direkt wiedererkannt.«

Mir dreht sich der Magen um. Es liegt nicht am Formfleisch. Ich *wünschte*, es wäre das Formfleisch.

»Es tut mir leid, Ihnen das sagen zu müssen«, fährt Nils Bergmann fort, während er sich einen Berg Fleisch mit Zwiebeln in den Mund schiebt. »Ihr Mann hat der Frau die Handtasche geschenkt.«

Ich möchte sofort kotzen, den ganzen Fleisch- und

Reisbrei geradeaus auf den Tisch würgen, oder besser noch quer darüber, direkt in Nils Bergmanns Schweinegesicht.

»Ach, wirklich«, würge ich stattdessen hervor.

»Ich war dabei. Auf einem Parkplatz.« Nils Bergmann mustert mich mitfühlend. »Tut mir leid.«

Ich zähle in Gedanken runter bis zehn, während sich mein Lächeln auf meinen Mundwinkeln festzementiert. Einatmen, ausatmen. Irgendwo ein Stück Dankbarkeit finden, für irgendwas an diesem Tag. Positiv denken. Kraft finden. Und dann Angriff.

»Das muss Ihnen nicht leidtun«, erkläre ich. »Ich weiß davon.«

»Ach, wirklich?« Nils Bergmann ist mächtig erstaunt. »Und das hat Sie nicht gestört? Ich fand Jakobs Verhalten widerlich. Sie sind so eine tolle Frau, und dann trifft er sich mit einer anderen und macht ihr überkandidelte Geschenke.«

Ich frage mich tatsächlich gerade, wie teuer so eine Prada-Tasche wohl sein mag und wie Jakob das Geld abgezweigt hat, ohne dass ich das gemerkt habe. Und ich überlege tatsächlich, was die letzten Geschenke waren, die er *mir* gemacht hat. Ein Bildband fällt mir ein, den ich noch nicht mal ausgepackt habe, eine Brosche, die ich nicht trage, ein Wochenende in der Eifel. Gut, das wenigstens war schön und passend gewesen. Obwohl, lief da seine Affäre schon?

»Er sollte Sie nicht betrügen.« Nils Bergmann sieht

aus, als würde er Jakob gerne verprügeln. »Das schickt sich nicht.«

»Aber das tut er nicht«, erwidere ich langsam und starte meine Offensive. »Wir führen eine offene Beziehung.«

Nils Bergmanns Unterlippe klappt herunter. Er starrt mich mit offenem und mit Essensbrei gefülltem Mund an.

»Jakob schläft mit anderen. Und ich auch.«

Nils Bergmanns Gesicht ist ein einziges Fragezeichen, in dem sich ein Gefühlswirrwarr abspielt. Überraschung, Irritation, Eifersucht, Empörung und wahrscheinlich noch vieles mehr, das ich gerade nicht identifizieren kann. Ich streiche mir durch die Haare, beiläufig, aber lasziv. Wie ich zumindest hoffe.

»Seit Jahren machen wir das schon. Ich habe gemerkt, dass mich eine monogame Beziehung einschränkt, dass ich mehr vom Leben will. Mehr Erotik, mehr Nervenkitzel, mehr Sex. Mehr von anderen Männern.«

Nils Bergmann gleicht einer starren Hülle.

»Sie wirken irritiert. Stört Sie das?« Ich mustere ihn und hoffe: Ja!!!

»Ich ... ich habe nur damit nicht gerechnet«, bringt er hervor.

Ich merke, dass er einen Zentimeter nach hinten rutscht, von mir zurückweicht. Yes! Es funktioniert.

»Sie wirken bekümmert.«

»Ich habe Sie nur ... für anständig gehalten«, sagt er ein wenig traurig.

»Und ich hätte nicht gedacht, dass Sie ein so veraltetes Weltbild haben, Herr Bergmann. Sie sind doch jung und modern ...« Das ist er natürlich nicht, aber da ich hier lüge, was das Zeug hält, kann ich ja auch aufs Ganze gehen.

»Ich finde, es ist nichts dabei, wenn man seinen Wünschen und Gelüsten nachgeht. Und wenn ich Lust habe, mich von fremden Männern durchvögeln zu lassen, dann tue ich das.« Ich lächele breit.

In Nils Bergmann bricht eine ganze Welt zusammen. Es ist wunderbar. Er sagt nichts mehr, schiebt mit seinem Besteck Essen auf dem Teller hin und her, ohne sich etwas in den Mund zu stecken. Ich dagegen stopfe, nein, schlinge das Schnitzel in mich hinein, und es ist, als ob die Chemie-Rückstände darin mir neue Kraft, sogar eine Superpower geben. Ich höre nicht auf, das Thema Sexualität und Promiskuität zu bespielen, und als wir nach dem Essen den Kroaten verlassen und ich dem dicken Wirt sogar noch aufreizend zugelächelt habe, ist Nils Bergmann ein gebrochener Mann.

Wir stehen vor dem Restaurant, und ich strahle Bergmann an.

»Schön war das«, sage ich. »Vielen Dank, das hat mir gutgetan. Es ist schön, mal so frei von der Leber weg reden zu können. Die Rollen, die wir haben, einmal umzudrehen.«

Nils Bergmann nickt nur und starrt zu Boden. Weiter hinten gehen ein paar Jugendliche über die Straße und grölen. Einer wirft eine Flasche gegen eine Hauswand. Glas splittert.

»Nun, ich muss dann mal«, sage ich. »Auf Wiedersehen.«

»Ich bringe Sie zu Ihrem Auto«, erklärt Nils Bergmann besorgt mit dem Blick in das trostlose dunkle Nichts hier um uns herum. »Das ist keine gute Gegend.«

»Das brauchen Sie nicht ...«

»Ich bestehe darauf.« Nils Bergmanns Blick ist fest und entschlossen. Ich zucke die Schultern. »Gut, gehen wir. Dahinten auf dem Parkplatz.«

Während wir gehen, wühlt und arbeitet es in Nils Bergmann. Ich weiß nicht, was genau, aber ich habe ihm sehr viel zu denken gegeben. Er wird in seinem Bett weinen heute Abend. Oder die Nacht mit einem Ballerspiel durchzocken. Ich bin euphorisch, es hätte nicht besser laufen können. Und vor allem ist er so überrumpelt und fertig, dass er Amelie gar nicht mehr anspricht.

Schweigend erreichen wir den Parkplatz. Ich habe neben den Mülltonnen hinter dem Fast-Food-Restaurant geparkt. Es ist völlig dunkel hier, die Rückseite von dem Imbiss ist nicht erleuchtet. Von der Straße scheinen nur ein paar Lichter herüber, auf dem Boden liegt Kies, und in einigen Pfützen steht noch Wasser, obwohl es seit Längerem nicht mehr geregnet hat.

Als ich den Wagen erreiche, drehe ich mich zu Nils Bergmann um.

»Nun, vielen Dank für den Abend. Wie gesagt, es war

nett.« Ich lächele und hole meinen Wagenschlüssel heraus.

Nils Bergmann schaut mich an. Sein Gesichtsausdruck ist irgendwie voller Trauer und etwas anderem, das ich nicht deuten kann. Ich schenke dem keine Bedeutung.

»Frau Stach ...?«

Und dann tritt er vor, greift mich bei den Oberarmen und drückt seine wulstigen Lippen auf meine. Ich weiche zurück, versuche, mich loszumachen, aber er lässt mich nicht. Ich gerate in Panik.

Kapitel 18

Nils Bergmann ist groß und schwer, anderthalb Köpfe größer als ich. Er muss sich herunterbeugen, um mir seinen Kuss aufzudrücken. Fettige, wulstige, stinkende Zwiebellippen, die er auf meine presst. Seine Hände sind wie Schraubstöcke. Ein Gedanke rast mir durch den Kopf: woher er diese Kraft hat, denn sonst ist Nils Bergmann ein weichlicher, schwächlicher, formloser Kloß.

Ich versuche, mich aus seiner Umklammerung zu befreien, aber er greift nur noch fester zu. Ich drehe meinen Kopf weg, stöhne laut vor Schmerz, dann jedoch packt er meinen Kopf mit der linken Hand und drückt ihn an sich. Nils Bergmann drängt seinen Unterkörper an meinen. Ich weiche zurück, habe keine Chance.

»Nils«, bringe ich zwischen den zusammengepressten Lippen hervor, »stopp!!!«

Es spornt ihn nur noch mehr an. Seine rechte Hand wandert zu meiner Hüfte, krallt sich in den Bund meines Rocks und zerrt daran. Ich merke, wie hinten ein Knopf abplatzt. Sein Bein schiebt sich zwischen meine Schenkel, er presst sich gierig an mich.

Ich bin massiv überfordert, habe bleierne Angst. Was passiert hier? Will er mich vergewaltigen? Hat ihn meine laszive Erzählung so angemacht, dass er meint, er könne sich jetzt alles erlauben? Ist mein Plan völlig nach hinten losgegangen? Ich will nachdenken, kann aber nicht.

Am Ende ist es ein Reflex, irgendeine vage Erinnerung, die dann doch plötzlich aufploppt wie eine Blüte. Das Krav-Maga-Seminar. Kämpfe mit allem, was du hast!

Das Einzige, was ich habe, ist der Autoschlüssel zwischen meinen verkrampften Fingern. Und da Nils Bergmann meinen rechten Arm losgelassen hat, um sich noch enger an mich zu pressen, kriege ich den Arm frei, drehe mich etwas zur Seite, sodass ich ausholen kann, und ramme Bergmann den Schlüssel mit aller Kraft in den Hals. Nils Bergmann gibt ein erstauntes Schluckgeräusch von sich, das sich sofort mit einem Blubbern mischt. Er lässt meinen Kopf und meinen Rock los, weicht ein Stück zurück, der Gesichtsausdruck erstaunt und die Augen weit aufgerissen. Dann greift er sich an den Hals, in den ich noch immer den Schlüssel drücke und jetzt sogar in der Wunde drehe. Seine Hände umklammern meine, dann gebe ich nach und ziehe meine Hand zurück.

Mit dem Geräusch von Luft, die sich durch Blut presst, steht er da. Völlig perplex. Die Augen voller Angst.

Dann kippt er nach hinten um und ist tot.

Und warum ich plötzlich zweimal mit meinen halbhohen Lederschuhen in die Genitalgegend von Nils Bergmann nachtrete, weiß ich selber nicht.

Kapitel 19

Keine Ahnung, ob das Female-Empowerment-Seminar in Portugal dieses im Sinn hatte, als es darum ging, uns Frauen zu mehr Stärke und Kraft und Selbstbewusstsein zu verhelfen. Aber vor mir liegt ein toter Mann auf einem nächtlichen Parkplatz. Ein großer, massiger Mann, der im Dunkeln aussieht wie ein Sandhaufen.

Ich ringe nach Atem und stehe so lange regungslos da, bis irgendwann von hinten wieder jugendliches Grölen und Lachen zu hören ist. Ich ducke mich in das Dunkel zwischen Mülltonnen, Fast-Food-Restaurant und Polo und halte den Atem an. Aber die Jugendlichen passieren den Parkplatz, ohne in meine Richtung zu sehen. Und auch der Wagen, der plötzlich auf den Parkplatz einbiegt, fährt nicht nach rechts, sodass mich seine Scheinwerfer erfassen würden, sondern nach links. Ich habe wahnsinniges Glück. Allerdings warte ich vergeblich darauf, dass ich die Autotür höre und jemand aussteigt. Der Fahrer scheint im Wagen sitzen zu bleiben. Ich spähe über die Kühlerhaube meines Polos und sehe den silbernen alten

Mercedes in gut fünfzehn Metern Entfernung stehen. Niemand darin bewegt sich. Scheiße! Was soll ich tun?

Ich blicke auf den toten Nils Bergmann da unten auf dem Kies und mit einem Bein in einer Pfütze. Was mache ich jetzt nur? Der Kroate hat uns zusammen gesehen, wird bestätigen, dass wir bei ihm gegessen haben. Vielleicht sogar, dass ich Nils Bergmann angeflirtet habe. Es war wohl kaum zu übersehen, dass ich ihm eindeutige Angebote gemacht habe. Und zudem habe ich mich so überschwänglich freundlich bei dem Wirt bedankt, dass der sich bestimmt daran erinnern wird. Das ist er sicherlich nicht gewohnt. Die meisten seiner Gäste laufen bei diesem katastrophalen Essen wahrscheinlich angeekelt hinaus.

Ich muss die Leiche von Nils Bergmann beseitigen. Aber wie? Und wohin? Erst mal in meinen Wagen. Dann sehe ich weiter. Ich greife nach den Knöcheln von Nils Bergmann. Er trägt ausgelatschte Adidas-Sneaker, die müffeln. Oder sind es seine Socken? Seltsam, dass ich auf so etwas in so einer Krisensituation achte. Ich richte mich etwas auf und ziehe mit aller Kraft an den Beinen von Nils Bergmann. Er bewegt sich einen Millimeter. Mehr nicht. Verdammt! Bis zum Auto sind es gut drei Meter. Ich drehe ihm den Rücken zu, klemme seine Unterschenkel unter meine Arme und ziehe wie ein Muli an ihm, stemme mich mit aller Kraft in den Boden und spanne meine Jogger-Muskeln an. Drei Zentimeter schaffen wir, wenn es hoch kommt. Wie kann jemand nur so schwer sein? Ich hasse Nils Bergmann für sein ungesundes Leben und das fette Essen, das er in sich reingestopft hat. Ein neuer Versuch, mit aller, mit letzter Kraft ... nichts. Nach Luft ringend, lasse ich los und sinke kraftlos vornüber zu Boden. Dass ich mir ein Knie aufstoße, merke ich nicht. Auch nicht das Blut, das mir durch die Strumpfhose sickert. Und den Schweiß in meinen Haaren, meine nassen Achselhöhlen und die frustrierten Tränen in meinen Augen, die spüre ich anfangs auch nicht, sondern nur Verzweiflung.

Irgendwann stehe ich auf, öffne die Fahrertür des Polo und setze mich erschöpft. Die Beine draußen auf dem Kies, den Po auf dem Kunstleder sitze ich da und denke nach. Was soll ich nur tun? Ich bin verloren, starre an der geöffneten Tür vorbei auf die Leiche. Aber dann nehme ich etwas aus dem Augenwinkel wahr.

Es mag eine blöde Idee sein. Vielleicht funktioniert sie nicht. Aber es ist besser als nichts. Ich habe diese Reklamezettel immer gehasst, die irgendwelche Leute einem unter die Scheibenwischer klemmen. Schlimmer sind nur noch die Visitenkarten von irgendwelchen Autohändlern, die dir deinen Wagen abkaufen wollen. Ich finde es übergriffig, wenn sie plötzlich an meinem Wagen kleben, reingeschoben in die Fensterdichtung oder eben unter die Scheibenwischer geklemmt. Das ist mein Wagen. Das ist mein Bereich. Das ist eine Grenzüberschreitung.

Normalerweise werfe ich sie weg. Letztens allerdings hatte ich die Arme voll mit Einkäufen und den Reklamezettel überfordert in das Seitenfach der Tür geworfen. Natürlich habe ich ihn dann nicht entsorgt, sondern einfach neben dem anderen Müll darin vergessen. Jetzt bin ich überglücklich über den Reklamezettel mit Rabattbons des Fast-Food-Restaurants, auf dessen Rückseite ich stehe. Ich hole ihn heraus, trete zu Nils Bergmann und schiebe ihm den Zettel in die rechte Hand. Es wird aussehen, als wollte er zum Fast-Food-Restaurant und sei auf dem Weg dahin ermordet worden. Niemand wird auf die Idee kommen, beim Kroaten fünfzig Meter weiter weg nachzufragen, ob Nils Bergmann dort Gast gewesen ist.

Als ich den Polo starte und über die Schlaglöcher des Parkplatzes holpere, breitet sich ein Lächeln auf meinem Gesicht aus. Es wird zum Strahlen, als ich auf die breite Straße biege, die mich allmählich quer durch die Stadt trägt. Strike! Ich bin raus! Ich bin eine Gewinnerin! Voller Übermut stelle ich das Radio an. *Survivor* von Destiny's Child läuft. Das ist ein Zeichen! Ich singe lauthals mit.

Ich habe mich der größten Bedrohung entledigt, habe gekämpft und gewonnen. Gegen einen übermächtigen Gegner. Ich bin ein gottverdammter Sieger!

An einer Ampel schaut ein Typ aus dem Nachbarwagen rüber. Ich merke erst jetzt, dass ich die Siegerfaust balle, während ich laut mitsinge. Es stört mich nicht, dass der Fahrer mich seltsam ansieht, ich kurbele sogar mein Fenster runter und singe extra laut mit. Der Mann fährt kopfschüttelnd davon. Jemand hinter mir hupt. Voller Übermut zeige ich ihm den Stinkefinger.

Dann gebe ich so heftig Gas, dass es den Wagen abwürgt.

Hupend fährt der Mann hinter mir links an mir vorbei. Es lässt mich kalt. Im Gegenteil, ein unbeschreibliches Glücksgefühl durchflutet mich. Ich weiß, das ist das Adrenalin, das abflaut und mit den Endorphinen einen wilden Cocktail abgibt. Selten habe ich mich so lebendig gefühlt, so vibrierend, so elektrisiert. Aber was ist das?

Plötzlich wird mir mehreres klar: Ich hatte immer gedacht, dass man durch Gespräche und Worte Lösungen finden kann und das der richtige Weg ist. Aber die Realität zeigt mir anderes auf. Mein Weltbild kommt ins Schlingern. Mein Beruf, der im Wesentlichen auf Reden beruht. Ich selbst, die sich stolz zu Friedfertigkeit und Gewaltlosigkeit bekannt hat und die immer dafür eingetreten ist.

Plötzlich jedoch ist da etwas anderes in mir. Es ist, als ob sich eine Tür geöffnet hat, einen Spaltbreit, vielleicht etwas mehr. Und als ob aus dieser Tür kein warmes Licht dringt, sondern eine dunkle, zähe, klebrige Masse. Ein böser braunroter Schleim, aus dessen undefinierbarer Mitte plötzlich schlangenartige Gliedmaßen hervorkommen, die sich langsam durch den Spalt schieben, die Tür ein Stück weiter aufdrücken. Ich weiß nicht, was das ist da in mir. Ich weiß nur, es ist böse.

Und es hat mit der Gewalt zu tun, die ich eben ausgeübt habe. Ja, man könnte sagen, die Attacke mit dem Schlüssel sei reine Notwehr gewesen, ein verzweifelter Versuch, sich gegen den Angreifer zu wehren.

Aber warum habe ich den Schlüssel dann noch in der

Wunde gedreht? Und warum habe ich dann noch zweimal nachgetreten, als er tot vor mir auf dem Boden lag? Weil ich ... es irgendwie genossen habe?

In diesem Moment sagt mein Hirn: Stopp! Irgendein erwachsener Anteil meldet sich, zwingt mich zur Räson, dazu, die Situation zu analysieren. Eins ist völlig klar: Wie so viele Frauen habe ich meine Aggressionen seit jeher unterdrückt und eher verinnerlicht. Leider haben wir die Tendenz, Schuld bei uns zu suchen, Gewalt gegen uns selbst auszuleben. All das, was wir unseren Körpern antun – Bulimie, Magersucht, exzessive Sportsucht –, jede andere Sucht natürlich auch. Dann Depressionen, die nichts anderes sind als nicht ausgelebte Wut. Und so weiter und so fort. Dass Frauen körperliche Gewalt ausüben, ist selten, denn meist sind es Männer, die brutale Gewalttaten begehen. Frauen nutzen eher heimtückischere Mittel, um jemanden umzubringen: Gifte, Manipulationen, psychische Gewalt.

Allerdings kenne ich aus meiner Kindheit auch anderes ... Kommt daher diese entfesselte Gewalt in mir, dieser krasse Ausbruch? Warum hatte ich meinen präfrontalen Cortex nicht im Griff? Bin ich einer Impulskontrollstörung erlegen? Und verdammt noch mal: Warum hat mir das Freude gemacht?

Ich muss dringend mit meiner Supervisorin reden. Hanna begleitet mich schon seit Jahren. Sie weiß alles über mich. Über mein Trauma. Meine Lebensgeschichte. Mein Ringen damit.

Aber kann ich Hanna die Wahrheit sagen?

Bestimmt nicht. Auf keinen Fall. Es darf niemand wissen, dass ich ... und jetzt erst begreife ich es wirklich ... eine Doppelmörderin bin.

Kapitel 20

Als ich nach Hause komme, steht Jakob in der Küche und sieht mich komisch an.

»Wo bist du gewesen?«

Er mustert mich, sein Blick gleitet an meinem derangierten Outfit herunter, und er merkt sofort, dass da etwas nicht stimmt.

»Was ist mit deinem Knie?«

Ich schaue auf mein bestrumpftes Knie, das mit dunklem Blut verschmiert ist.

»Ich habe mich gestoßen«, antworte ich.

»Und was hast du da eigentlich an?« In seinem Blick liegen pures Erstaunen und ein bisschen Ekel. Kein Wunder. Ich hatte gerade ganz vergessen, wie nuttig ich unterwegs bin. Ich greife reflexhaft zu meinem viel zu tiefen Ausschnitt und raffe ihn zusammen.

»Mir war danach«, sage ich. Ich drehe mich um und gehe schnell ins Badezimmer, denn als ich an mein Oberteil gefasst habe, habe ich gesehen, dass an meinen Fingern noch Blutspuren haften. Dass ich sie gerade im Dunkeln mit einem Wegwerftuch abgewischt habe, hat offensichtlich nicht gereicht. Ich lasse mir warmes Wasser über die Hände laufen und schrubbe heftig.

»Sag mal, wo warst du?« Jakob steht im Türrahmen und betrachtet mich misstrauisch.

Da reicht es mir, und ich fahre herum und blaffe ihn an: »Was ist das hier? Ein Überwachungsstaat? Ich frage dich doch auch nicht dauernd, wo du hingehst und was du machst!«

»Hey, ich wollte nur wissen ...«

»*Was???* Was willst du wissen? Ob ich eine Affäre habe? Denkst du das? Ja? Glaubst du das?«

Jakob sieht mich erstaunt an.

»Nein, ich ...«, er schweigt kurz, dann: »Hast du?«

Das ist der Moment, in dem ich richtig explodiere.

»Das könnte dir so passen, was?! Willst du das etwa? *Willst* du, dass ich eine Affäre habe?« Damit du deine rechtfertigen kannst? Damit du sagen kannst, war ja nicht so schlimm, dass ich mit Amelie geschlafen habe. Hast du doch auch getan, mit irgendwem, füge ich in Gedanken hinzu und starre ihm hasserfüllt in die Augen.

»Sophie«, sagt Jakob erschrocken. »Was ist mit dir?«

Ja, was ist eigentlich mit mir? Ich bin ein Bündel voller widersprüchlicher Gefühle. Einerseits will ich Jakob entgegenschreien, was ich von ihm und Amelie weiß. Will ihn schütteln, packen, kneifen und, ja, ihm ins Gesicht schlagen, in seine dumme, verlogene Fresse. Ich will ihm in die Augen drücken. Seine Nase blutig schlagen. Ich will, dass seine Oberlippe aufplatzt und er vor Schmerzen schreit. Ich will, dass er auf den Boden sinkt. Und dann will ich in ihn reintreten und ...

Woher kommt die Gewalt? Diese *Lust* daran?

Das bin doch nicht ich?

Verdammt, Sophie! Das bin doch nicht ich, oder?

Ich versuche, mich zu regulieren. Sage mir, dass das gerade etwas Urkindliches, Archaisches war. Etwas, das kurz ausgebrochen ist.

Aufgebrochen.

Das ich aber wieder in den Griff bekomme. Besser wäre es. Denn würde ich Jakob mit meinem Wissen konfrontieren, dann käme er dahinter, dass ich eine Mörderin bin ...

»Tut mir leid«, murmele ich und schiebe mich an Jakob vorbei.

Später reden wir nicht mehr. Ich verziehe mich aufs Sofa, trinke Wein und tue so, als würde ich ein Buch lesen. Wir schweigen, bis Jakob ins Bett geht. Ich nutze die Gelegenheit, bleibe einfach auf dem Sofa liegen und schlafe dort schließlich völlig übermüdet ein.

Am nächsten Morgen habe ich einen steifen Nacken und kann meinen Kopf kaum bewegen. Mit einem Kaffee in der Hand scrolle ich durch die Onlineausgaben der Tageszeitungen. Keine Nachricht über den Fund von Nils Bergmanns Leiche.

Mit Kopfschmerzen sitze ich später in der Therapiestunde

von Christine und Samuel. Beide sehen wie immer wie aus dem Ei gepellt aus. Zu Beginn stelle ich eine etwas gelöstere Stimmung zwischen den beiden fest. Sie lächeln häufiger, werfen sich Blicke zu, und in einem Moment berührt Christine sogar Samuels Arm.

»Wir haben Ihren Rat befolgt und miteinander geschlafen ...«, sagt Christine und errötet, als wäre es ihr peinlich, das zuzugeben.

Samuel nickt. »Das war gut. Hat mir gutgetan. Dir auch?«

Christine nickt. »Es war schön, dich wieder zu spüren.« Sie errötet noch mehr. »Und wir haben ... ein bisschen experimentiert ...«

»Sie haben etwas Ungewöhnliches getan? Was sonst keine Rolle in Ihrem Sexleben spielt? Das ist interessant. Wie kam es dazu? Wer von Ihnen war denn die treibende Kraft, wenn ich das fragen darf?«

»Christine«, erklärt Samuel.

Ich mustere die attraktive Blondine, die jetzt verschwörerisch lächelt. Alles an ihr wirkt inszeniert, selbst die gespielte Scham über das ungewöhnliche sexuelle Abenteuer.

»Und wie kam es dazu, Christine? Haben Sie sich ... sicherer gefühlt in Ihrer Beziehung zu Samuel? Konnten Sie sich vielleicht daher mehr gehen lassen?«

»Ja, so war es.« Christine nickt.

Ich bezweifle, dass diese Frau sich überhaupt gehen lassen kann. Sie wirkt so kontrolliert, so bedacht auf ihr Äußeres, auf das Bild, das sie abgibt.

»Früher hatte ich ... Probleme mit dem Sex ...«, gibt sie zu. »Aber ich bin darüber hinweg. Ich kann jetzt mehr zu mir stehen.«

»Früher war unser Sex ... wie soll ich das sagen, eher ... mechanisch«, fügt Samuel hinzu. Er merkt nicht, wie sehr er Christine damit verletzt. Plötzlich liegt ein dunkler Schatten in ihren Augen. Sie schaut ihn an.

»Wie meinst du das?«

Samuel druckst herum. »Ich finde, es war ... oft so ... inszeniert. Irgendwie so, als wärst du nicht da. Nicht ganz bei mir, oder bei dir.«

Ertappt!

»So sehe ich das gar nicht, da liegst du total falsch. Und wie kannst du so etwas sagen, jetzt, nachdem es gerade so gut war?« Christine schaut auf die Uhr und greift ihre Tasche. »Tut mir leid, ich muss heute leider früher los. Ich habe einen Termin mit dem Gastroenterologen wegen Johannas Magenproblemen. Das hatte ich dir bereits gesagt. Auf Wiedersehen, Frau Stach, bis nächste Woche.«

Sie geht, ohne ihrem Mann einen weiteren Blick zuzuwerfen. Samuel bleibt mit hängenden Schultern sitzen und sagt dann den Rest der Stunde nicht mehr viel. Außer, dass er den Eindruck hat, dass Christine alles wichtiger ist als er. Vor allem die Kinder. Kann man ja verstehen, sie sind ja auch dauernd krank und benötigen viel Aufmerksamkeit.

Irgendwas bleibt da bei mir hängen, ich weiß noch

nicht, was es ist, aber mich beschleicht ein unwohles Gefühl.

Das unwohle Gefühl ist nichts im Vergleich zu dem, was ich in der Mittagspause verspüre. Es gibt immer noch keine Neuigkeiten von Amelie, aber Nils Bergmanns Leiche ist gefunden worden.

»Leichenfund hinter Fast-Food-Restaurant« titelt die Onlineausgabe einer Zeitung. Eine andere versteckt die Nachricht an weniger prominenter Stelle, aber im Inhalt sind beide gleich: Die Leiche von Nils Bergmann wurde am Morgen von der Müllabfuhr entdeckt. Zur Todesursache steht dort nichts, außer »Gewaltverbrechen«, und Hinweise auf den Täter gibt es keine, die Polizei bittet um Mithilfe der Bevölkerung.

Ich bete, dass man mich nicht gesehen hat und meinen Polo nicht identifiziert. Hat der Mensch in dem Mercedes, der nicht ausgestiegen war, irgendetwas bemerkt oder gesehen? Ich hoffe und bete, dass nicht.

Mir treten die Bilder vom gestrigen Abend wieder vor Augen: meine Hand, die den Schlüssel umkrallt und ihn Nils Bergmann in die Kehle drückt. Sein ungläubiges Staunen, der Schmerz in seinen Augen. Und das Vergnügen, das mir all das bereitet.

Ich bekomme einen Termin bei meiner Supervisorin außer der Reihe. Hanna Birnbaum ist sechsundsechzig, seit vierzig Jahren im Dienst und eine erfahrene Therapeutin, zudem äußerst intelligent und ein wirklich warmherziger

Mensch. Wenn ich sie manchmal ansehe, spüre ich so etwas wie Liebe. Und mir ist völlig klar, wie das bei Nils Bergmann funktioniert hat und dass wir da die gleichen Übertragungserfahrungen gemacht haben oder machen.

Hannas Praxis ähnelt meiner nur insofern, als dass es in ihrem Behandlungsraum ähnlich hell und freundlich ist wie in meinem. Doch ihre Wände säumen Bücherregale voller Fachliteratur, und im Gegensatz zu mir hat Hanna alle gelesen und sogar einige davon geschrieben. Der Sessel, in dem ich sitze, ist alt und riecht etwas nach Staub. Ich habe immer den Wunsch, Hanna darauf hinweisen zu wollen, ich lasse es jedoch glücklicherweise. Ich sehe diese Frau mit den sehr langen grauen Haaren, die sie wie immer zu einer wilden Hochsteckfrisur hochgebunden hat, bewundernd an. Wie gerne hätte ich ihre Ruhe, ihre Ausgeglichenheit, ihre innere Kraft.

Und wie gerne wäre ich einfach wieder eine ganz normale Therapeutin und keine Doppelmörderin.

Aber was mich noch viel mehr beschäftigt: Bricht hier gerade mein Trauma auf?

»Ich möchte über früher reden«, beginne ich. »Über meine Kindheit.«

»Und wieso möchtest du das? Was führt dich dazu?«

»Eine Patientin ...«, lüge ich. »Ich habe eine Patientin, die ... irgendwie ähnliche Erfahrungen gemacht hat, und ich merke, wie sehr mich das berührt. Irgendwas stößt das bei mir an.«

»Das kann ich verstehen«, sagt Hanna und schweigt

dann. Nicht erwartungsvoll, nicht drängend, aber ich weiß, dass ich dran bin.

»Sie ist so eine perfekte Erscheinung«, fahre ich fort und beschreibe ihr Christine. Warum tue ich das eigentlich?, frage ich mich schnell. Warum ziehe ich sie zum Vergleich heran, weil ich vielleicht auch ein bisschen so sein möchte wie sie? Äußerlich schön, innen hohl? Was wünschte ich mir, wenn ich diese quälenden Gedanken nicht dauernd hätte, mein Geist einmal zur Ruhe kommen würde. Und erst recht diese Triebe in mir.

Ich dichte Christine eine Kindheit an, die meiner ähnelt, und beschreibe Hanna, wie Christine letztens angeblich einen Ausraster hatte. Sie hatte den Lehrer ihrer Tochter angeschrien und war sogar tätlich geworden. Dafür war sie der Schule verwiesen worden, und ihr hatte beinahe eine Anzeige gedroht, die sie jedoch durch den Beginn der Therapie bei mir abwenden konnte. Und worum es aber eigentlich ging bei Christine, beziehungsweise bei mir: »Sie hat erzählt, dass sie unfassbare Lust dabei empfunden hat, als sie auf den Lehrer eingeschlagen hat, als sei irgendwas in ihr explodiert. Als wäre da plötzlich ein Freiraum gewesen, irgendeine unentdeckte Leere, die sich plötzlich mit etwas gefüllt hat, das sie nicht kontrollieren konnte. Irgendetwas Triebhaftes ist da in ihr hochgekommen ... und dieses auszuleben hat ihr wahnsinnige Freude gemacht. So sehr, dass sie völlig aufging in dem Moment ...«

Hanna mustert mich, wie ich in dem Sessel nach vorn

gerutscht bin und wie elektrisiert und angespannt dasitze, ohne es bemerkt zu haben.

»Und das kennst du auch?«

»Ich?« Ich zucke peinlich berührt zusammen. »Nein. Und darum geht es nicht«, ergänze ich schnell.

»Bist du da sicher?«

Ich schweige. Verdammt, Hanna hat mich ertappt. Manchmal wünsche ich uns Psychologen alle zum Teufel.

»Was macht es mit dir, wenn du darüber redest und dich in ihre Situation versetzt?«

»Ich ... also, ich habe keinerlei Gewaltgefühle, versteh mich nicht falsch. Aber ... dass da vielleicht etwas aufplatzt, gesehen werden will, das kenne ich schon ...«

»Und was ist das bei dir? Was will da gesehen werden?«

»Keine Ahnung«, lüge ich. »Aber was mich viel mehr berührt, sind die Erfahrungen, die diese Frau in ihrer Kindheit gemacht hat ...« Ich halte inne.

»Psychische Misshandlung?«

Ich nicke. »So ähnlich wie bei mir ...«

»Sophie«, sagt Hanna, »kann es sein, dass du Angst hast, dass bei dir etwas aufbricht, etwas hochkommt, das du überwunden geglaubt hast?«

Ich nicke stumm.

»Da ist dieser Druck, mein Magen ist zu, ich spüre, wie sich meine Kehle immer weiter zuschnürt ... und wie irgendwas raus will ...«

»Wut?«

»Vielmehr ... Hass.« Ich schlucke und merke, wie

mich Scham erfasst. Denn ich hatte gelernt, dass ich solche Gefühle nicht zulassen darf.

»Kein Wunder, du musstest immer die *gute* Tochter sein. Und das war anstrengend. Unfassbar anstrengend, stimmt's?«

Ich nicke wieder stumm.

»Es ist gut, dass sich die Wut zeigt, und auch der Hass. Du darfst das fühlen, darfst das rauslassen.«

Darf ich wirklich?

Kapitel 21

Am vergangenen Abend haben Jakob und ich wieder unser Ritual ausgeübt. Wir haben entweder geschwiegen oder unter Vorwänden in verschiedenen Zimmern gesessen, ich meist in der Küche, wegen des Rauchens. Dieses Mal hat Jakob mich allerdings konkret auf das Rauchen angesprochen, und zwar weniger vorwurfsvoll, sondern interessiert. Daher bin ich nicht reflexhaft in die Verteidigungshaltung gegangen und nicht pampig geworden, so wie das in letzter Zeit meine (grässliche) Art war. Nein, Jakob war wirklich freundlich, und ohnehin wirkte er an dem Abend irgendwie verändert. Was auch immer in ihm passiert war, ich wusste es nicht. Aber es machte es einfacher für mich, zu lügen.

Ich berichtete ihm mehr oder weniger das Gleiche wie Hanna Birnbaum: dass ich eine Patientin habe, deren Geschichte sehr nah an meiner ist, und dass da etwas an meinem bewältigt geglaubten Trauma rührt. Jakob weiß um meine Lebensgeschichte, um die Hölle meiner Kindheit, und wie sehr ich gekämpft habe, das zurückzulassen. Und dass es trotzdem immer noch ein wunder Punkt ist.

Und er weiß auch, dass es in diesen Momenten, in denen der Punkt berührt wird, besser ist, mich in Ruhe zu lassen.

Jakob zeigte also größtes Verständnis und strich mir sogar liebevoll über die Schulter, als er sich dann zurückzog.

Verdammt, das Trauma war die beste Entschuldigung aller Zeiten. Warum war ich nicht früher draufgekommen? Nicht nur, weil ich jetzt ungehindert rauchen konnte, »um meinen Stress« zu bewältigen, sondern auch, um meine Stimmungsschwankungen und meine Wutanfälle sowie meinen Rückzug besser zu erklären.

Für die Wutanfälle von Justin, in denen er Inez quer durch die Wohnung geprügelt hatte, hatte es nie eine Begründung gebraucht. Zumindest keine, die einer ernsthaften Überprüfung standgehalten hätte. Weil Inez mal die Butter vergessen hatte, weil sie mal komisch geschaut hatte. Und ihn damit wohl provozieren wollte. Weil ihr ein Arbeitskollege zum Geburtstag gratuliert hatte. Und jeder andere nichtige kleine Anlass.

Wir Psychotherapeuten sollten eigentlich mit unseren eigenen Emotionen umgehen können, wenn wir in die Geschichten unserer Patienten einsteigen. Als Inez mir nach und nach von Justins Misshandlungen erzählt hatte, waren mir tatsächlich die Tränen gekommen. Nicht nur, weil mich ihr Schicksal so getroffen hatte, sondern weil ich Parallelen zu meinem eigenen Leben ziehen musste.

Und auch jetzt, wenn Inez von Justin erzählt und dabei wie immer etwas nervös auf dem Stuhl hin und her rutscht, spüre ich Wut auf Justin. Das ist ein ganz normales Gefühl, das durch das Mitleid und die Ungerechtigkeit ausgelöst wird, durch die Ohnmacht und den Kontrollverlust.

Neu ist, dass ich den Impuls habe, Inez bei Justin zu rächen. Dass ich, während sie etwas Harmloses, eigentlich Positives von ihm erzählt, plötzlich das Bild vor Augen habe, wie ich diesem Justin Zigaretten auf der Haut ausdrücke. Das Bild blitzt nur einmal kurz auf, ist gleich wieder verschwunden, lässt mich aber völlig verwirrt zurück.

»... und Justin leitet jetzt den Handyladen auf der Kyffhäuserstraße. Das freut mich wirklich für ihn. Er wird bestimmt ruhiger.«

»Sie denken viel an ihn? Er beschäftigt Sie immer noch sehr, oder?«

»Aber nicht, wie Sie denken, Frau Stach!« Inez blickt mich beschwörend an. »Ich gehe nicht zurück zu dem. Echt nicht. Das ist durch.«

Ich würde ihr gerne glauben wollen. Inez fährt sich durchs Haar und fügt fast trotzig hinzu: »Außerdem hat er eine Neue.«

Ich hebe die Augenbrauen. »Hatten Sie nicht das letzte Mal erzählt, dass er Sie gebeten hat, zu ihm zurückzukommen? Wie kann es sein, dass er dann sofort eine neue Freundin hat?«

»Hat er ja auch nicht. Aber die schwänzelt so um ihn rum.«

»Woher wissen Sie das?«

Inez fühlt sich ertappt. »Wir hatten noch mal Kontakt. Er hat's erzählt.«

Ich seufze tief. Normalerweise sollten wir solche Bekundungen auslassen, erst recht keine Vorwürfe äußern, aber ich kann nicht anders.

»Nun gut, Sie wissen, was Sie da tun, und Sie werden auch wissen, ob das gut für Sie ist oder nicht ... Haben Sie mal darüber nachgedacht, dass er Sie vielleicht eifersüchtig machen will?«

»Ach, quatsch! Ich bin doch nicht eifersüchtig!«

Es klingelt. Ich schaue auf die Uhr. Das kann nicht der nächste Patient sein, wir sind mitten in Inez' Sitzung. Ich runzele genervt die Stirn, denn das Klingeln wiederholt sich. Der Paketbote, der manchmal kommt, weiß, dass ich grundsätzlich nie aufmache, und hat das Klingeln aufgegeben. Wer kann das sein?

Nach dem fünften Klingeln erkläre ich Inez, dass ich kurz zur Tür muss und den Besucher, oder wer immer das sei, abwimmeln werde.

Im Flur drücke ich auf den Knopf der Sprechanlage und nehme den Hörer ab.

»Ja, bitte?«

»Frau Stach? Könnte ich mich kurz mit Ihnen unterhalten?«

»Ich bin mitten in einem Patientengespräch. Das passt jetzt nicht. Erst in anderthalb Stunden. Worum geht es überhaupt?«

»Ich bin Kriminalkommissar Quast und würde Ihnen gerne ein paar kurze Fragen stellen ...«

Als ich zu Inez zurückkehre, weiß ich noch nicht mal, ob ich den Hörer wieder eingehängt habe. Ich schiebe Panik, mein Magen ist so weit runtergerutscht, dass er in meinem Becken, nein, zwischen meinen Knien hängt, und ein Sturzbach von Schweiß rinnt meinen Rücken hinunter.

Kapitel 22

Kriminalkommissar Andreas Quast sieht aus wie Alain
Delon. Also wie der fünfzigjährige Alain Delon. Quast hat
dunkle schulterlange Haare, die er kaum bändigen kann,
ein markantes Kinn unter einer sehr geraden Nase und
dunkle Augenringe. Das macht ihn dann glücklicherweise
etwas weniger filmstarlike. Überhaupt wirkt er, als würde
er ein recht ungesundes Leben führen. Wahrscheinlich
der Stress, den man als Kommissar so hat.

Ich wundere mich über mich selbst, dass ich ihm gerade so gelassen entgegentreten kann, aber die anderthalb
Stunden, die er anscheinend in einem Café gegenüber gewartet hat, haben mir die Zeit gegeben, mich wieder run-
terzupendeln und meine Panik irgendwie zu verdrängen.

»Kommen Sie herein«, bitte ich ihn und gehe in meinen
Behandlungsraum vor. Quast folgt mir. Er hat einen
schwer zu ergründenden Blick. Und auch wenn seine wei-
ten Jeans und sein schlabbriger dunkler Pullover leicht
schluffig anmuten, ahnt man doch, dass darunter ein
muskulöser, angespannter, viriler Körper steckt, der sofort

explodieren kann. In einer Auseinandersetzung meine ich. Quast wirkt ein bisschen wie ein Panther auf mich, auch weil ich merke, dass seine Blicke umherschweifen, er alles registriert und aufnimmt. Doch ich spüre auch, dass da etwas Zögerliches ist, etwas Verhaltenes. Ganz frei fühlt er sich nicht. Ich nehme an, dass er wohl zum ersten Mal bei einem Therapeuten ist und eine gewisse Scheu verspürt. Denn diese Psychonummer macht kernigen Machertypen wie ihm bestimmt Angst. Ich kenne diese ganzen Vorurteile.

Ich setze mich auf meinen Stuhl und deute auf den Patientenstuhl mir gegenüber.

»Wollen Sie vielleicht einfach da Platz nehmen?«

Quast schaut etwas irritiert, zögert, setzt sich dann aber.

»Ich bin nicht hier, weil ich therapiert werden möchte«, erklärt er.

»Das habe ich mir schon gedacht. Aber nur mal interessehalber: Haben Sie damit mal Erfahrung gemacht? Sie müssen darauf nicht antworten.« Ich lächele harmlos, dabei ist das natürlich eine Spitze, die ihn verunsichern soll. Wenn jemand derart in den Widerstand geht wie Quast, dann ist genau das sein wunder Punkt. Und mir ist klar, dass ich ihn da packen sollte, um von mir abzulenken.

Er schweigt.

Ich setze nach. »Ich kann mir vorstellen, dass Sie in Ihrem Job eine Menge Krisensituationen durchstehen müssen und dass das einen durchaus ... berühren kann, oder etwa nicht?«

»Wir haben einen polizeipsychologischen Dienst, der uns im Notfall unterstützt.« Quast nickt, dabei fallen ihm die Haare in die Stirn. Sein Gesicht ist abweisend. »Aber ich habe das bislang noch nicht in Anspruch genommen.«

»Das müssen Sie ja auch nicht, verstehen Sie mich nicht falsch. Ich wollte Ihnen keinerlei Probleme unterstellen oder so etwas, auf keinen Fall. Ich meine nur, dass so eine psychologische Unterstützung hilfreich sein kann.«

»Sport auch«, erwidert Quast.

Ah, so einer ist das. Sport, den Körper auspowern, bis man nichts mehr denken muss. Verstehe. Ablenken, anstatt sich auseinanderzusetzen. Ich mustere seine Augenringe und die Haut, die trotz einer gewissen Bräune leicht fahl ist. Ich bin mir sicher, dass Quast raucht und trinkt.

Aber gut, wer tut das nicht? Ich verbringe meine Abende und Tage neuerdings ja auch damit. Ein hilfloser Versuch, mich von meinen Problemen abzulenken. Ich bin wie er. Mist!

»Ich persönlich glaube, dass das keine gute Strategie ist, sich dadurch von seinen Problemen abzulenken«, sage ich deshalb.

»Sachen totzureden aber auch nicht«, erklärt er.

Ich muss lachen. Er schaut irritiert, dann grinst er.

Ich zwinkere ihm zu. »Da haben Sie recht. Aber was kann ich denn für Sie tun?«

»Nils Bergmann, sagt Ihnen der Name etwas?«

»Nils Bergmann? Natürlich. Er ist ein Patient von mir. Was ist mit ihm?«

»Er ist tot.«

Na gut, das ist keine Neuigkeit. Ich tue erschrocken, schlage die Hand vor den Mund und reiße die Augen auf.

»Nils Bergmann ... ist tot? Wie ... Er war letztens noch hier und ...«

»Er ist einem Tötungsdelikt zum Opfer gefallen«, sagt Quast und mustert mich.

Ich spiele ganz auf entsetzt.

»Aber ... aber ... wieso?«

»Das wissen wir auch nicht«, antwortet Quast.

Ich schweige lange, dann sage ich mit leiser Stimme: »Ja gut, wenn das eine gewöhnliche Todesursache gewesen wäre, dann wären Sie ja wohl auch nicht hier. Aber ... *warum* genau sind Sie hier?«

»Was können Sie mir über Nils Bergmann erzählen?«

»Sie wissen doch genau, dass ich der Schweigepflicht unterliege, Herr Quast.« Ich hebe empört die Augenbrauen. »Sie bräuchten einen richterlichen Beschluss, und überhaupt erst dann könnte man überlegen, was man Ihnen zugänglich machen könnte. Tut mir leid.«

Quast nickt.

Ich stelle fest, dass er mich genau beobachtet. Forscht er mich aus? Hat er mich etwa in Verdacht? Hat man mich zusammen mit Nils Bergmann gesehen? Verdammt! Ich spüre, wie meine aufgesetzte Fröhlichkeit bröckelt.

»Wie ist er denn ... zu Tode gekommen?«

»Er ist einem Gewaltverbrechen erlegen. Vielleicht haben Sie es in der Zeitung gelesen. Auf einem Parkplatz eines Fast-Food-Restaurants ...«

Ich schüttele den Kopf. »Nein ... Das ist ja schrecklich.«

Eigentlich war es irgendwie ein schöner Moment gewesen.

»Hören Sie, ich weiß *natürlich*, dass Sie mir nichts aus seiner Patientenakte sagen können, aber wir haben folgendes Problem: Nils Bergmann war ein Einzelgänger. Auch seine Kollegen in der Versicherung beschreiben ihn als zurückgezogen, etwas abweisend und manchmal ... wie soll ich es ausdrücken ... sperrig. Er war anscheinend nicht sonderlich beliebt.«

»Ja ... ich kann mir vorstellen, dass er es nicht leicht hatte«, füge ich zögerlich hinzu. Ich weiß natürlich genau, dass Nils Bergmann soziopathische Züge hatte, dass er unangenehm, egofixiert und passiv-aggressiv war. Aber dass er seine Aggressionen auch sonst unkanalisiert herauslassen konnte.

»Wir haben zudem herausgefunden, dass er früher offenbar eine Frau gestalkt hat. Es lagen mehrere Verfügungen gegen ihn vor. Wissen Sie davon?«

Ich zögere, tue so, als würde ich meine Worte abwägen. Dann nicke ich.

»Ja, natürlich. Das ist ja auch das Problem, wegen dem er zu mir gekommen ist.« Und schnell ergänze ich: »Das darf ich ja sagen. Dies ist schließlich keine neue Information, das wissen Sie ja bereits.«

Quast nickt zufrieden.

»Was ich gerne wissen möchte, und ich hoffe, Sie können mir da Auskunft geben ... Gibt oder gab es jemanden in Nils Bergmanns Leben, dem er mit ähnlichem Interesse gefolgt ist wie der Frau damals? Also jemanden im Hier und Jetzt?«

Ich lehne mich zurück, verschränke die Arme und wirke so abweisend, wie es nur geht.

»Ich kann dazu keine Auskunft geben, das müssen Sie verstehen.«

»Bitte, Frau Stach. Nur eine Andeutung.«

»Gehe ich recht in der Annahme, dass Sie vermuten, dass er ein neues Opfer hatte, dem er gefolgt ist und das sich gegen sein Stalking gewehrt hat? Durch einen drastischen Schritt?«

Immerhin weiß ich, dass es genau so gewesen ist.

Quast nickt bedächtig. »Das ist eine Arbeitshypothese, richtig.«

»Gibt es sonst niemanden, der als Täter infrage kommen würde?«

»Ich kann dazu nichts sagen, aber ...«, er beugt sich etwas auf seinem Stuhl vor. »Er hatte kein soziales Umfeld. Es gibt niemanden, mit dem er ernsthaft über Kreuz gelegen haben könnte. Und offensichtlich hatte er seine festen Routinen und Wege. Dass man ihn am anderen Ende der Stadt, weit weg von seiner Wohnung, gefunden hat, ist zudem seltsam. Wir können uns keinen Reim darauf machen.«

Ich nicke nachdenklich.

Quast lächelt mich mit einem Alain-Delon-Lächeln an. »Und wenn ich Ihnen schon mehr sage, als ich dürfte, was könnten Sie mir denn im Gegenzug berichten?«

»Sie sind mir einer.« Ich grinse ihn an. »Jetzt versuchen Sie, mich zu manipulieren, indem Sie Schuldgefühle erzeugen und meinen Gerechtigkeitssinn ansprechen. Sie hätten Psychologe werden können. Also, nicht, dass wir Psychologen manipulieren, auf keinen Fall, aber wir versuchen natürlich, unser Gegenüber zu verstehen und mittels bestimmter Techniken zu einem Heilungserfolg zu bringen.«

»Ich Psychologe??? Bestimmt nicht.« Quast prustet und verschränkt die Arme.

»Ich weiß, das war ein Scherz. Es ist mehr als deutlich, dass Sie meiner Arbeit äußerst skeptisch gegenüberstehen, so wie Sie in die Abwehrhaltung gehen. Als Psychotherapeutin würde ich sagen, wo so viel Widerstand ist, liegt eine Angst darunter ... Aber ich schweige lieber, bevor ich Ihnen zu nahe trete.«

Quast starrt mich an. Meine Worte haben ihn getroffen, es arbeitet in ihm.

»Also, es tut mir leid, aber ... es ist nun mal so: Wo so viel Abwehr ist, liegt dem immer etwas zugrunde. Eine Angst, sich mit etwas zu beschäftigen. Aber ich möchte Sie hier nicht analysieren, auf keinen Fall. Sie machen das schon super, mit Ihrem Sport und allem.« Ich lächele freundlich und versuche, ihm das Gefühl zu geben, dass er mir vertrauen kann.

»Hat Nils Bergmann nun ein anderes Opfer, Frau

Stach? Es wäre wirklich wichtig zu wissen … Wir könnten eine richterliche Verfügung besorgen, doch das dauert ein paar Tage, und dann wäre ich wieder hier. Ich möchte das gerne abkürzen, verstehen Sie?«

»Ich kann Ihnen dazu nichts sagen.« Und dann schweige ich so lange, bis Quast gerade enttäuscht nicken will. »Aber … ich kann Ihnen versichern, es gibt kein neues Objekt seines Interesses.«

Quast seufzt enttäuscht. »Sicher nicht?«

»Ja. Der Einzige, der ihn umtreibt, also getrieben hat, ist ein Spieler, mit dem er im Internet offensichtlich eine Fehde führt.«

Quasts Augen leuchten plötzlich. »Na, das ist doch schon mal was.«

Ich verschweige ihm, dass es ein zwölfjähriger Junge ist. Denn bis Quast das herausfinden wird, ist er beschäftigt und lässt mich in Ruhe.

»Sie haben das nicht von mir gehört, verstehen Sie?«, sage ich entschieden. »Es war nur ein Hinweis … darauf, sich den Computer von Nils Bergmann mal anzusehen.«

»Das hätten wir eh noch getan, aber … danke.«

Quast steht auf, als hätte er auf glühenden Kohlen gesessen. Ich sehe ihm an, dass er froh ist, hier rauszukommen. Und ich bin ebenfalls froh, wenn ich meine Tür hinter ihm schließen kann. Als ich ihm die Hand gebe und wir uns verabschieden, bin ich unfassbar erleichtert. Ich spüre es. Quast ahnt nichts. Ich bin davongekommen!

Kapitel 23

Als ich an diesem Abend nach Hause komme, bin ich seltsam ruhig. Eine Last ist von mir abgefallen. Natürlich wühlt es immer noch in mir, die Morde ... Aber ich habe das Gefühl, dass ich damit davonkommen werde. Meinen inneren Dämonen werde ich mich später stellen. Stattdessen setze ich – wie Quast – auf körperliche Ablenkung. Ich gehe joggen. Diesmal nicht, um mich auszupowern und die Gedanken zu sortieren, diesmal, um mich völlig frei und allein meinen Glücksgefühlen hinzugeben. Die Sonne scheint, die Menschen sind auf den Straßen und im Park unterwegs, und zum ersten Mal seit Tagen spüre ich mit jeder Faser meines Körpers, dass der Sommer kommt. Und damit endlich wieder mehr Leichtigkeit.

Und ja, ich bin optimistisch.

Auch weil ich das Gefühl habe, dass Jakob und ich irgendwie darüber hinwegkommen werden. Als ich nach Hause komme, steht er in der Küche und kocht. Und tatsächlich, er hat Musik angemacht. Eins seiner Lieblingspowerlieder: Bruno Mars – *Locked out of Heaven*. Als ich in meiner kurzen Jogginghose, dem schulterfreien T-Shirt und meinem Sport-BH die Küche betrete, wirft Jakob mir fast einen zärtlichen Blick zu. Ich spüre, dass er auf meine Beine starrt und es ihn anscheinend anmacht, zu wissen, dass mein Körper verschwitzt und feucht ist.

Gut, vielleicht bilde ich mir das auch nur ein, doch diesen Gedanken verdränge ich schnell. Es tut einfach gut, begehrt zu werden.

Nachdem ich geduscht und mir die nassen Haare zusammengebunden habe, essen wir gemeinsam. Jakob will mir ein Glas Rotwein eingießen. Ich halte meine Hand übers Glas.

»Heute nicht, danke.« Ich lächele.

Jakob schaut erstaunt. »Ah … okay«, sagt er, und nach einer Pause: »Du wirkst irgendwie … entspannter heute. Lockerer. Fröhlicher.«

»Du ja auch«, entgegne ich.

Jakob zuckt die Schultern. »Irgendwie schon.«

»Ist etwas passiert?« Ich will wissen, ob er sich mit dem Verschwinden von Amelie abgefunden hat. Das ist natürlich ein alberner Gedanke, so schnell geht das nicht. Ich hoffe es wenigstens. Und das darf man doch, oder?

Jakob schüttelt den Kopf. »Nein, eigentlich nicht. Bei dir?«

Ich habe zwei Menschen getötet, und es sieht aus, als würde ich ungeschoren davonkommen …

»Nö, eigentlich nichts. Aber … ich bin einfach besser durch den Prozess durch«, sage ich. »Und deshalb habe ich gerade keine Lust auf Ablenkung.«

»Das ist vielleicht auch ganz gut«, meint Jakob, schaut

auf sein Weinglas und zögert einen Moment. Aber dann trinkt er doch einen Schluck. Und dann einen zweiten.

Ich lächele.

Und ich lächele auch später, als ich mich neben Jakob auf das Sofa setze und mich an ihn lehne. Er schaut nicht von seinem Buch auf, aber ich merke, dass er sich leicht zu mir dreht, mir seine Schulter und seinen Arm öffnet und es genießt, dass ich zu ihm komme. So nah beieinander waren wir seit vielen Tagen nicht mehr. Jakob hat fast eine Flasche Wein getrunken. Und als er irgendwann seinen Arm auf die Sofalehne legt, sodass ich mich noch näher an ihn kuscheln kann, hoffe ich, dass er nicht an Amelie denkt, sondern mich meint, als er dann auch noch meinen Nacken krault.

Ich jedenfalls denke an Amelie. Und an das, was sie für Jakob war. Daran, was er von ihr wollte, was er sich erhofft hat, wie sie zueinander waren, was sie ihm und er ihr bedeutet hat. Lauter unangenehme Gedanken, die da hochkommen. Aber im Gegensatz zu den Tagen davor kann ich sie annehmen und – ich bin selbst überrascht – schnell wieder wegschieben. Jakob ist mein Mann. Er gehört mir. Auch wenn Jakob vielleicht noch in Gedanken oder sogar im Herzen bei Amelie ist, ich kann das »halten«, wie wir Psychologen sagen. Ich kann ihm diesen Raum zugestehen. Denn ja, ich weiß aus vielen, vielen Gesprächen mit meinen Patienten, dass alle Paare irgendwann in solche Situationen geraten. Gegen das Verlieben ist jeder machtlos. Es passiert einfach.

Nun gut, es passiert natürlich nur dann, wenn man in

seiner Partnerschaft unglücklich ist. Wenn da ein Bedürfnis oder gleich mehrere nicht erfüllt werden. Und wenn man, vielleicht auch nur unbewusst, auf der Suche nach etwas ist, das dieses Bedürfnis befriedigen kann.

Ich denke über unsere Beziehung nach. Was Jakob gefehlt hat. Natürlich die Neugier, die Spannung, das Elektrisierende. Ein Geheimnis, etwas Ungewohntes.

Vielleicht bin ich mit meinem Drang nach Offenheit, nach intensiver, partnerschaftlicher Auseinandersetzung über unsere Gefühle, Wünsche, Pläne zu weit gegangen? Es war mir immer wichtig, dass wir uns miteinander auseinandersetzen, wir erwachsen und reflektiert uns und unsere Beziehung analysieren und uns über alles austauschen. Jakob kennt mich wie kein anderer Mensch auf der Welt.

Völlig klar, dass da irgendwann das Interesse nachlässt, schließlich gibt es nichts Spannendes mehr zu erobern. Danke, John Gottman, du amerikanische Beziehungstherapeuten-Ikone. Du hast mit deinen Ratschlägen meine Ehe versaut. Wichser!

Diese Verlustangst Jakob gegenüber, die ich in letzter Zeit gespürt habe, schwindet langsam. Denn ich weiß, Amelie ist keine Gefahr mehr. Und auch wenn Jakob jetzt vielleicht in Emotionen feststeckt, die sie betreffen, ich bin fest entschlossen, ihn zurückzuerobern. Er ist mein Mann! Er gehört mir!

Der erwachsene Teil in mir rebelliert gegen diesen Gedanken. Menschen sind frei, niemand gehört jemandem. Und es ist vermessen, dies zu fordern oder zu denken.

Jemanden auf diese Art einzusperren erzeugt schließlich das Gegenteil. Der andere fühlt sich eingeengt und wird irgendwann den Ausweg suchen.

Der kindlichere Teil in mir drückt sich näher an Jakob und legt die Hand auf sein Bein. Ich merke, dass sich Jakobs Atem verändert. Nur minimal, aber geschulte Körpertherapeuten wie ich können auf die kleinsten Merkmale achten. Und als ich mit der Hand etwas weiter hinauffahre, verstärkt Jakob sein Krabbeln an meinem Hals. Seine Finger gleiten zum Haaransatz an den Seiten, dort, wo ich eine erogene Zone habe. Das weiß Jakob natürlich. Und als ich noch ein Stück näher rutsche, wissen wir beide, worauf es hinauslaufen wird.

Wir haben leidenschaftlichen, intensiven Sex auf dem Sofa.

Etwas, das wir seit Jahren nicht mehr getan haben. Nachdem Jakob mit seiner Zunge zwischen meine Beine geglitten ist, gebe ich ihm einen Blowjob. Sofort dreht er mich um, schiebt mich mit dem Po zu ihm über die Sofalehne und nimmt mich von hinten. So wie wir es üblicherweise und gerne tun. Aber diesmal habe ich nach zwei Minuten genug, denn der Gedanke taucht plötzlich auf, dass er vielleicht an Amelie denkt, während er mit mir schläft. Ich schiebe ihn weg. Jakob schaut verdutzt, aber dann, als ich mich auf seinen Schoß setze und mich zu bewegen beginne, ist er fasziniert. Während wir es miteinander treiben, sehe ich ihn die ganze Zeit an. Ich bin es, will ich ihm damit sagen. ICH! Wir kommen gemeinsam. Es ist großartig. Erfüllend. Und es ist *female empowerment at its best*. Ich habe mir das genommen, was ich wollte. Meinen Mann.

Schließlich fallen wir müde und erschöpft ins Bett. Zum ersten Mal seit Tagen schlafe ich traumlos und sogar durch. Und zum ersten Mal wache ich morgens auf, bin nicht zerstört, traurig, überfordert, panisch, zerrissen, wütend und deprimiert ... bis ich den Brief finde.

Der Brief steckt zwischen dem Buch, das Jakob gestern gelesen hat, und einer Zeitung, die darunterliegt. Anscheinend hat Jakob am Abend reingeschaut, während er noch dachte, dass ich wie üblich den Abend in der Küche verbringen würde. Als ich zu ihm kam, hat er keine Zeit mehr gehabt, den Brief zu verstecken. Und nach einer Flasche Wein und dem tollen Sex war er einfach zu erschöpft – oder auch beseelt? – gewesen, um an ihn zu denken.

Während Jakob noch schläft und ich gut gelaunt mit einem Kaffee ins Wohnzimmer komme und ein wenig Ordnung schaffen will – meine Unterhose und mein BH liegen auf dem Boden, die leere Flasche Wein steht auf dem Tisch, das Glas umgekippt daneben, Zeitungen und eben das Buch darum herum –, fällt mir das Kuvert auf. Ich greife, ohne nachzudenken, danach. Erst als ich es in der Hand halte, fällt mir das kleine Format auf, dann das gute und edle Papier. Für eine Millisekunde hoffe ich trotzdem, dass er vom Finanzamt ist. Aber die schicken keine Briefe, die mit den Worten »J., meine Liebe!« beginnen.

Es ist ein Brief von Amelie. Natürlich. Obwohl ich es nach der Lektüre schöner gefunden hätte, wenn ein sehnsüchtig verliebter, grauhaariger Finanzbeamter mit weißen Socken und Gesundheitsschuhen ihn geschrieben hätte.

J. meine Liebe! Ich wünsche Dir viel Kraft, dass Du diese Phase überstehst. Es wird nicht mehr lange dauern, dann sind wir endlich vereint. Ich bin bei Dir und denke pausenlos an Dich. Du bist der Mann meiner Träume. In tiefer, allumfassender Liebe, Deine Amelie.

Ich starre auf die Zeilen. Die Worte zerfließen vor meinen Augen, und ich muss den Brief mehrmals lesen, bis ich wirklich verstanden habe.

Und ja, nun bin ich wieder zerstört, traurig, überfordert, panisch, zerrissen, wütend und deprimiert.

Kapitel 24

Quast ist wieder da. Er passt genau meine Mittagspause ab. Als ich meine Patientin mit der Emetophobie verabschiede – sie hat panische Angst vor dem Erbrechen, was dazu führt, dass sie kaum noch außerhalb isst, feiern geht, Alkohol trinkt und panisch jeden potenziell ansteckenden Menschen meidet – und aus der Praxis trete, steht Quast unten vor der Tür.

Für einen kurzen Moment fühle ich mich an Nils Bergmann erinnert und gestalkt. Wut kommt in mir hoch, die aber schnell wieder versiegt. Quast lächelt Alain-Delon-mäßig, und er scheint sich wirklich zu freuen, mich zu sehen, obwohl er direkt in den Polizistenmodus wechselt.

»Frau Stach, haben Sie vielleicht noch einen Moment für mich?«

»Persönlich oder beruflich?« Ich lächele.

Getroffen! An seinem kurzen Zucken merke ich, es ist beides. Was Quast natürlich nicht zugibt.

»Ich habe noch eine berufliche Frage«, schummelt Quast.

»Okay, gerne. Ich wüsste nicht, wie ich Ihnen weiterhelfen kann, aber wenn Sie wollen, können Sie mich ein Stückchen begleiten, während ich mir etwas zum Mittagessen besorge.«

»Das ist doch eine prima Idee«, meint Quast. »Mein Magen hängt auch durch.«

»Es gibt einen Thai an der Ecke«, sage ich. »Und ein veganes Restaurant, aber ich schätze, das ist bestimmt nicht so Ihr Fall, oder?«

Quast grinst. »Irgendwo habe ich mal gehört, dass Psychologen den Menschen vorurteilsfrei begegnen sollen. Sie stempeln mich als Fleischfresser ab. Wahrscheinlich denken Sie, dass ich mich tagsüber nur von schwarzem Filterkaffee und abends von Bier in der Eckkneipe ernähre ...«

»... wo Sie mit Ihren Kumpels vom SEK oder so irgendwelche Männlichkeitsrituale vollziehen und darüber hinaus ein total frauenfeindliches Weltbild haben.« Ich grinse. »Ja, genau das habe ich gedacht.«

»Sie gucken zu viele Krimis.«

»Und womit liege ich falsch?«

»Ich bin Vegetarier«, erklärt Quast. »Der Rest stimmt natürlich.« Er lacht.

Irgendwie ist er ganz lustig, dieser Alain-Delon-Typ. Und ja, er ist ziemlich sexy, wie ich plötzlich feststelle. Aber das ist wohl nur eine unbewusste Reaktion auf die Ablehnung von Jakob mir gegenüber.

»Wie ist es denn mit Rauchen?«, frage ich und hole mein Päckchen heraus.

Quast ist überrascht. »Das hätte ich nicht erwartet.«

»Sie würden einiges nicht erwarten«, sage ich und denke daran, dass er hier mit einer Mörderin durch die fast sommerliche Straße geht, zwischen Kindern auf Laufrädern, Lieferboten, knutschenden Studentinnen und ein paar Hundehaufen. Ich halte ihm die Packung hin, und er nimmt sich eine Zigarette.

»Dabei versuche ich seit Jahren, aufzuhören«, seufzt er.

»Ich nicht. Ehrlich gesagt, habe ich gerade erst wieder angefangen.«

»Wieso?« Er schaut erstaunt drein.

»Einfach so. Aus Lust. Und weil man manchmal im Leben auch was völlig Dämliches, Unvernünftiges und Sinnloses tun muss.«

Er grinst.

»Ich bin nicht so verkopft und verspießert, wie Sie vielleicht denken«, füge ich hinzu.

Seine Augenbrauen heben sich belustigt.

»*Ich* habe keine Vorurteile«, gibt er charmant zurück und grinst mich von der Seite an.

Während wir uns dem Thai nähern und an unseren Zigaretten ziehen, frage ich möglichst beiläufig, ob er mit dem Nils-Bergmann-Fall weitergekommen ist.

»Danke für Ihren Hinweis noch mal. Die Kollegen sitzen an der Auswertung von Bergmanns Computer. Aber das dauert leider noch.«

»Sie wollten gar nicht deswegen mit mir sprechen?« Ich bin wirklich verdutzt.

»Nun, ich habe es auf einmal mit zwei rätselhaften Fällen zu tun. Deswegen bin ich hier.«

Es läuft mir kalt den Rücken herunter, und ich merke sofort, wie mein Atem blockiert und ich die Zigarette nicht weiterrauchen kann. Ich werfe sie halb geraucht weg. Quast registriert das erstaunt. Und ich ärgere mich im selben Moment, denn ich hätte mich an der Zigarette festhalten können. Segelmastmäßig.

»Nils Bergmann und ...?«, frage ich. Obwohl ich längst die Antwort ahne. Es ist faszinierend, wie unser Gehirn funktioniert und was es in Situationen vorwegnimmt und welche Gewissheiten wir manchmal haben, ohne dass irgendwas ausgesprochen oder angedeutet wird. Wahrscheinlich bilden unsere Synapsen irgendwelche Verbindungen zwischen bruchstückhaften Informationen so wie Algorithmen. Oder aber es gibt dieses kosmische Weltwissen, dieses universelle Gehirn, das uns alle verbindet und uns auf denselben spirituellen Pfaden spüren und denken lässt.

Oder ich bin einfach schlau.

»Sagt Ihnen der Name Amelie Haage etwas?«

Ich starre Andreas Quast an.

»Wieso wollen Sie das denn wissen?« Ich tue überrascht.

»Kennen Sie sie?«

»Wenn Sie das nicht schon wüssten, würden Sie mich doch gar nicht fragen. Ja, ich kenne sie. Aber warum wollen Sie das wissen?«

»Woher kennen Sie sie?«

Ich runzele die Stirn. »Sie war eine Patientin von mir.«

»War?« Quast blickt mich neugierig an.

Scheiße! Ich habe mich verraten.

»Nun, war oder ist ... ich habe keine Ahnung. Sie war hier zum Erstgespräch, und wir haben uns auf einen Folgetermin geeinigt, aber da ist sie nicht erschienen. Sie hat auch auf meinen Anruf nicht reagiert. Es kommt häufiger vor, dass Patienten sich das umüberlegen, das ist nichts Neues. Deswegen bin ich davon ausgegangen, dass sie sich vielleicht gegen die Therapie bei mir entschieden hat. Deswegen *war*.«

Ich schaue Quast ernst an. Die Psychologin, die raucht und locker und nicht verkopft ist, ist verschwunden. Ich muss Souveränität demonstrieren.

»Aber wieso fragen Sie?«, will ich wissen.

»Nun, offensichtlich ist Amelie Haage verschwunden ... Sie wird vermisst.«

Ich schaue ihn bestürzt an. Dann tue ich so, als würde ich überlegen. »Nun, dann macht das ja auch Sinn, dass sie nicht zu dem Nachfolgetermin erschienen ist und ich sie nicht erreicht habe ...«, sage ich nachdenklich.

Quast mustert mich aufmerksam.

»Ich ... aber ... das ist ja schrecklich«, füge ich hinzu. »Meinen Sie, es ist ihr irgendwas zugestoßen?« Ich sehe so besorgt aus, wie es nur geht.

Tatsächlich *bin* ich aber auch besorgt. Nicht wegen Amelie, dieser Bitch, sondern weil Quast mir irgendwie auf die Spur gekommen ist. Verdammt!

»Wir wissen nicht, was mit ihr ist, wo sie ist oder was

passiert ist. Fest steht nur: Sie ist seit über einer Woche verschwunden.«

»O mein Gott«, sage ich bekümmert. »Das ist ja fürchterlich. Sie ist so eine nette junge Frau ... man malt sich ja direkt das Schlimmste aus ...«

»Es muss alles nichts heißen, aber ... ja, es könnte etwas passiert sein.«

»Wer hat sie denn vermisst gemeldet?«, frage ich harmlos nach, obwohl sich ein schlimmer Verdacht in mir regt.

Quast runzelt die Stirn. »Warum wollen Sie das wissen?«

Weil ich wissen möchte, ob es Jakob war, du Arsch! Weil ich eins und eins zusammenzählen kann. Und weil Jakob in den letzten beiden Tagen völlig verändert war, weil er neue Energie, neuen Drive gefunden hatte. Weil er *Hoffnung* hatte.

»Ganz einfach: Weil sie meine Patientin war. Zumindest kurz. Im Erstgespräch hat sie berichtet, dass sie keine nahen Angehörigen hat. Zumindest soweit ich weiß. Ihre Mutter ist gestorben, hat sie erzählt ...«

Quast sieht mich seltsam an. Ich stutze über den Blick.

»Was ist?«

»Die Mutter von Amelie Haage lebt in Bielefeld und erfreut sich bester Gesundheit«, sagt Quast.

Mir fällt die Kinnlade runter.

»Das ist ... das ist seltsam. Mir hat sie etwas anderes erzählt«, erwidere ich und verdamme mich für den Fehler, den ich gerade begangen habe. Schließlich wusste ich doch, dass Amelie sich ihre »Leidensgeschichte« nur ausgedacht hatte. Diese Schlampe. Und ich Idiotin.

Dass mir plötzlich so viele Schimpfwörter in den Kopf schießen, finde ich seltsam. Aber irgendwie auch nachvollziehbar. Es ist die Wut. Und Amelie bringt mich einfach in sehr, sehr viele, sehr komplizierte Situationen ...

»Also hat die Mutter sie als vermisst gemeldet?«

»Es war ein anonymer Hinweis.«

Verdammt, das war Jakob. Dieser Arsch!

»Aber warum hat sie gelogen? Ich meine, falls Sie mir nicht glauben, ich könnte Ihnen meine Notizen aus der Sitzung zeigen, da habe ich all das notiert.« Ich zögere kurz. »Also, sofern Sie einen richterlichen Beschluss hätten, natürlich.«

»Klar«, sagt Quast.

Ich schweige nachdenklich, tue so, als würde ich über Amelie nachdenken.

Wir kommen beim Thai an. Quast starrt auf die Leuchttafel mit den Gerichten.

»Was wollen Sie?«

»Die Neunundsechzig«, sage ich, ohne aufzusehen. Ich habe keinen Hunger, mir ist völlig egal, was ich essen soll.

Quast bestellt für sich und mich. Und während wir uns auf die Plastikstühle setzen, starre ich sinnierend ins Nichts.

»Was überlegen Sie?«, fragt Quast.

»Ich denke darüber nach, was sie mir gesagt hat. Und was sie dazu bringt, so eine Lüge zu erzählen ...«

»Das würde ich auch gerne wissen.« Quast ist ernst.

»Aber, wie kommen Sie überhaupt auf mich? Also, dass es einen Kontakt zwischen Frau Haage und mir gab?«

»Nun, nachdem sie vermisst gemeldet wurde, haben wir ihre Handydaten überprüft. Ihr letztes Signal wurde in der Funkzelle hier geortet. Bis letzte Woche Dienstag.«

An dem Tag, an dem ich sie getötet habe.

»An dem Tag war sie bei mir zum Erstgespräch, ja.«

»Danach kein Signal mehr.«

Anscheinend ist ihr Akku leer geworden. Ich habe wahnsinniges Glück gehabt, was, wenn man das Signal noch drei Tage länger hier geortet hätte?

»Sie hätte auch bei dem Klavierlehrer nebenan sein können«, scherze ich.

»In Amelie Haages Kalender haben wir dann auch den Termin mit Ihnen gefunden.«

»Ach so.« Ich schweige, während mir Ente in Curry-soße hingestellt wird. Ich hasse Ente und mag kein Curry. Und vor allem vertrage ich kein scharfes Essen. Und die Neunundsechzig ist extrascharf. Hätte ich mal vorher ge-guckt.

Aber es spielt keine Rolle, wie scharf das Essen ist. Ich habe ohnehin Schweißperlen auf der Stirn. Denn jetzt sagt Quast etwas, was mich zutiefst beunruhigt.

»Dass Nils Bergmann und Amelie Haage beide Pati-enten von Ihnen waren ... das ist interessant, finden Sie nicht?«

Ich starre ihn fassungslos an.

»Ich verstehe nicht, was Sie damit sagen wollen«, erwidere ich.

Quast mustert mich ausdruckslos.

»Wollen Sie mir etwa unterstellen, dass ich damit etwas zu tun habe? Dass *ich* Nils Bergmann getötet habe? Und dass ich Amelie Haage habe verschwinden lassen? Dass ich sie im Wald verscharrt oder in den Stausee geworfen habe?«, gebe ich zurück.

Pass auf, Sophie! Pass auf! Du lenkst ihn auf deine Fährte?

»Oder wer weiß. Vielleicht halte ich sie unter meiner Praxis gefangen. In einem Verlies. Angekettet und nahe am Verhungern.« Ich starre Quast wütend an.

Obwohl, der Gedanke mit dem Verlies gefällt mir.

Aber ich bin sauer. Kreuzwütend. Ich stehe auf.

»Wissen Sie, was, wir gehen in meine Praxis. Sie können da gerne alles durchsuchen. Vielleicht finden Sie ja das Verlies!«

Quast hält mich zurück. »Seien Sie nicht so wütend, Frau Stach. Das wollte ich damit nicht sagen. Aber es ist nur ... ein seltsamer Zufall, finden Sie nicht?«

»Nein, ehrlich gesagt, nicht.« Ich funkele ihn an.

»Setzen Sie sich bitte wieder, ja?«

Quast mustert mich freundlich. Aber plötzlich habe ich den Eindruck, dass sich die schönen Alain-Delon-Lippen etwas anspannen und Quast sich gerade fragt, warum ich so angestochen reagiere, zu auffällig für eine harmlose Frage seinerseits.

Aber ich muss daran denken, dass Amelies Handtasche in meinem Schreibtisch liegt. Die Vorstellung, dass Quast sich in der Praxis umsieht, versetzt mich in Panik ...

Und dass ich heute Morgen auch noch Amelies Brief an Jakob dort hineingeschoben habe, war kindisch. Was für eine dumme Idee! Aber ich konnte nicht anders, konnte es nicht ertragen, dass dieser Brief in meiner Wohnung ist und Jakob ihn immer wieder zur Hand nimmt – denn das tut er offensichtlich – und liest. Weil er Amelie vermisst, an sie denkt und sich wünscht, sie wäre da. Dass er in Erinnerungen schwelgt und in Hoffnung. Es hatte mir den Magen umgedreht. Denn seltsamerweise hatte ich mich noch mal mehr betrogen gefühlt als zuvor. Dieser Brief war ein eindeutiger Beweis. Nicht die diffuse, virtuelle Schwärmerei für eine andere Frau, sondern ein fassbares, greifbares Zeichen, schwarz auf weiß, für eine Liebe, die nicht mir galt. Ich habe es nicht ertragen können, kann es immer noch nicht. Ich musste ihn aus meiner Wohnung entfernen.

Was eine dumme Idee gewesen war.

Denn erst jetzt wird mir die Konsequenz klar. Was wird Jakob denken, wenn er den Brief zu Hause nicht mehr findet?

Kapitel 25

Ich setze mich wieder auf den blauen Plastikstuhl und schaue Quast über den schmierigen Tisch mit den blau-roten asiatischen Blumen auf der Plastikdecke hinweg an.

»Entschuldigen Sie. Ich habe ... eine Aversion gegen Ungerechtigkeiten und reagiere manchmal über. Ein Relikt meiner Kindheit. Ich bin da immer wieder mit Situationen konfrontiert worden, in denen ich unangemessen verdächtigt wurde.« Ich setze ein entschuldigendes Lächeln auf. »Aber einen starken Gerechtigkeitssinn ... das kennen Sie bestimmt auch, oder? Sonst würden Sie Ihren Beruf nicht ausüben.«

Quast nickt. »Stimmt schon. Aber ich glaube nicht, dass das an meiner Kindheit liegt ...«

»... und selbst wenn, natürlich würden Sie davon nicht erzählen, oder?« Ich lächele. »Haben Sie eigentlich permanent das Gefühl, dass Sie bei mir auf der Couch liegen, selbst wenn wir hier in diesem, äh ...« Ich mache eine beschreibende Geste durch den schmuddeligen und lauten Thai-Imbiss. Neben uns streiten zwei Typen in einer fremden Sprache. Vorne links sitzt eine Frau und erzählt ihrer Freundin am Telefon eine Beziehungskatastrophe, allerdings so laut, dass ich eher das Gefühl habe, wir alle hier wären die Adressaten. Für einen Moment frage ich mich sogar, ob sie überhaupt jemanden in der Leitung hat. Aber vielleicht ist das nur die Psychologin in mir, die anderen eine Störung unterstellt.

»... malerischen Ambiente sitzen?«

Quast muss grinsen. »Irgendwie schon«, sagt er.

»Sie kommen schon darüber hinweg.« Ich schmunzele.

Wir verbringen tatsächlich noch ein amüsantes Mittagessen, bei dem Quast sich als humorvoller Mann entpuppt. Ich habe sogar stellenweise das Gefühl, er würde mit mir flirten. Zu lange lastet sein Blick in meinen Augen, zu sehr beobachtet er meine Hände, meinen Hals. Ich fahre mir durch die Haare und streiche sie hinter die Ohren. Das ist eine Geste, mit der Frauen zeigen, dass sie einen Mann attraktiv finden. Denn die Geste enthüllt schließlich das Gesicht der Frau und signalisiert, dass sie offen und interessiert an ihrem Gegenüber ist. Quast registriert das Signal. Gut so! Es könnte für mich von Bedeutung werden, dass er denkt, ich flirte zurück.

Schließlich begleitet er mich zurück zur Praxis, und als wir uns verabschieden – wir sind längst bei unverfänglichen Themen wie der Fußballtabelle oder Sardinien als Urlaubsziel angekommen –, reicht er mir seine muskulöse Hand, hält die meine ein paar Millisekunden zu lange fest und schaut mir etwas zu intensiv in die Augen, bevor er sich dann losreißt und in seinen blauen Opel-Dienstwagen steigt.

Mit gemischten Gefühlen gehe ich nach oben.

Ich bin überrascht, dass ich mich zu Quast hingezogen fühle, obwohl er gleichzeitig eine Gefahr für mich darstellt. Aber, rein psychologisch gesehen, macht das natürlich Sinn. Nervenkitzel erzeugt Adrenalin, und das sorgt für eine erhöhte Hormonausschüttung. Es gibt Untersuchungen darüber, dass zwei Menschen, die gemeinsam einen Tandem-Fallschirmsprung gemacht haben, direkt danach so viele Bindungshormone ausschütten, dass sie sich verliebt fühlen.

Ein gut aussehender Kommissar, der mich als Mörderin verdächtigt und zu meiner größten Nemesis werden könnte, erzeugt noch viel mehr Adrenalin ...

Aber dieses Bindungsmuster gilt sicherlich nicht für Inez und ihre Beziehung zu Justin. Obwohl da eine Menge Adrenalin im Spiel war. Warum Inez sich auf diesen Mann eingelassen hat und nicht von ihm loskommt, liegt an ihren Kindheitsmustern. Und ich hoffe, sie hätte das erkannt und wir wären in der Therapie weitergekommen. Aber als sie mir jetzt gegenübersitzt und etwas herumdruckst, ahne ich sofort, dass etwas nicht stimmt.

»Haben Sie Justin getroffen?«, frage ich deshalb direkt.

Inez braucht eigentlich gar nicht zu antworten, sie wird so knallrot und nervös, dass es keine Worte braucht.

»Ja, ich ...«, beginnt sie und schweigt dann peinlich berührt.

»Sie können mir alles erzählen, das wissen Sie doch. Ich verurteile Sie nicht.«

O doch, das tue ich, verdammt!

»Ich ... wir ... wir hatten Kontakt letzte Woche. Mehrfach. Also ... ich will ehrlich sein ... er hat bei mir geschlafen.«

Wie doof kann man sein? Verdammt, Inez, bist du bescheuert?!

Das ist natürlich ein unangemessener Gedanke für eine Therapeutin. Schließlich weist Inez' Verhalten nur darauf hin, dass sie noch immer in ihren alten Denk- und Gefühlsstrukturen gefangen ist und sich noch nicht adäquat daraus lösen und Alternativstrategien entwickeln konnte.

»Okay«, sage ich und dehne das Wort ein bisschen. Dann versuche ich, neutral zu lächeln. »Was heißt das: Er hat bei Ihnen geschlafen?«

»Justin stand Mittwoch vor meiner Tür. Mit einem riesigen Blumenstrauß und Pralinen. Die, die ich so gerne mag. Und ... er hat sich entschuldigt. Aufrichtig.«

Natürlich hat er das. Er versucht immer wieder, dich um den Finger zu wickeln.

»Und dann?«

»Dann haben wir geredet. Und das war sehr, sehr gut. Ich habe ihm gesagt, was sein Verhalten für mich bedeutet und wie mich das schmerzt, und auch, was seine Muster sind, sich so zu verhalten. Woher das kommt. All das, worüber wir hier in der Therapie geredet haben.« Inez lächelt mich stolz an.

»Und dann?«

»Er war dann die Tage bei mir. Also, seit Mittwoch. Nur am Donnerstag nicht, da konnte er nicht.«

Ich nicke. In mir grummelt es. Das ist alles gar nicht gut, diese Dynamik.

»Und wie hat Justin sich verhalten? In den Tagen?«

»Er war sehr nett. Wirklich.« Sie lächelt wieder. Doch plötzlich fährt ein Schatten über Inez' Augen. Eine Millisekunde nur, dann ist es vorbei.

»Die ganze Zeit?«

»Jjja ...« Sie lügt.

»Okay«, sage ich und schweige so lange, bis Inez auf dem Stuhl herumrutscht. Sie macht große, um Verzeihung bittende Bambiaugen. Das funktioniert vielleicht bei Männern – wahrscheinlich mit Ausnahme von Justin, dem Psychopathen –, aber nicht bei mir.

Und Justin ist wahrscheinlich auch kein Psychopath, sondern ein Mann mit starren Rollenbildern und einem eingeschränkten Weltbild, mit einem eher niedrigen Bildungsniveau, was ihm die Möglichkeit einer sprachlichen und reflektierten Auseinandersetzung mit seinen Emotionen und Problemen nimmt. In seiner Herkunftsfamilie hat er offensichtlich auch Gewalt erfahren und dort einfach keine anderen Handlungsmuster erlernt, als seinen Aggressionen, die durch sein permanent (vermeintlich) angegriffenes Selbstwertgefühl entstehen, freien Lauf zu lassen. Eine Impulskontrollstörung vielleicht. Ein gekränktes, winziges Ego mit Sicherheit.

Wäre ich keine Psychologin, dann würde ich sagen: ein absolutes Arschloch, dem man selbiges aufreißen müsste.

Ich weiß nicht, woher dieser Gedanke plötzlich kommt, und bin selbst erschrocken über mich. So zu denken ist widerlich. Und meiner selbst nicht würdig, meinem Beruf und meinem Weltbild nicht angemessen. Was ist nur los mit mir?

Es ist die Wut auf Männer wie ihn, oder besser auf Menschen, die anderen hilflosen Personen Gewalt antun. Ich habe das lange genug selbst erleben und mitansehen müssen. Und ich weiß, was für Folgen dies bei den Opfern hat.

Die Folgen für Inez, abgesehen von den Knochenbrüchen, den Verbrennungen, ihren Müdigkeitsanfällen und ihrer beginnenden Essstörung? Ihre erhöhte Einnahme von Alkohol und Medikamenten, ihre Depression und angegriffene psychische Gesundheit. Ihr Verlust von Selbstachtung und Vertrauen. Ihre Schlafstörungen, ihre Panik und Angst, ihre Abhängigkeitsgefühle, die paradoxerweise mit Schuldgefühlen einhergehen. Ihre immer weiter fortschreitende Isolation und ihr fast vollständiger Verlust der Hoffnung.

An diesem Punkt war sie damals zu mir gekommen, vielmehr, sie war von einer Freundin gezwungen worden. Glücklicherweise. Inez' Schuld- und Schamgefühle waren viel zu groß, als dass sie sich allein hierherbewegt hätte. Und auch ihr Selbstbewusstsein hätte ihr das nie gestattet. Als ich Inez kennengelernt habe, war sie eine verschreckte, ständig zusammenzuckende, unruhige Frau mit Panik und Angst in den Augen, auch wenn sie nach außen hin ein breites Lächeln trug und auf den ersten Blick selbstsicher wirkte. Das war alles nur Schein gewesen.

Innen war sie leer. Jede Lebensfreude war ihr genommen worden. Und sie hegte bereits Selbstmordgedanken.

Aus alldem hatte ich sie herausgeholt. Wir waren einen langen, harten und schmerzvollen Weg gegangen. Doch der war weit weniger schmerzvoll gewesen als ihre Beziehung zu Justin. Jetzt war sie stabil, lebensfroh, konnte sich abgrenzen, sich behaupten. Sie hatte Selbstbewusstsein erlangt, indem sie sich aus der Hölle befreit hatte.

Und nun war die Hölle wieder da?

Ich weiß, wie schwer die Wege für die Patienten sind und dass viele von ihnen Momente der Schwäche erleiden oder rückfällig werden.

Inez deutet mein Schweigen und meinen Gesichtsausdruck, den ich so verkrampft neutral halte, dass mir die Kiefermuskeln schmerzen, richtig.

»Ich ... es gab einen kurzen Moment, da ...« Sie hält inne.

Ich auch. Das muss sie schon selber von sich aus sagen.

»Okay, es gab eine doofe Situation. Ein Kollege von

mir hat mir eine SMS geschrieben. Und Justin hat sich wer weiß was dabei gedacht. Aber da war nichts, ich schwöre!«

»Und wenn da etwas gewesen wäre? Ich meine, Sie sind nicht mit Justin zusammen. Zumindest war das mein Stand«, erwidere ich. »Bis eben zumindest.«

Inez senkt den Kopf.

»Und auch wenn Sie mit Justin wieder zusammen wären ...«

Was ich nicht hoffe! Auch wenn ich weiß, dass es längst wieder so ist.

»... was wäre denn dabei, wenn Ihr Kollege Ihnen eine Nachricht schreibt? Da ist doch nichts dabei, oder?«

Inez schaut betreten zu Boden.

»Sie sind ein freier Mensch und können machen, was Sie wollen.«

»Ich weiß«, sagt Inez kleinlaut. Sie mustert alles, das Parkett, ihre Schuhe, die Tapete hinter mir, das Fenster, die Grünpflanze. Nur mich ansehen kann sie nicht.

»Wie hat Justin darauf reagiert? Was war das für ein *doofer* Moment?«

»Er war plötzlich total traurig und aufgeregt. Und dann war er sauer. Obwohl ich doch gar nichts gemacht habe. Aber er hat mir nicht geglaubt. Dabei ist doch gar nichts gewesen!«

»Inez, wie hat er reagiert, als er sauer war?«

Inez ist kaum zu verstehen, als sie leise zugibt: »Er hat mich gepackt und an die Wand gedrückt ...«

»Hat er Sie geschlagen? Gewalt angewendet?«

»Er hat mich kurz an der Kehle gepackt, aber dann ... dann hat er wieder losgelassen, als ich ihn drum gebeten habe.«

Ich schweige ernüchtert.

»Ich bin doch selbst schuld«, gibt Inez zu.

Ich platze fast vor Wut.

»Das ist das Dümmste, was ich je gehört habe«, bricht es aus mir heraus.

Inez schaut mich erschrocken an.

Dies war ein völliger Fehltritt meinerseits, dass ich meiner Patientin auch noch signalisiert habe, sich dumm verhalten zu haben. Dass ich mich über sie stelle und sie mir nicht vertrauen kann. Scheiße! Aber die Sache macht mich so sauer, dass ich explodieren könnte.

Ich weiß, dass Wut eigentlich ein Gefühl ist, das aus Trauer entsteht. Aus nicht gelebter Trauer. Ein Gefühl, das man wegschiebt, weil man es nicht spüren möchte.

Die Traurigkeit in mir beruht darin, dass ich unsere ganze Arbeit den Bach runtergehen sehe und alles, was ich versucht habe, umsonst war. Und unter dieser Traurigkeit steckt noch ein ganz anderes, mieses Gefühl: dass ich vielleicht eine schlechte Therapeutin bin.

»Inez ...«, beginne ich.

»Ich liebe Justin. Und er kann doch nicht anders. Er hat es doch so schwer gehabt ...«, erklärt sie uneinsichtig.

»Sie fallen in Ihr altes Muster zurück, das wissen Sie?«

»Ja, ich weiß. Ich weiß das jetzt. Aber ich ändere mich, und Justin ändert sich doch auch. Er hat sofort von mir abgelassen!«

Ja, für den Moment, Inez.

Aber Justin und ich wissen, dass sich das sehr bald ändern wird. Wenn du wieder fest mit ihm zusammen bist und er dich wieder in seiner Gewalt hat.

Inez ist in Gefahr. Das ist so deutlich wie nie.

Ich weiß plötzlich, es gibt nur eine Möglichkeit, ihr Leib und Leben zu retten und dafür zu sorgen, dass meine Arbeit als Therapeutin nicht ganz umsonst war.

Ich muss etwas tun, muss sie da rausholen.

Wie heißt Justin noch mal mit Nachnamen?

Oder wo ist der Handyladen, in dem er arbeitet?

Kapitel 26

Als ich nach Hause komme, ist Jakob unruhig. Während ich meine Tasche in die Ecke stelle, mir ein Glas Wasser nehme, kurz durch mein Handy scrolle, einen Schoko-riegel esse, mustert er mich, achtet auf jede Geste, jedes Wort, das ich sage. Er spioniert mir nach. Schließlich kommt die Frage, auf die ich gewartet habe.

»Sag mal, die Zeitungen von gestern, wo sind die?«, fragt Jakob möglichst harmlos.

Ich zucke beiläufig die Schultern. »Ach, ich hab die heute Morgen einfach alle zusammengeknüllt und in den Papiermüll unten gesteckt. Warum?«

»Ach, da war noch ein Artikel, den ich lesen wollte.«

Du Arsch! Den Brief wolltest du lesen! Und jetzt betest du, bist angespannt und nervös und hoffst die ganze Zeit, dass ich den Brief nicht bemerkt habe, sondern ihn mit den Zeitungen weggeschmissen habe.

Ich bin eine Göttin der Unschuld und Harmlosigkeit und lasse mir gar nichts anmerken. Auch später, als ich meine Joggingklamotten anziehe und mich in der Tür verabschiede, tasten seine Blicke mich unruhig ab. Noch glaubt er mir nicht.

Ich gehe langsam die Treppen hinunter ins Erdgeschoss. Draußen vor der Tür warte ich, denn ich habe eine Eingebung. Zwei Etagen über mir höre ich die Wohnungstür ins Schloss fallen. Es ist Jakob. Er hat gewartet, bis ich weg bin, und geht jetzt in den Hof, um in den Papiertonnen den Brief zu suchen.

Ich stehe in der Einfahrt, spanne um die Ecke und beobachte, wie er nervös die blaue Tonne öffnet, hineinschaut und feststellt, dass der Papiermüll heute abgeholt wurde. Ich habe wirklich Glück gehabt. Aber freuen kann ich mich nicht, denn Jakobs Gesicht, dieser schmerzliche Zug darin, seine herbe Enttäuschung, das setzt mir zu. Das schmerzt. Wie er sie liebt. Wie sehr er sich nach diesem Brief, diesem Zeichen ihrer Liebe gesehnt hat.

Das tut so weh.

Die ersten Meter laufe ich wütend und viel zu schnell. Kein Wunder, dass ich bald Seitenstiche kriege. Das war keine gute Idee, denn ich habe heute eine andere, deutlich längere Runde vor mir.

Inez ist eine wache, durchaus intelligente Frau, aber ihre Alarmantennen sind so angespannt und halten nach Bedrohungen Ausschau, dass sie harmlose kleine Nebenfragen gar nicht wirklich registriert. Wo der Handyladen ist, in dem Justin arbeitet, habe ich herausbekommen, als wir uns verabschiedet haben.

»Mein Handyakku ist kaputt. Ich müsste dringend mal

in einen Laden gehen. Allerdings wäre es bestimmt nicht sinnvoll, den von Justin aufzusuchen«, scherze ich augenzwinkernd.

»Ach, der würde Ihnen bestimmt helfen. Die haben sogar gerade eine Sonderaktion bei Akkus. Zumindest in seiner Filiale auf der Kyffhäuserstraße«, sagt Inez. »Er würde Ihnen bestimmt auch noch Prozente geben, wenn Sie sagen, dass Sie von mir kommen. Er ist echt nett, Frau Stach. Wirklich.«

O Gott, Inez. Du bist ja so naiv!

»Ich glaube, das lassen wir besser.« Ich schmunzele. »Bis nächste Woche. Passen Sie gut auf sich auf.«

»Sie auch«, flötet Inez. Dann geht sie.

Die Kyffhäuserstraße ist drei Kilometer von meiner Wohnung entfernt. Als ich endlich dort ankomme, bin ich verschwitzt, und mein Rücken klebt vom Schweiß. Die Seitenstiche sind glücklicherweise weg.

Der Handyladen ist ganz in Blau-Weiß gehalten. Ich sehe das Schild sofort neben dem gelben Logo der Spielothek und der Leuchtreklame des Dönerladens auf der anderen Seite. Ein paar Meter weiter gibt es einen Supermarkt und dann ein paar türkische Gemüseläden. All das interessiert mich nicht, als ich auf der gegenüberliegenden Straßenseite entlanggehe und versuche, einen Blick auf Justin zu erhaschen. In dem Handyladen gibt es einen weiteren Angestellten, ein dunkelhäutiger Typ, doch nach allem, was ich von Inez weiß, muss Justin dieser blonde schlanke Mann sein, der in seiner Arbeitskleidung – blaue Hose, weißes Oberhemd – überraschend gut aussieht.

Ich wechsele die Straßenseite und steuere auf den Laden zu. Vor dem Schaufenster bleibe ich stehen, betrachte die Angebotstafel und spähe doch eigentlich daran vorbei und beobachte, wie Justin einem älteren Kunden versucht, ein Handy anzudrehen. Justins Kollege deutet auf seine Uhr und packt seinen Rucksack. Es ist kurz vor Ladenschluss, er will offensichtlich Feierabend machen. Justin nickt seinem Kollegen zu, der kommt zur Tür und verlässt den Laden.

Schließlich atme ich aus und trete ein. Justin wirft mir einen Blick zu.

»Ich will mich nur kurz umschauen«, sage ich.

Justin nickt. Er wirkt freundlich, sympathisch eigentlich. Seine blonden Haare sind gut geschnitten, er hat eine sportliche Statur und ein nettes Lächeln, das er jetzt dem älteren Kunden schenkt, der sich offensichtlich nicht entscheiden kann.

Wenn der wüsste, dass Justin ein mieser, hinterhältiger Gewalttäter ist, dann würde er sich einen anderen Handyladen suchen.

Ich schaue mir Handymodelle an, die mich nicht interessieren, und warte. Endlich verabschiedet sich der Kunde.

Justin tritt zu mir. »Kann ich Ihnen helfen?«

»Sie schließen doch jetzt«, sage ich und mache Rehaugen.

»Das stimmt, aber ich kann Sie dennoch gerne beraten.« Justin lächelt freundlich.

Ich frage mich, ob er mich anflirtet. Sein Blick gleitet an mir und meinem Sportdress herunter. Sein Lächeln verstärkt sich.

»Für Sie mache ich eine Ausnahme.«

Ja, er flirtet.

Arschloch!

»Ach, wissen Sie«, erkläre ich, »ich komme morgen wieder. Jetzt ist nicht der richtige Zeitpunkt. Ich bin ja auch ganz verschwitzt.«

Mein Blick fällt auf einen kleinen Kühlschrank mit Wasserflaschen. Warum gibt es das in Handyläden?

»Aber ... falls Sie mir noch ein Wasser verkaufen würden, das wäre toll«, flöte ich.

»Wissen Sie, was, ich schenke Ihnen eine Flasche«, charmiert Justin. »Aber nur, wenn Sie morgen wieder kommen ...«

Er geht zum Kühlschrank und nimmt eine Flasche heraus.

»Das mache ich. Dann ziehe ich mir auch was Ordentliches an.« Ich lächele, als ich die Flasche entgegennehme.

»Mir macht das nichts aus.« Justin lächelt zurück.

»Mir schon. Aber sehr nett ...« Ich hebe die Flasche zum Dank, drehe mich um und gehe aus dem Laden. Somit widerstehe ich dem plötzlichen Drang, Justin die Plastikflasche gegen den Kehlkopf zu hauen, sodass er benommen hintenüberfällt, um ihm dann den Schlüssel wegzunehmen und den Laden abzuschließen. Und dann mal zu sehen, was Justin so aushält. Denn die große silberne Schere, die auf dem Ladentresen liegt, war mir direkt ins Auge gefallen. Ihm damit ein paar Stichwunden zuzufügen und in seine fassungslosen Augen zu schauen, während er auf das Blut starrt, das aus seinem Körper rinnt. All das fühlt sich sehr, sehr reizvoll an.

Mir wird plötzlich kalt, als ich draußen auf der Straße wie festgefroren stehen bleibe. Es ist warm, meine Starre und die Eiseskälte, die ich spüre, haben nichts mit dem Hier und Jetzt zu tun, sondern mit einem Bild aus meiner Kindheit.

Es ist dunkel in der Küche, und ich kauere unter der Küchenbank. Habe Angst, mich zu bewegen, einen Laut von mir zu geben, zu atmen. Meine Mutter irrt durch die Wohnung. Sie hat getrunken. Normalerweise tut sie das nicht, aber wenn sie wieder einen dieser Schübe hat, kann es schon mal passieren. Dann weiß ich nicht, in welche Richtung es geht. Und auch wenn sie nüchtern ist, nicht. Mal ist meine Mutter anhänglich und lieb, überschüttet mich mit Koseworten und Umarmungen und will mich gar nicht mehr loslassen. Und manchmal bin ich der Teufel für sie, ein undankbares Balg, eine aufmüpfige Kröte und ein Drecksstück.

Meine Mutter kann sich und ihre Gefühle nicht kontrollieren. Sie schwankt permanent, taumelt in sich. Sie ist wie eine Feder, die von jedem Windstoß in eine neue Richtung geweht wird, völlig willkürlich. Und meine einzige Möglichkeit, damit umzugehen, ist, die beste Tochter der Welt zu sein, möglichst keine Angriffsfläche zu bieten. Alles richtig zu machen.

Und mich selbst zu verleugnen.

Kinder von Borderline-Müttern sind oft entweder das »gute« oder das »böse« Kind. Das »gute« Kind muss für die Befriedigung der Bedürfnisse der Mutter herhalten. Es wird nicht als eigenständige Person gesehen. Und oftmals wird es parentifiziert. Das bedeutet, dass meine Mutter mich als ihre beste Freundin gesehen hat, all ihren Dreck und ihre Emotionen bei mir abgelassen hat. Und wenn ich das »böse« Kind war, dann hat meine Mutter all ihren Selbsthass bei mir abgeladen. Es war nie vorauszusehen, was passieren würde.

Kein Wunder, dass sich in mir diese unfassbare Enttäuschung aufbaut. Dieser Frust über diese Ungerechtigkeit. Diese Willkür.

Und aus der Enttäuschung wird ... Wut ... Hass, den ich endlich ausleben möchte.

Du bist krank, Sophie.

Mein Magen krampft. Und ich schüttele den Kopf noch heftiger, als könnte ich damit die Gedanken herausschleudern. Ich gehe zur Straße, nur weg von Justin, von diesem Laden, weg von diesem Bild. Ich stelle mich in eine Einfahrt gegenüber und atme konzentriert. Nach ein paar Minuten lässt die Anspannung nach, und ich werde wieder ruhig.

Kurz darauf verlässt Justin den Laden und schließt von außen ab. Er hat gute Laune, pfeift sogar, als er sich nach links wendet und die Straße entlanggeht. Ich bleibe auf meiner Straßenseite und folge ihm mit Abstand. Noch weiß ich nicht genau, was ich tun werde. Ihn anzugreifen ist keine gute Idee. Ich muss etwas anderes finden, um ihn auszuschalten. Um Inez zu retten.

Während wir durch das Viertel gehen und ich ihm mit einigem Abstand folge, muss ich an Nils Bergmann denken. Hat er mich auch auf diese Art und Weise verfolgt? Hat er mir aufgelauert, sich in Hauseingängen rumgedrückt, sich in Büschen versteckt und alles beobachtet, was ich tue? Hat er mir zugesehen, wie ich auf Menschen reagiere, so wie ich jetzt Justins Blick auf eine junge Frau bemerke, und hat er sich ebenfalls gefragt, was ich mir dabei denke? Warum ich jemandem hinterhersehe?

Justin ignoriert Männer, genauer gesagt: Er geht ihnen aus dem Weg. Wann immer ihm ein Passant entgegenkommt, ist es Justin, der ausweicht. Er hat Angst, fühlt sich unterlegen. Sein Interesse gilt ausschließlich Frauen. Nicht, dass er jeder hinterherstarrt, aber sie sind offensichtlich alles, was ihn interessiert. Er hat keinen Blick für Autos, Geschäfte, Kinder, Hunde, was auch immer.

Schließlich kommen wir vor einem Wohnhaus an. Ein Mehrfamilienhaus aus den Sechzigern. Schmucklos, praktisch, ohne jedes Flair. So wie die Arbeit eines Handyverkäufers. Als Justin darin verschwindet, schaue ich auf die vielen Klingelschilder. Wahrscheinlich gibt es hier nur Einraumapartments. Aber in welchem wohnt Justin? Und was würde ich dort wollen?

Ich stehe nachdenklich und unschlüssig vor dem Haus. Eine junge Türkin nähert sich, geht an mir vorbei und steckt ihren Schlüssel in das Haustürschloss.

»Entschuldigen Sie«, sage ich. »Ich ... es ist mir etwas unangenehm, aber ...«

Sie dreht sich zu mir um. Botox-Lippen, mehr Schminke, als ich in einem Monat auftrage, aber ein warmes und freundliches Lächeln, wenngleich abwartend.

»Hier ist gerade ein junger Mann reingegangen, etwa Mitte dreißig. Blond und schlank. Er heißt Justin. Kennen Sie ihn vielleicht?«

»Warum?« Sie taxiert mich.

»Wie gesagt, es ist mir unangenehm, aber ... ich finde ihn wirklich nett und würde ihm gerne etwas in den Briefkasten werfen. Aber ich weiß nicht, wie er mit Nachnamen heißt.«

Die Türkin lächelt. »Berger. Dritter Stock. Viel Erfolg.«

»Danke.« Ich strahle.

»Der ist ein Netter«, fügt sie noch hinzu.

Wenn du wüsstest!

Ich starre auf den Briefkasten mit dem Schild »Berger«.

Und dann habe ich eine Idee.

Kapitel 27

Es ist einfacher, als ich gedacht habe.

Nur dass ich den Termin mit der Angst-Patientin verschieben muss, tut mir leid.

Also stehe ich am nächsten Morgen um Punkt zehn Uhr vor dem Haus von Justin Berger. Ich habe eine kleine Tasche dabei, in der alles ist, was ich brauche, und starre so lange auf mein Handy und rauche dabei, bis irgendjemand aus dem Haus kommt und ich die Gelegenheit nutze, um hineinzuschlüpfen.

Justin ist zur Arbeit gegangen, das hoffe ich zumindest, immerhin habe ich die Öffnungszeiten überprüft. Aber nicht, ob er sich vielleicht krankgemeldet hat? Ich stehe vor seiner Wohnung im dritten Stock und klingele. Mehrfach. Niemand macht auf.

Gut so, denn ich weiß nicht, was ich tun würde, wenn er seine Wohnungstür öffnen und mich erkennen würde. Zur Not habe ich einen Schraubenzieher in der Jackentasche, aber den möchte ich eigentlich für etwas anderes benutzen.

Für das Türschloss, doch selbst dafür brauche ich ihn

nicht. Aus einem der wenigen Krimis, die ich geschaut habe, weiß ich, dass man Türschlösser mit Kreditkarten öffnen kann. Zumindest im Film funktioniert dies. Ich hoffe, auch in der Realität. Das YouTube-Video, das ich mir dazu angesehen habe, hat mir noch ein paar Details erklärt. Normalerweise würde ich mich fragen, warum solche Dinge auf YouTube zu finden sind: Tipps für Einbrecher?! Was soll das? Normalerweise wäre ich moralisch empört und würde mein übliches »Das Internet ist das Einfallstor des Bösen«-Programm abspielen, jetzt jedoch bin ich einfach nur froh und dankbar.

Denn der zusätzliche Tipp, am Türgriff zu rütteln, die Tür heranzuziehen und dann beim Wegdrücken den Spalt zu vergrößern und die Karte reinzuschieben, um den Schaltmechanismus wegzudrücken, funktioniert!

Als die Tür aufgeht und ich so schnell wie möglich hineinschlüpfe, damit mich niemand sieht, fühle ich mich wie eine Profieinbrecherin. Na gut, Justin Bergers Schloss stammt wohl auch noch aus den Sechzigern, ist ausgeleiert und instabil. Aber egal, ich bin drin!

Justins Wohnung ist ein Anderthalb-Zimmer-Apartment, schmucklos eingerichtet und nur mit dem Nötigsten ausgestattet. Ich finde kaum persönliche Gegenstände, bis auf zwei Filmposter an der Wand und einen Computer auf dem Esstisch, der schmierig und viel benutzt aussieht. Im Gegensatz zu den drei Büchern, die verstaubt neben dem Fernseher stehen. Ganze drei Bücher, das ist Justins Bibliothek. Ich seufze enttäuscht, aber was hatte ich denn erwartet? Eigentlich doch nur Schlechtes, insofern fühle ich mich bestätigt. Nicht jeder kann ein weltoffener, gebildeter Intellektueller sein. Erst recht nicht jemand, der seine Partnerinnen auf widerlichste Art und Weise erniedrigt.

Ich merke, wie viele Vorurteile ich habe und wie sie mein Denken und meine Wahrnehmung bestimmen. Es ist mir fast peinlich. Aber selbst die weltoffensten und schlauesten Intellektuellen können miese Frauenschläger sein. Also was soll das?

Nachdem ich mich umgeschaut und festgestellt habe, dass Justin ausschließlich Kleidung von H&M oder von Zara trägt – billiges Polyesterzeug, das wahrscheinlich in Sweatshops hergestellt wird –, suche ich einen geeigneten Platz.

Er muss so sein, dass Justin ihn nicht sofort findet, die Polizei aber direkt darauf stößt.

Als ich die Wohnung und das Haus wieder verlasse, begegne ich niemandem. Ich weiß, dass Telefonieren auf dem Fahrrad verboten ist, aber dennoch rufe ich Kommissar Andreas Quast an, während ich zur Praxis radle.

»Hallo, Herr Quast«, keuche ich, als ich die Steigung zur Altstadt hochfahre.

»Frau Stach, welch Überraschung«, sagt Quast, und er scheint sich tatsächlich zu freuen.

»Haben Sie heute Mittag vielleicht noch mal kurz Zeit?«, bringe ich mühsam hervor. Dieser verdammte Berg!

»Was machen Sie denn gerade? Sie hören sich ja an, als ob Sie Fahrrad fahren ...«

»Glauben Sie im Ernst, dass ich dabei ausgerechnet die Polizei anrufen würde, mit dem Handy am Ohr? Das ist doch verboten.«

»Das stimmt. Aber wissen Sie was, da ich Sie kenne und schätze, werde ich beide Augen zudrücken und Sie nicht an die Kollegen von der Verkehrswacht verraten.« Er gluckst.

»Aber ich tue das doch nicht ...«

»Schauen Sie doch mal nach links.«

Links von mir ist ein Straßencafé, eins dieser Hipster-Dinger mit Bowl und veganem Kaffee und so weiter. Und dort draußen sitzt Kommissar Quast in der Sonne und winkt mir freundlich zu.

»Peinlich.« Ich werde knallrot und halte am Straßenrand an. Ich schaue rüber zu Quast, der breit grinst.

»Wollen Sie vielleicht jetzt rüberkommen?«, fragt er.

»Ich muss in die Praxis, eine Patientin wartet. Aber wenn Sie später Zeit haben? Mir ist noch etwas eingefallen ...«

»Ich hole Sie um dreizehn Uhr ab«, entscheidet Quast.

»Prima.«

»Und jetzt legen Sie bitte auf, sonst muss ich Sie verhaften.«

Ich tue, wie mir geheißen, lächele zu ihm rüber und trete wieder in die Pedale.

Meinetwegen könnte er mich wegen Telefonierens auf dem Fahrrad verhaften.

Aber nicht wegen Doppelmordes und Einbruchs.

Um dreizehn Uhr zehn sitzen Kommissar Quast und ich in einem türkischen Restaurant in der Nähe der Praxis, und vor uns dampfen zwei Linsensuppen. Quast tunkt gierig türkisches Sesambrot in seine und isst. Und während ihm ein bisschen Suppe aus dem Mundwinkel läuft, fragt er mich über sein Brot hinweg: »Was ist Ihnen denn noch eingefallen?«

»Ich habe erst noch eine Frage: Was ist nun eigentlich mit Nils Bergmann? Haben Sie da Fortschritte gemacht? Was hat die Auswertung seines Computers ergeben?«

Quast seufzt. »Das darf ich Ihnen doch gar nicht sagen ...«

»Entschuldigen Sie, ich liefere hier auch Informationen. Ich habe Sie überhaupt erst auf Bergmanns Verhalten im virtuellen Raum hingewiesen, also steht mir doch eigentlich eine Antwort zu, meinen Sie nicht?«

Quast schmunzelt. »Okay, wenn Sie mir danach sagen, was Ihnen noch eingefallen ist.«

»Klar.«

»Leider haben wir, was Nils Bergmann angeht, keine Erfolg versprechenden Ergebnisse. Ja, wir haben seinen Widersacher gefunden. Und ja, anscheinend war es eine heftige Fehde, die die beiden ausgetragen haben. Aber ...«

»Was?«, frage ich, obwohl ich die Antwort ja kenne.

»Sein Gegner war ein zwölfjähriger Junge ...«

»Oh ...«

»Und dem können wir leider nicht zutrauen, dass er

Nils Bergmann, also einen doppelt so alten und doppelt so schweren Mann, getötet hat.«

Ich nicke enttäuscht. »Schade. Tut mir leid. Ich hoffe nur, Sie finden den Mörder irgendwann ...«

»Das werden wir. Wir gehen ein paar weiterer Spuren nach ...«

»Welchen denn?«, frage ich elektrisiert und nervös. Irgendwas, das in meine Richtung deutet?

»Frau Stach, Sie wissen doch, ich darf das nicht ...«

Ich mache Rehaugen. »Und wenn ich Ihre Suppe bezahle?«

»Sie schulden mir eh mindestens eine Suppe dafür, dass ich Ihnen kein Bußgeld verhängt habe.«

»Sie sind ziemlich kleinlich.« Ich seufze gespielt ergeben und lächele dann. Ich bin echt im Flirtmodus. Was soll das?

»Was wollten Sie mir denn noch berichten, Frau Stach? Mal ganz abgesehen davon, dass ich mich natürlich freue, mit Ihnen Mittag zu essen ...«

»Ja, das ist nett, nicht wahr?«, gebe ich zu.

Quast schaut mir zu lange in die Augen und ich zu lange zurück. Dann wende ich den Kopf ab, schaue auf meine Suppe.

»Ich wollte mich entschuldigen für meine harte Reaktion letztens ...«

»Schon gut«, sagt Quast.

»Aber mir ist etwas eingefallen, was Amelie Haage betrifft ... Sie haben bei ihr noch keine Neuigkeiten, oder?«

Quast schüttelt den Kopf.

»Okay. Ich mache mir wirklich Sorgen um sie. Sie war eine sehr nette Frau ...« Ich halte betroffen kurz inne. »Deswegen ... aber nur deswegen verrate ich Ihnen etwas.«

Quast mustert mich gespannt.

Ich räuspere mich und tue so, als würde es mir äußerst schwerfallen.

»Sie hat mir von einem Mann erzählt. Justin Berger. Er arbeitet in einem Handyladen oder so.«

»Und? Was ist mit ihm?«

»Sie hatten etwas. Aber als sie sich getrennt hat, hat er das wohl nicht akzeptieren wollen ... Und sie war ein bisschen besorgt deswegen. Ehrlich gesagt, *sehr* besorgt.«

Quast schaut mich an.

»Sie hatte Angst, dass ihr etwas zustößt«, bekräftige ich.

Kapitel 28

Als ich unsere Wohnung aufschließe, bin ich noch immer euphorisiert. Was für ein brillanter Move von mir! Ich habe Quast auf die Spur von Justin gesetzt und ihn mit Amelie verknüpft. Ich habe meine beiden größten Sorgenkinder mit einer Klappe geschlagen!

Ich bin derart gut gelaunt und begeistert von mir, dass ich mir kurz megalomane Tendenzen unterstelle. Größenwahnfantasien, also eine kognitive Verzerrung durch Überbewertung meines eigenen Könnens und meiner Kompetenzen.

Aber vielleicht liegt es auch daran, dass ich zudem mit Quast geflirtet habe und spüre, dass Quast mich begehrt, auch wenn er vorsichtige Distanz wahrt. Dass ich es genieße, gesehen zu werden. Und ja, dass auch ich mich von dem kernigen Alain Delon angezogen fühle und mich frage, wie es wohl wäre, seine Muskeln in den kräftigen Schultern oder Armen zu spüren, seine Haut zu schnuppern, die bestimmt nach Salz oder Moschus riecht. Seine langen Haare über meine Stirn gleiten zu fühlen, wenn er über mir ist. Ihm über den Bauch zu streicheln – er hat bestimmt kleine schwarze Haare über seinem Sixpack. Ich gebe zu, es gab diesen Moment beim Mittagessen, als ich meine Zurückhaltung aufgegeben habe und schwach geworden bin.

Deswegen habe ich mich sogar für morgen Abend auf ein Date mit ihm verabredet.

Verrückt! Was ist mit mir los?

Ich halte einen Moment inne und versuche, in mich hineinzuspüren. Finde ich Quast wirklich sexuell anziehend und begehre ihn? Oder was liegt darunter? Ist es der Frust über meine erkaltete Beziehung zu Jakob, meine Versuche, mit dessen Zurückweisung umzugehen? Hat Quasts Anziehung auf mich etwas mit Nervenkitzel zu tun? Schließlich, und das darf ich nicht vergessen, ist der Kommissar ein potenzieller Feind, jemand, der mir auf die Spur kommen, mich verhaften und mein ganzes Leben zunichtemachen könnte. Mit dem Feind ins Bett gehen? Welch gefährliches Doppelspiel. Aber was für ein reizvolles.

Ich atme kurz durch, dann schalte ich meinen Verstand ein: Du machst das nur, um Quast in Sicherheit zu wiegen. Da sind keine Gefühle. Und dass du dich mit ihm für ein Date verabredet hast, war eine bloße Übersprunghandlung in deiner Euphorie darüber, dass deine Strategie, Justin und Amelie betreffend, einen entscheidenden Schritt vorangekommen ist. Und ja, auch dass du dich plötzlich gesehen und begehrt fühlst. Um Jakobs fehlendes Interesse zu kompensieren.

Jakob sitzt auf der Couch und liest. Ich sehe seine Wuschelhaare von hinten, und mich packt der Drang, von hinten hineinzupacken, sein Gesicht zu mir zu beugen und ihm einen langen, intensiven Kuss zu geben. Mir zu nehmen, was mir zusteht. Meinen Mann. Meinen Sex. Und so spontan, wie der Gedanke mich überkommt, so schnell führe ich ihn aus. Ich trete hinter das Sofa, das mitten im Raum steht und die Fernsehecke von dem großen Esstisch, den wir so selten benutzen, abgrenzt. Ich beuge mich nach vorn, greife Jakob unter das Kinn und ziehe seinen Kopf nach hinten. Jakob ist überrascht, als er dann meine Lippen auf seinen spürt und meine Zunge, die in seinen Mund gleitet.

Ich merke sofort, dass etwas nicht stimmt. Jakob küsst mich zwar zurück, aber ohne Begeisterung, ohne Leidenschaft. Ich spüre innerhalb einer halben Sekunde, dass er das nicht will, sondern froh ist, wenn ich von ihm ablasse. Deswegen lasse ich seinen Kopf los, weiche zurück und versuche, mir meine Enttäuschung nicht anmerken zu lassen.

»Sorry«, sage ich. »Ich hab dich überfallen.«

»Ach nein, ist schon gut«, gibt Jakob leise zurück.

Ist schon gut? Das ist nicht die Reaktion, die ich mir gewünscht habe.

Aber jetzt, als ich um die Couch herumgehe und mich langsam neben Jakob setze, spüre ich, dass er müde und traurig ist. Unter seinem entschuldigenden Lächeln, das er aufsetzt, liegt ein Schmerz. Jakob ist immer zu verständig und sucht die Schuld immer bei sich, ein Muster seiner Kindheit, was ihn aber zu dem empathischen und rücksichtsvollen Mann hat werden lassen, in den ich mich verliebt hatte.

Schmerz wegen Amelie. Die Frau, die er liebt und vermisst.

Sie und nicht mich.

»Entschuldige«, sage ich. »Es kam einfach so über mich.«

Wir schweigen kurz, während Jakob nach irgendwelchen Worten sucht, um mich zu besänftigen, sich rauszureden. Ich halte es nicht aus und stehe sofort wieder auf.

»Ich habe riesigen Hunger«, lüge ich. »Was ist mit Abendessen?«

»Ich habe eben im Büro etwas gegessen«, erklärt Jakob, aber ich weiß mittlerweile, wann er lügt. Also nicht immer, denn die Affäre ist mir entgangen, aber jetzt sind meine Sinne geschärft, und ich ahne, dass er keinen Hunger hat, weil ihm die Sorge um Amelie auf den Magen geschlagen ist.

»Okay«, sage ich und gehe in die Küche. Ich hoffe, er bekommt nicht mit, dass mir kleine, dämliche Tränen in die Augen treten und ich mich verletzt und zurückgewiesen fühle ... und wütend. Das ganze Programm.

Als ich in der Küche ratlos vor dem Kühlschrank stehe und nicht weiß, was ich essen oder vielmehr mit mir anfangen soll, kommt Jakob herein.

»Entschuldige«, sagt er. »Vielleicht essen wir doch etwas zusammen?«

Vor allem sind Jakob und ich groß darin, sich andauernd zu entschuldigen. Wir können Stunden und Tage damit verbringen, nachsichtig und verständig und rücksichtsvoll, wie wir sind.

Es ist eigentlich widerlich.

Aber diesmal tun mir seine Worte gut. Ich will, dass es ihm leidtut, er sich um mich und meine Gefühle sorgt, dass ich ihm wichtig bin.

Als wir kurz darauf am Küchentisch sitzen und schweigend in unserem Essen herumstochern – Mozzarella, eingelegte Tomaten, irgendein Bio-Linsenaufstrich und Baguette von gestern –, halte ich es nicht mehr aus.

»Ist alles okay bei dir? Du wirkst ... bekümmert.«

Es dauert, bis Jakob antwortet. Ich sehe ihm an, wie Gedanken durch seinen Kopf rasen.

Dann räuspert er sich und erklärt stockend: »Es ist nur ... eine Kollegin bei der Arbeit ist nicht mehr zu erreichen. Sie ist irgendwie abgetaucht. Wir machen uns Sorgen.«

Autsch!

»Eine Kollegin? Wer denn?«

»Die kennst du nicht. Eine neue.«

»Aha! Und ...«, ich schaue ihn an, »was glaubst du, ist da los?«

Jakob zuckt die Schultern. »Das wissen wir alle nicht. Sie ist nicht zu erreichen.«

»Vielleicht ist sie krank?«

»Das haben wir überprüft ... Eine Sekretärin war sogar da und hat bei ihr geklingelt.«

Wow! Eine Sekretärin? Eine, die sogar Papiertonnen durchwühlt, auf der Suche nach Liebesbriefen?

»Jetzt echt? Ist das nicht ein bisschen übertrieben?«

»Sie kam da vorbei. Sie wohnt in der Nähe, weißt du?«

Amelies Wohnung liegt vier Kilometer von uns entfernt, mein Lieber. Das ist nicht in der Nähe. Ich unterdrücke meine Wut und schaue besorgt drein.

»Vielleicht ist sie im Krankenhaus?«

»Das haben wir dann auch überprüft.«

Echt jetzt? So weit gehst du? Aber klar, du schickst ja auch eine Vermisstenmeldung zur Polizei. Was bilde ich mir eigentlich ein?

»Es wird schon nichts sein. Vielleicht taucht sie einfach wieder auf.«

»Ich hoffe.« Jakob schweigt.

»Was?«

»Oder es liegt ein Verbrechen vor.« Jakob sieht aus, als wollte er in Tränen ausbrechen. Ich lege ihm eine Hand auf den Unterarm.

»Mach dir nicht solche Sorgen. Wer weiß, vielleicht hat sie einfach den Job geschmissen oder ist spontan im Urlaub. Das regelt sich schon.«

Ich könnte ihm ins Gesicht springen. Und dass ich Jakob jetzt auch noch tröste ... ich kann mich selbst nicht ausstehen.

Kapitel 29

Am nächsten Tag bin ich völlig durch den Wind und kann mich selbst schwer greifen. Ich bin enttäuscht und wütend über mich, sauer auf Jakob, bin verletzt – und gleichzeitig sehe ich der Zukunft irgendwie positiv entgegen. Oder vielmehr meiner Verabredung mit Quast. Obwohl ich Jakob liebe. Und ich schwelge immer noch in der Hoffnung, dass ich mit dem Versuch, Justin und Amelie miteinander in Beziehung zu bringen, den rettenden, alles lösenden Schritt unternommen habe. Ich bin unkonzentriert und fahrig.

Genauso wie Christine. Sie kommt zu spät und abgehetzt zu unserem Termin. Samuel ist ein wenig früher da, und ich nutze die Zeit, um mit ihm ein paar wenige, kostbare Minuten zu sprechen, ohne dass er sich von seiner Frau kontrolliert fühlt. Denn das, so viel ist klar, tut Christine. Sie beobachtet nicht nur sich selbst, sondern auch jeden um sich herum. Mit großer Sicherheit auch mich, und ich frage mich, was sie wohl von mir denkt.

Allerdings könnte das mir egal sein. Wirklich. Ist es aber nicht.

Samuel jedenfalls mag mich. Er schaut mich offen und freundlich an, und seine Mundwinkel zittern nicht wie sonst manchmal aus Anspannung, wenn Christine im Raum ist. Ich mag es, gemocht zu werden, bin auch nur ein Mensch.

Und es hilft, wenn mich andere mögen. Denn derzeit mag ich mich nicht. So gar nicht.

Wenn man es mal genau nimmt, ist mein Leben zurzeit eine einzige Katastrophe. Meine Ehe geht den Bach runter, ich mache einen schlechten Job als Therapeutin (zudem bringe ich Klienten um), und wenn alles schlecht läuft, könnte ich den auch noch verlieren. Und ich bin eine Doppelmörderin. Die leider nicht mit ihrem schlechten Gewissen ringt, sondern damit, dass in ihr plötzlich Neigungen auftauchen, die sie längst vergessen geglaubt hat. Mit etwas Abstand betrachtet, ist mir klar, was hier passiert: Der Mord an Amelie, der weniger ein Unfall als eine einzige Übersprunghandlung war, dieser Mord war ein Trigger für mich. Der Auslöser dafür, dass mein Trauma aufbricht. Mein Trauma, das ich längst überwunden geglaubt hatte oder das ich zumindest – ich mache mir da nichts vor – so weit unter Kontrolle und weggesperrt hatte, dass ich eigentlich ein freies, selbstbestimmtes Leben führen konnte.

Ohne dass ich an meine Kindheit, meine Mutter, die Angst, die Lähmungszustände, all das Grauen denken musste.

»Wie geht es Ihnen heute?«, frage ich Samuel. Er zuckt die Schultern.

»Ich kann es gar nicht genau sagen. Es ist einfach alles … zu viel. Christine, die Kinder, der Job, das ist gerade einfach eine Menge.«

»Was genau belastet Sie denn am meisten? Wenn Sie mal da reinspüren?«

Samuel überlegt eine Weile.

»Christine«, antwortet er dann. »Also, Johanna ist wieder krank, aber … das wird schon. Ich habe mich, so blöd das klingt, irgendwie schon daran gewöhnt. Verstehen Sie mich nicht falsch! Ich liebe meine Kinder!«, fügt Samuel schnell dazu. »Wirklich. Von Herzen! Aber … ständig ist irgendwas. Zum Glück habe ich Christine. Sie kümmert sich wirklich wahnsinnig gut. Sie rennt zu allen Ärzten, informiert sich, liest Forschungsergebnisse, Studien, tut wirklich alles!«

Er macht eine Pause, die Augenbrauen hochgezogen. Ihm liegt etwas auf der Zunge, aber er traut sich nicht, es auszusprechen.

Ich mustere ihn lange.

»Und das stört Sie?«, frage ich langsam in die Stille hinein.

Er sieht mich schuldbewusst an. »Irgendwie schon. Ich glaube … ich würde gerne mehr tun, aber … sie nimmt mir alles ab.« Er seufzt. »Sie ist nun mal perfekt.«

»Niemand ist perfekt«, erwidere ich.

Christine kommt schnaufend und mit roten Wangen herein.

»Es tut mir so wahnsinnig leid, dass ich zu spät bin«, stößt sie hervor. Sie stellt ihre Handtasche unter ihren Stuhl, setzt sich, schenkt Samuel ein winziges Lächeln, das nicht ernst gemeint ist, und erklärt: »Ich habe mit Dr. Rathmann gesprochen. Er meint, es könnte eine Allergie sein.« Sie wendet sich an mich. »Johanna hat sich gestern schon wieder den ganzen Tag übergeben, es war ganz fürchterlich.«

»Das tut mir leid«, sage ich. »Ich hoffe, es geht ihr besser?«

»Das ist leider chronisch. Anscheinend.« Samuel schaut seine Frau an.

Da ist etwas in seinem Blick, das ich nicht deuten kann. Etwas Forschendes, Distanziertes, Kühles.

Christine lächelt erschöpft. »Es ist fürchterlich. Johanna hat das so oft. Die Ärzte wissen nicht, was sie tun sollen. Wir haben schon alles abgeklopft: Nahrungsmittelunverträglichkeit, Reizdarm und Magen, Morbus Crohn, sogar Krebs, einfach alles. Auch das mit den Allergien. Deswegen achte ich darauf, also wir.« Sie lächelt Samuel erschöpft an und ist ganz das Bild einer sorgenvollen Mutter. »Johanna isst nur Gesundes, keine Fertigprodukte. Ich koche jeden Tag frisch. Und glauben Sie mir, das ist nicht immer einfach bei dem ganzen Stress.«

Christines Telefon klingelt. Sie wird rot, es ist ihr peinlich.

»Entschuldigen Sie, das hatte ich eben vergessen auszuschalten.« Sie greift nach ihrem Handy und schaut auf das Display.

»Es ist Dr. Hoffmann«, informiert Christine Samuel. Sie wendet sich an mich, und ihre blonden Locken geben ihr den Anschein eines Engels.

»Dürfte ich? Es ist der Internist ...«

Ich nicke. Christine steht auf und nimmt den Anruf entgegen. »Hallo, Jochen ...« Sie geht an uns vorbei aus dem Behandlungsraum und in den Flur. Ich schaue ihr nach. Genauso wie Samuel, der etwas in seinem Stuhl zusammengesackt ist, kaum merklich, aber ich habe ein Gespür für so etwas. Ich betrachte ihn.

»Jochen?«, frage ich.

Samuel nickt geschlagen.

»Ein Freund der Familie?«, hake ich nach, denn ich duze keinen meiner Ärzte.

Samuel setzt ein schmales Lächeln auf. »Christine hat so viel mit den Ärzten zu tun, da gibt es mittlerweile wirklich enge Verbindungen.«

Er spürt meinen Blick.

»Selbstverständlich platonisch, nicht, was Sie denken.«

»Ich habe nichts gedacht«, erkläre ich.

Stille.

»Denken Sie sich denn etwas dabei?«, frage ich. »Spüren Sie Eifersucht?«

»Nicht auf die Ärzte«, rutscht es Samuel heraus. »Christine würde mich nie betrügen, das kann ich mir beim besten Willen nicht vorstellen.«

Ich konnte mir auch nicht vorstellen, dass Jakob eine Affäre hat, beim besten Willen nicht, aber das sage ich nicht.

»Was meinen Sie, mit ›nicht auf die Ärzte‹? Auf wen dann?«

Samuel druckst etwas herum, dann ringt er sich raus: »Manchmal ... ein bisschen auf die Kinder. Christine kümmert sich nur um sie. Es ist fast, als hätte sie kein anderes Leben. Alles dreht sich nur um Ben und Johanna.« Er schweigt, beinahe erschrocken. Dann schaut er mich mit großen Augen an. »Bin ich ein schlechter Vater?«

»Wieso?«

»Na, ich kann doch nicht eifersüchtig auf meine eigenen Kinder sein!«

»Warum nicht?«

»Das tut man nicht. Das darf nicht sein. Vor allem, da sie immer krank sind ...«

»Das habe ich verstanden, eine kurze Nachfrage dazu: Wie sieht das denn bei Ihnen und Ihrer Frau aus? Gibt es da chronische Krankheiten oder Ähnliches, die die Kinder vielleicht vererbt bekommen haben?«

»Wir sind beide völlig gesund. Immer. Heuschnupfen hatte ich früher, aber das war's. Nein, die Kinder haben da nichts geerbt, falls Sie das meinen.«

Ich nicke. Aber ich habe wieder mal diesen schalen Verdacht. Aber es ist nur ein Verdacht. Ich lasse ihn beiseite und setze bei Samuel wieder an.

»Ich finde, dass man durchaus Eifersucht spüren darf. Egal, gegen wen. Die Frage ist, warum dieses Gefühl entsteht und was darunterliegt. Gehen Sie einmal in dieses Gefühl ... spüren Sie es?«

Samuel schließt die Augen, dann nickt er langsam.

»Ich fühle mich ... nicht gesehen. Ignoriert.«

Ich nicke.

»Und was brauchen Sie, um sich wieder gesehen zu fühlen?«

Samuel denkt nach. »Aufmerksamkeit ... Dass sie mich mal wieder wahrnimmt.«

»Und wann fühlen Sie sich wahrgenommen? Wann bekommen Sie Aufmerksamkeit?«

»Beim Sex ...«, sagt Samuel. »Da ist sie dann bei mir ... da sind wir wieder zusammen.«

»Und was glauben Sie, wie ist das für Ihre Frau?«

Samuel zögert. »Ich weiß nicht, ich habe das Gefühl, sie tut das nur mir zuliebe. Den Sex. Als ob sie ein Programm abspult. So wirklich nahe sind wir uns nicht, wenn ich so darüber nachdenke.«

»Jeder möchte gesehen und gewertschätzt werden«, sage ich. »Das ist eines unserer grundlegenden Bedürfnisse. Was glauben Sie, wo fühlt sich Christine gesehen?«

Samuel schweigt lange. Ich mustere ihn. Er wird selber darauf kommen. Er schluckt hart, als ob ihm ein Kloß im Magen liegt. Dann schaut er mich an, und in seinen warmen, sympathischen Augen liegt eine tiefe Trauer. Fast ein Entsetzen.

Die Tür zum Raum geht auf, und Christine kommt herein. Sie lächelt gestresst, aber glücklich und schnattert sofort los: »Jochen hat uns einen Termin bei seinem Facharztkollegen besorgt. Die können da spezielle Untersuchungen machen. Uff, was bin ich froh.« Christine fliegt dabei fast durch den Raum, so schnell ist sie. Als sie sich auf den Stuhl fallen lässt und Samuel liebevoll ansieht, ist sie ganz aufgedreht. Sie wendet sich mit strahlendem Lächeln zu mir um. »So, da bin ich wieder. Wir können anfangen.«

Dass Samuel ziemlich konsterniert ist, merkt sie nicht.

Und ich überspiele meine Irritation und den dunklen, tiefschwarzen Abgrund, der sich da in mir auftut. Aber es ist nur eine Ahnung eines Abgrunds, nur ein Verdacht, was Christine angeht.

Ich hoffe, dass der sich nicht bestätigt.

Kapitel 30

Andreas Quast hat ein kleines, französisches Restaurant ausgesucht. Der Raum ist nicht größer als unser Wohnzimmer. Die Wände sind hell gestrichen, und es gibt einen Kamin. Auf den Tischen liegen dicke, hochwertige Decken, die Stühle sind mit hellem Stoff bezogen, und im Hintergrund läuft die Musik aus *Die fabelhafte Welt der Amélie*. Ich schaue mich lächelnd um, dann in Quasts warme braune Augen.

»Fast ein Ort, um Heiratsanträge zu machen«, scherze ich.

Er grinst. »Die erleben das hier bestimmt jede Woche.«

»Aber deswegen sind wir beide ja nicht hier«, flirte ich. Meine Blicke deuten das Gegenteil an.

Quast nickt und schweigt. Aber die Stille, die uns für einen Moment umgibt, ist warm und vielversprechend. Wir wissen beide, was das hier ist zwischen uns. Wir lächeln.

»Es wäre vielleicht auch ein bisschen früh, so lange kennen wir uns ja nicht«, meint Quast.

»Stimmt. Und außerdem müsste ich vorher meinen Mann fragen.«

»O ja, den sollten Sie ins Boot holen. Äh, das war missverständlich.« Quast schmunzelt. »Informieren, meine ich.«

»Sonst wäre das nicht nur unfair, sondern auch strafbar, oder?«

Quast nickt. »Wie lange sind Sie denn schon verheiratet?«

»So lange, dass er mich abends allein mit einem fremden Mann essen gehen lässt, ohne sich Sorgen zu machen.«

Jakob weiß nichts davon, dass ich mich mit Quast treffe. Er denkt, ich bin mit meiner Kollegin Rebecca unterwegs, und erwartet sicher, dass ich spätabends etwas angeschickert nach Hause komme und ihm von Rebeccas unglücklichem Single-Leben erzähle. Falls er überhaupt auf mich wartet, das weiß ich im Moment gar nicht so genau. Wahrscheinlich ist er froh, dass ich weg bin.

»Und Sie? In einer Beziehung?«, frage ich.

Quast nickt. »Sie würden wahrscheinlich so was wie toxisch dazu sagen. Eine Beziehung, in der ich ständig an meine Grenzen gehe und darüber hinaus. Sehr anstrengend ist das, aber ich kann nicht loslassen.« Er muss grinsen. »Jetzt bin ich schon voll in Ihrem Psychologensprech.«

»Nicht schlimm. Wie gesagt, Sie sollten mal mit Ihrem Polizeipsychologen über Ihren Beruf reden. Denn das meinen Sie doch eigentlich mit *Ihrer Beziehung,* oder?«

»Ertappt.« Quast lächelt.

»Apropos ... was ist denn mit diesem Justin Berger? Hat sich da etwas ergeben?«

Quast zögert.

»Kommen Sie schon, *ich* habe Sie auf diese Spur gesetzt! Das ist unfair, wenn Sie nichts sagen.« Ich verschränke die Arme und spiele das trotzige Kind. »Ich kann auch die Karte hoch und runter bestellen, auch den Kaviar. Ich gehe ja mal davon aus, dass Sie mich einladen, oder?«

Quast seufzt gespielt. »Puh, wie war das noch mal mit Frauen und Gleichberechtigung heutzutage?«

»Das ist doch gar nicht so Ihr Ding, oder? Ich kann auch Champagner dazubestellen.«

Die Kellnerin tritt an unseren Tisch. Sie trägt eine helle Schürze, ein weißes Oberhemd und sieht ganz bezaubernd aus. Quast beachtet sie mit keinem Blick, er hat nur Augen für mich.

»Haben Sie gewählt?«, fragt sie freundlich.

»Das kommt drauf an«, sage ich scherzend und mustere Quast. Der muss schließlich lachen.

»Okay, Sie haben mich.«

»Prima. Ich nehme einen grünen Salat und dann das Entenconfit. Und einen Weißwein.«

Quast schlägt seine Karte zu. »Ich nehme einfach dasselbe. Aber ... vielleicht bringen Sie uns gleich eine Flasche Weißwein?«

Ich nicke. »Hört sich gut an.«

Als die Kellnerin davongeschwebt ist, schaue ich Quast in die Augen.

»Ich dachte, Sie wären Vegetarier?«

»Haben Sie das wirklich geglaubt?«

»Nicht wirklich. Also, schießen Sie los.«

Quast seufzt, dann erzählt er. »Wir haben den Mann überprüft. Gegen ihn lagen zwei einstweilige Verfügungen vor, es hatte mehrere Gefährderansprachen gegeben. Er hatte mehrfach Gewalt gegen seine Ex-Freundin ausgeübt.«

Ich erinnere mich an die Wunden von Inez, ihre Schrammen am Hals, an das blaue Auge, mit dem sie eines Tages aufgetaucht war, und viel mehr noch an ihre Erzählungen der grässlichen Gewalt, der sie ausgesetzt gewesen war.

Ich tue so, als wüsste ich davon nichts. »O Gott, das ist ja furchtbar.«

Quast nickt kurz.

»Bei unserem Hausbesuch hat sich der Mann gesprächsbereit gezeigt. Er wusste von gar nichts und hat abgestritten, eine Amelie Haage zu kennen.«

Das stimmt. Denn Justin kennt Amelie ja auch nicht.

»Er war da sehr überzeugend.«

»Aber?«

Quast zögert einen Moment, dann sagt er: »Wir haben einen Brief von Amelie Haage an ihn in seiner Wohnung gefunden ...«

»Krass ...« Ich mache große Augen und spiele auf beeindruckt und fasziniert gleichzeitig.

Mein Herz hüpft. Mein Plan funktioniert!

»Also hat er gelogen?«

»Sieht so aus. Obwohl er vehement protestiert. Er war völlig von der Rolle, es kam zu einem kurzen Gerangel.«

»Und dann? Haben Sie ihn verhaftet?«

Quast schüttelt den Kopf. »Dazu haben wir keine Veranlassung.«

Was?

»Die Beweise reichen nicht aus, und es gibt keinen hinreichenden Tatverdacht.«

»Er lügt, wenn er behauptet, er würde Amelie nicht kennen. Sie haben einen Beweis dafür, dass die beiden in Kontakt standen. Was war das für ein Brief?«

»Ein Liebesbrief ...«

»Na bitte. Und sie hat mir erzählt, dass sie sich bedroht fühlt. Und offensichtlich ist dieser Justin gewaltbereit, das zeigt doch sein früheres Verhalten, oder?«

Ich bin entsetzt. Nein, empört.

»Aber das reicht nicht für eine Verhaftung.« Quast mustert mich, spürt meine trotzige Verwunderung. Er legt seine Hand auf meine, tröstend.

»Aber wir sind dran, glauben Sie mir.«

Ich nicke, dann blicke ich auf seine große, sehnige Hand, die da auf meiner liegt. Ich spüre seine Wärme, die etwas grobe Haut seiner Handfläche. Es fühlt sich gut an. Und Quast lässt seine Hand länger auf meiner liegen, als es nötig wäre.

Wir schweigen beide. Lächelnd. Wissend.

Das Essen ist hervorragend. Der Wein auch. Ebenso unser Gespräch. Es ist eigentlich kein Wunder, dass sich Quast später, als ich mein Fahrrad aufgeschlossen habe und abfahrbereit vor ihm stehe, zu mir beugt und mir einen Kuss gibt. Es ist ein entschlossener, etwas fordernder, tatsächlich nach Leder und Moschus schmeckender Kuss, der mich sofort tief in meinem Magen berührt.

Und es ist daher auch kein Wunder, dass ich die Griffe meines Lenkers loslasse, das Fahrrad nach rechts auf den Boden fällt und ich meine Arme um diesen muskulösen, durchtrainierten Rücken von Quast lege und ihn genauso fordernd zurückküsse.

Kapitel 31

Am nächsten Morgen bin ich immer noch ziemlich durch den Wind. Der Kuss mit Quast hängt mir wie eine Nebelwolke im Kopf, die jeden Gedanken in einen milchigen Schleier hüllt. Alles ist unklar, diffus, ich kann kein Gefühl greifen. Da sind sehr, sehr viele Gefühle in sehr, sehr unterschiedlichen Qualitäten, und ich kann keines davon klar zuordnen. Ich habe Schmetterlinge im Bauch und bin gleichzeitig traurig. Ich empfinde Genugtuung und habe ein schlechtes Gewissen. Jakob hat eine Affäre gehabt, ich habe den Kommissar geküsst. Es hätte gestern auch durchaus mehr laufen können, zumindest von meiner Seite. Doch Quast hatte es bei dem Kuss belassen wollen. Zumindest für diesen Abend. Dass da mehr sein konnte, war aber zu spüren gewesen. Gut so, denn mir war auch gar nicht wirklich klar gewesen: Instrumentalisierte ich den Kommissar? Küsste ich ihn nur, um ihn mir gewogen zu machen, um von einem Verdacht auf mich abzulenken? Oder fand ich ihn wirklich sexy und ziemlich unwiderstehlich? Lag das nur daran, dass ich mich in meiner Beziehung zu Jakob zurückgesetzt, nicht gesehen fühlte? Oder tatsächlich an dem kernigen Alain-De-lon-Style?

Der andere »Franzose« in meinem Leben, Jakob, der zwar kein Franzose ist, aber mich mit diesen sexy Wuschelhaaren und den vollen Lippen immer an diese französischen Sommerfilme meiner Jugend erinnert, mustert mich über seine Kaffeetasse hinweg.

»Und, wie war es gestern?«, fragt er freundlich.

»Gut«, antworte ich und versuche, aus meinem Gedankenkarussell auszusteigen.

»Wie geht es Rebecca? Welche Beziehungskatastrophen gibt es diesmal?« Jakob mag Rebecca, sie ist für ihn ein Quell von tausend abenteuerlichen Single-Geschichten, die eigentlich allesamt in Desastern enden. Nicht schön für Rebecca, interessant aber für alle Außenstehenden. Der geifernde Blick der Leute, die Gaffer vor dem Autounfall. Mit einem Mal stört mich Jakobs Haltung.

»Gut geht's ihr. Keine Katastrophen diesmal«, sage ich. »Sie hat jemanden kennengelernt.«

»Na, das tut sie doch dauernd ...«

»Aber diesen Typen findet sie richtig gut.«

»Wie immer.«

»Ich glaube, das ist was anderes. Er ist keiner, der sofort mit ihr in die Kiste springen will.«

»Sie haben es noch nicht gemacht?«

»Noch nicht«, sage ich. Und ja, ich muss an Quast denken. »Er ist irgendwie anders. Verlässlicher. Ganz cool. Kernig. Er ist Polizist, weißt du?«

Jakob schaut mich belustigt an. »Dass er Polizist ist

und ausnahmsweise noch nicht mit ihr geschlafen hat, sind keine Gründe, warum es nicht in der Katastrophe enden sollte.«

Ich weiß auch nicht, warum ich so sauer auf Jakob bin.

Später auf dem Fahrrad ist meine Wut weg. Ich trete kräftig in die Pedale, der Wind pfeift mir durchs Haar. Es ist ein freundlicher Tag, und die Menschen auf der Straße haben gute Laune, kaufen Blumensträuße, küssen sich an Häuserecken und flirten mit anderen Hundehaltern. Faszinierend, diese Projektionen von uns Menschen. Sobald wir schwanger sind, sehen wir auch nur noch Schwangere und Kinder überall.

Warum mir alles so gut gelaunt und romantisch erscheint? Weil ich die Zweifel und die Sorgen weggeschoben habe. Und den elektrisierenden, erotischen Kuss mit Quast warm in mein Herz geschlossen habe und mich darauf freue, was da vielleicht noch passieren wird. Ich habe extrem gute Laune.

Die Patientin mit der Emetophobie spricht mich sogar darauf an, ebenso die alte Dame mit der Anpassungsstörung, und auch der junge Akademiker mit der massiven Prüfungsangst. Ich schwebe durch den Tag. Blendend gelaunt, leicht wie eine Feder, voller positiver Gefühle.

Bis zu dem Moment, wo mir Inez gegenübersitzt.

Sie hat versucht, das blaue Auge wegzuschminken. Darin ist sie Profi, das kann niemand so gut wie sie. Aber die Schwellung ist so groß, kein Make-up kann sie überdecken.

Ich weiß zuerst nicht, was ich sagen soll. Mir verschlägt es absolut die Sprache. Auch Inez schweigt. Was sollen wir auch reden? Wir wissen beide, was passiert ist. Wir wissen beide, dass es nicht dazu hätte kommen sollen. Wir wissen beide, dass Inez all ihre guten Vorsätze, meine Ratschläge, ihren Stolz beiseitegeschoben hat. Und wir wussten beide, dass es wieder passieren würde. Tragisch, aber wahr. Wozu reden?

Nach einer Weile sagt Inez mit leiser Stimme: »Ich wollte gar nicht kommen.«

Ich nicke. »Das verstehe ich. Aber Sie sind dennoch hier.«

Sie schweigt, und nach einer langen Pause sagt sie: »Es ist mir so peinlich. Da ist so viel ... Scham. Es fühlt sich ganz grauenhaft an. Wirklich schlimm.«

»Das kann ich verstehen, aber das sind Gefühle, die uns nicht weiterbringen. Das Schamgefühl entsteht dadurch, dass Sie die Schuld bei sich suchen, weil Sie das Gefühl haben, etwas Schlechtes getan zu haben. Stimmt das?«

Inez nickt.

»Haben Sie denn tatsächlich etwas Schlimmes getan?«

»Ich habe all Ihre Warnungen in den Wind geschlagen. Ich bin so dumm. So entsetzlich *dumm*!«

Ich betrachte Inez, die die Hände vors Gesicht schlägt und weint.

»Schlagen Sie sich noch ein blaues Auge«, sage ich.

»Wie bitte?« Sie schaut durch ihre Finger, ist erstaunt.

»Sie schlagen sich gerade noch ein blaues Auge. Indem Sie die Schuld auf sich nehmen. Indem Sie sich schlechtmachen. Wie dumm Sie sind.«

Inez lässt ihre Hände sinken und schaut mich getroffen an.

»Wollen wir darüber reden, was passiert ist, Inez?« Im selben Moment bedauere ich die Frage. Justin findet immer einen Anlass für seine Prügel. Es geht vielmehr darum, wie sich Inez aus dieser Situation entwinden, wie sie sich aus seinem Klammergriff lösen und wie sie endlich dieser Bestie entkommen kann.

»Ich ... ich bin nach Hause gekommen, und Justin war schon da ...«

»Er hat wieder den Schlüssel«, unterbreche ich verdutzt. Das kann doch nicht wahr sein! *Inez!* Warum tust du das?

»Ich habe ihn Justin gegeben, aber nur vorrübergehend. Es war wegen seiner Arbeitszeiten und so, sonst hätte er draußen im Café warten müssen«, entschuldigt sie sich und läuft gleichzeitig rot an. Es war ein Fehler, und sie weiß das.

»Es spielt keine Rolle, Inez«, beeile ich mich, zu sagen. »Und eigentlich geht es auch nicht darum, was der Auslöser diesmal war, eigentlich ...«

»Justin ist von der Polizei verhört worden. Wegen irgendwas. Irgendeine Frau, die er nicht kennt.«

Ich laufe jetzt rot an. *Ich* habe plötzlich Schamgefühle.

Dunkle rote, zerreißende Schamgefühle. Es zerfetzt mich innerlich. Ich bin schuld! Ich habe einen Fehler gemacht. Ich habe etwas sehr, sehr Dummes getan. *Ich* bin *dumm*.

Justin hat seinen Frust an Inez ausgelassen.

Wegen mir.

Inez hat ein blaues Auge und wahrscheinlich noch einige andere Verletzungen, weil ich einen beschissenen, dummen, verkackten Fehler gemacht habe.

»Ich bin auch selber schuld«, findet Inez.

»Wieso das bitte?«

»Na, diese Befragung wegen dieser Frau. Justin kennt die nicht, sagt er. Aber ich war … eifersüchtig. Ich habe ihm auch nicht wirklich geglaubt anfangs. Genau wie die Polizei. Und das hat ihn so wütend gemacht.«

Ich bin wirklich geschockt.

Und als Inez mir dann auch noch beschreibt, wie Justin sie durch die Wohnung geprügelt hat, wie er ihr in den Unterleib geschlagen und, als sie auf dem Boden lag, zwischen die Beine getreten hat, wird mir eines klar.

Absolut glasklar.

Justin muss weg.

Kapitel 32

Der Umgang mit Gewalt und Aggressionen ist durchaus geschlechterspezifisch. Gewalt ist in vielen Fällen ein Mittel, um Probleme zu lösen. Kein gutes Mittel, selbstverständlich nicht. Männer tendieren dazu, die Probleme, die sie haben, zu externalisieren, sprich, nach außen zu richten. Frauen dagegen richten ihr aggressives Verhalten meist nach innen, deswegen treten bei ihnen dann internalisierte Probleme auf. Sie bekommen Ängste, Depressionen, haben somatische Beschwerden.

Was häusliche Gewalt angeht, so sind es circa 75 Prozent Männer, die diese ausüben, nur 25 Prozent der Täter sind Frauen. Und oft ist es so, dass die viktimisierten Männer gar nicht so starke physische Verletzungen davontragen. Frauen agieren vielleicht nicht ganz so gewaltsam wie Männer. Dazu kommt, dass Männer eine andere Konstitution haben. Ihre Knochen brechen nicht so leicht wie die von Frauen.

Die Mutter meiner Mutter war eine harte, brutale Frau, die ihren Kindern kein Mitgefühl gegenüber aufbrachte. Auch dann nicht, wenn ihre drakonischen Prügelstrafen zu Blut und Ohnmacht führten. Genaueres weiß ich nicht, meine Mutter hat nie darüber gesprochen. Und meine Großmutter hat nur mal betont, dass körperliche Züchtigung »selbstverständlich« das Mittel der Erziehung gewesen war, kurz bevor meine Mutter aufgesprungen und sie zur Tür hinausgeschoben hat. Ich kann nur erahnen, wie meine Mutter erzogen wurde. Und wie vielleicht meine Großmutter zuvor. Ja, das alles ist genealogisch zu betrachten, generationsübergreifend.

Aber das entschuldigt nichts.

Das entschuldigt nicht, dass meine Mutter mir das Leben zur Hölle gemacht, sie ihre Borderline-Störung nicht unter Kontrolle bekommen hat.

Ich habe keine Ahnung, wie ich es später angesichts dieses Vorbilds geschafft habe, funktionierende Beziehungen zu führen. Gut, die Therapien, die ich machte, haben sicherlich dazu beigetragen. Auch meine Arbeit als Therapeutin selbst, natürlich. Und darin habe ich vor allem gelernt, wie man Probleme mit Worten löst und nicht körperlich.

Bei Justin ist es anders.

Ich drücke mich im Halbschatten einer Einfahrt vor Justins Haus herum. Ich trage meine Joggingklamotten und habe, ehrlich gesagt, keine Ahnung, warum. Es war ein Automatismus. Ich weiß, ich sollte einer direkten Konfrontation mit Justin aus dem Weg gehen, deswegen habe ich eine Packung Schlaftabletten dabei. Justin wird eine Überdosis bekommen und entschlafen. Hoffe ich zumindest. Ich müsste dann nur noch den Tablettenblister im Nachhinein in der Wohnung platzieren, und die Polizei würde auf Selbsttötung plädieren und denken, Justin hätte sich das Leben genommen, weil er der Verhaftung wegen des Mordes an Amelie zuvorkommen wollte. Es ist kein solider, kein ausgefuchster Plan, und er hat jede Menge Schwachstellen, zum Beispiel, was ich machen werde, falls Justin zu wenig Schlaftabletten nimmt, oder gar keine. Aber etwas Besseres fällt mir nicht ein.

Als ich jemanden auf das Haus zugehen und einen Schlüssel herausholen sehe, sprinte ich über die Straße. Gerade noch rechtzeitig schaffe ich es, meinen Fuß in die Tür zu stellen, bevor sie zufällt. Als ich oben vor Justins Wohnung ankomme, klingele ich zur Sicherheit. Aber ich weiß, dass er im Handyladen ist. Ich war dort und habe mich versichert.

Das Schloss der Wohnungstür zu knacken macht mir noch weniger Probleme als beim ersten Mal.

Wenn ich für all das in den Knast gehe und meine berufliche Laufbahn eh verpfuscht ist, könnte ich später als Einbrecherin arbeiten. Das ist doch schon mal was.

Gut, *wenn* ich dafür in den Knast gehe, für den Doppelmord, eventuell sogar für einen Dreifachmord, dann bin ich so alt, wenn ich herauskomme, dass es eh keine Rolle mehr spielt.

Die Wohnung riecht nach kaltem Schweiß und altem Staub. Auch wenn Justin im Handyladen so geleckt wirkt, er ist eine ziemliche Drecksau. Nicht nur deswegen, was er Inez antut.

Im Kühlschrank finde ich das, was ich erwartet habe. Eine große angebrochene Literflasche Cola. Ein Bio-Rhabarbersaft hätte mich schon sehr verwundert. Jemand wie Justin trinkt und ernährt sich von billigem Zuckerscheiß, genau wie Nils Bergmann. Aber im Gegensatz zu dem nimmt Justin Proteine und hört schlimmen Euro-Trash, wie ich anhand einer Konzertkarte am Kühlschrank feststelle.

Ich bin gerade dabei, die Schlaftabletten mit einem Nudelholz, das ich in der spartanischen Küche gefunden habe, zu zerkleinern, als ich den Schlüssel im Türschloss höre.

Fuck!

Ich drehe mich um. Von hier aus habe ich direkten Blick in den kleinen Flur. Justin steht in der Tür und sieht mich erstaunt an. Und ja, ich gebe ein seltsames Bild ab. Eine fast fremde Frau in Joggingklamotten mit einem Nudelholz in der Hand in seiner Küche. Was soll das? Genau das scheint sich Justin gerade auch zu fragen. Seine Stirn runzelt sich, dann aber beginnt er, höhnisch zu grinsen.

»Die heiße Joggerin von letztens.« Er pfeift durch die Zähne, anerkennend und widerlich zugleich.

Schön, dass er mich heiß findet, denke ich kurz und werde sofort von Ekel überrollt. Ich möchte nicht von jemandem wie Justin heiß gefunden werden.

Justin schließt die Wohnungstür hinter sich und kommt langsam zwei Schritte näher, darauf bedacht, mir ja weiterhin den Weg hinaus zu versperren.

»Was wird das?«, fragt er. Jegliche Freundlichkeit ist verschwunden.

»Tja, was soll ich dazu sagen«, antworte ich und habe tatsächlich keine Ahnung, außer: »Wonach sieht es denn aus?«

»Verdammt seltsam sieht das aus, wenn du mich fragst«, meint Justin und kommt mir noch näher.

»Kann ich verstehen.« Ich zucke die Schultern und bin erstaunt über mich, denn eigentlich müsste ich totale, nackte, schiere Angst verspüren. Aber ich bin irgendwie gelassen.

»Also?«

»Also was?« Mein Gott, Justin, ich weiß doch auch nicht, was ich sagen soll. Es gibt keine gute Erklärung!

Er kommt näher. Immer noch zwischen mir und der Fluchttür. Jetzt mache ich mir doch Sorgen. Ich weiß, wozu er fähig ist.

»Leg das hin!«, verlangt er und deutet auf das Nudelholz.

»Ich glaube nicht«, gebe ich zurück und umfasse das Holz fester.

»Ich glaube schon«, sagt er mit entschiedener Stimme. »Lass es fallen!«, schnauzt er mich plötzlich an.

Ich schüttele den Kopf und schiebe mich zur Seite, so, dass sein hässlicher dunkler Bartisch, der die Küche vom Wohnzimmer abtrennt, zwischen uns steht. Wenn ich links an ihm vorbeikomme und zur Wohnungstür komme, dann ...

Als könnte er meine Gedanken lesen, dreht er sich

um, geht die vier Schritte in den Flur zur Wohnungstür zurück und schließt ab.

Scheiße!

Mit einem fiesen Lächeln im Gesicht dreht er sich wieder zu mir um.

»Lassen Sie mich gehen«, sage ich. »Es ist gar nichts passiert.«

»Das sehe ich anders«, erwidert er. »Eine fremde Frau in meiner Wohnung, die hier eingebrochen ist und mich mit einer Holzwaffe bedroht. Das wird die Polizei freuen.«

»Ich habe mich einfach nur in der Wohnung vertan«, schlage ich vor.

»Echt jetzt?« Er lacht blöde. »Lass das *fallen*! Du verdammte Bitch!«

Jegliche Freundlichkeit, und sei sie noch so gespielt gewesen, ist aus seinem Gesicht verschwunden. Darin ist nur noch Hass. Pure Wut. Nackte Gewalt. Justins Augen sind zu Schlitzen verengt, sein Gesicht verzerrt. Er macht ein paar schnelle Schritte auf mich zu. Ich weiche zur Seite aus, den Bartisch wieder mittig zwischen uns.

»Ich kriege dich, du Nutte!«

»Entschuldige?« Ich bin empört. Das ist ein völlig unangebrachtes Gefühl in dieser Situation. Ich weiß das, aber die Bemerkung erwischt mich auf dem falschen Fuß. Ich hasse Sexismus, und selbst in einer Situation wie dieser, die so brenzlig ist wie nur irgendwas, bringt es mich auf die Palme. Justin Berger bringt mich auf die Palme. Dieser widerliche Wicht, der seine Stärke an Schwächeren ausspielt, der niederträchtig, brutal und gemein auf Unschuldige einprügelt ...

»Du Wichser«, stoße ich hervor.

Justin runzelt kurz die Stirn. »Was hast du gesagt?«

»›Wichser‹ hab ich gesagt.« Ich deute drohend mit dem Nudelholz auf ihn. »Du bist eine kleine feige Sau, Justin.«

Es scheint ihn zu verunsichern. Gerade hat er versucht, sich links am Tisch vorbeizuschieben, jetzt verlangsamt er die Bewegung.

»Woher weißt du, wer ich bin?«

»Bist du eigentlich dumm, Justin? Es steht auf deinem Klingelschild. Ich bin in deiner Wohnung. Offensichtlich nicht zufällig, das wirst du dir doch denken können.«

Gut, eben hatte ich was anderes gesagt, aber sei's drum.

Justin starrt mich an. Verdutzt. Irritiert. Man kann ihm beim Denken zusehen.

»Wer bist du?« Er ist wirklich erstaunt. Er kann sich keinen Reim darauf machen.

»Es spielt keine Rolle, Justin. Du wirst es bald vergessen haben.« Und in diesem Moment schlage ich mit dem Nudelholz und aller Kraft auf Justins linke Hand, die er auf dem Bartisch zwischen uns abgelegt hatte, als er sich daran entlanggetastet hat. Ich höre etwas knacken, brechen, dann Justins entsetzten und schmerzvollen Schrei und sehe seinen fassungslosen Blick.

Justin hebt mit der rechten seine linke gebrochene Hand und zieht sie reflexartig zu sich heran. Sein Gesicht ist verzerrt, voller Schmerz. Und jetzt noch mal mehr Hass.

»Du *Hure*!«

Ich bin keine Hure, ich bin kein Dreck, ich bin nicht undankbar, und ich *bin* es wert, geboren worden zu sein.

Ich bin außerdem unfassbar wütend.

Damals wie heute.

Ich hole wieder mit dem Nudelholz aus und will ihm die Drecksworte aus dem Gesicht prügeln, aber Justin duckt sich flink weg. Vor ihm steht der Besteckkasten, den er mit der unverletzten Hand greift und mir entgegenwirft. Messer und Gabeln regnen auf mich herab. Ich stolpere zurück, knalle gegen den Herd. Justin ist schnell, schneller als ich. Er greift sich die Weinflasche vom Bartisch und stürzt auf mich zu. Als er zuschlägt, weiche ich aus, die Flasche zerbricht auf der Herdplatte. Ich schlage mit meinem Nudelholz auf Justins rechten Arm ein. Er heult auf, dann drängt er mich mit der Hüfte zur Seite und dreht mir den Rücken zu. Irgendwie klemmt er meinen linken Arm ein. Ich versuche, mit dem freien rechten ihm das Nudelholz an den Kopf zu knallen, aber er stößt mit dem Ellbogen nach hinten und trifft mich im Magen. Mir bleibt die Luft weg. Dennoch komme ich los und springe zur Seite und stürze aus dem engen Küchenbereich. Justin hat jetzt die abgebrochene Weinflasche in der Hand.

»Ich schlitze dich auf!«, schreit er und folgt mir. Ich schlage blind mit dem Nudelholz nach hinten und versuche, zwischen Wohnzimmertisch und Couch zu kommen. Aber ich stolpere über den billigen Teppich – bestimmt Kinderarbeit – und falle hin. Schnell drehe ich mich auf den Rücken, da ist Justin schon fast über mir. Er springt auf mich drauf, doch er rechnet nicht damit, dass ich im letzten Moment noch das Bein hochreiße und durchstrecke. Ich treffe ihn am Bauch. Justin kippt nach rechts und knallt voll auf den gläsernen Couchtisch. Zersplittertes Glas regnet über mich, ich kneife die Augen zu. Justin und ich liegen beide auf dem Boden und stöhnen. Ich wische über mein Gesicht, versuche, die Glassplitter zu entfernen, und richte mich auf. Ich muss schneller sein als Justin. Der grunzt und beginnt, sich mühsam zu bewegen. Er liegt auf dem Bauch inmitten der Scherben. Ich habe keine Ahnung, wie sehr er verletzt wurde. Blutet er? Ich keuche, alles tut mir weh, als ich mich aufsetze. Justin merkt, dass ich schneller bin als er, und versucht stöhnend, noch auf dem Bauch liegend, nach mir zu greifen. Er erwischt mit seiner rechten gesunden Hand meinen Pulli, krallt sich fest. Ich mache mich brüsk los und versuche aufzustehen.

»Schlampe. Ich mach dich fertig«, brüllt er.

»Justin ...«, keuche ich. Wo ist das Nudelholz? Ich kann es nicht sehen. Doch, da unter dem Bartisch. Ich muss dahin. Justin greift nach meinem Knöchel, als ich losgehe. Ich strauchele und falle hin, knalle mit dem Kopf auf den Boden. Schmerz durchzuckt mich, für einen Moment fühle ich mich völlig taub. Ich kann nichts hören, nichts sehen. Dann kommt die Realität zurück, der harte Boden, tausend kleine Schmerzreize an meinem ganzen

Körper. Ich glaube, die Scherben des Glastisches haben mich ziemlich verletzt. Ich höre Justins schmerzvolles, wütendes Stöhnen, spüre seinen Griff an meinem Knöchel, der nicht loslässt, sondern mich zu sich heranzieht, und ich merke, wie er sich hinter mir halb aufrichtet. Das Nudelholz ist unmöglich zu erreichen. Meine Finger umklammern die Sofakante, greifen nach allem, was ich zu fassen kriegen kann, und seien es die Kabel, die vom Computer auf dem Nebentisch herunterhängen. Ich reiße an den Strippen, und plötzlich fällt vor mir die Computertastatur herunter. Ich zucke erschrocken zusammen, aber dann reagiere ich, ohne nachzudenken, und greife mit beiden Händen nach der Tastatur, kriege meinen Oberkörper hoch und schwinge die Tastatur mit aller Wucht nach hinten. Ich treffe Justin mitten ins Gesicht. Er schreit auf. Sein Griff löst sich. Ich strampele seine Hand weg. Und dann hole ich mit der Tastatur aus, schlage zu. Wieder und wieder. Ich merke gar nicht, wie sich die speckige, dreckige beigefarbene Tastatur, auf der Justin URLs von Pornoseiten oder was weiß ich was eingetippt hat, langsam blutrot färbt.

Aber als ich irgendwann endlich zur Ruhe komme und die Tastatur aus meinen schmerzenden Händen fallen lasse, als ich mich keuchend und völlig erschöpft auf die Kante des schwarzen Ledersofas fallen lasse, habe ich Justin Berger mit seiner Computertastatur zu Tode geprügelt.

Kapitel 33

Ich weiß nicht mehr, wie ich den Weg zurückgeschafft habe. Gut, dass es dunkel war. Ich muss mit den Schnittwunden in meinem roten, erhitzten, blutverschmierten Gesicht, mit meinen zerwühlten Haaren und in meinem Joggingdress ein auffälliges Bild abgegeben haben. Ich hatte Glück, Jakob hat nicht aufgeschaut, als ich durch den Flur direkt ins Bad gegangen bin. Jetzt stehe ich unter der Dusche und versuche, mir das Blut, den Schweiß und diese ganzen Aggressionen abzuwaschen. Doch das Dunkle in mir bekomme ich nicht weg. Die Bilder, wie ich mit der Tastatur auf Justins Kopf einhämmere. Wieder und wieder. Auch dann noch, als der längst hintübergesackt ist und sein Gesicht nur noch eine einzige blutige Masse ist.

Das geht nicht weg.

Das ist in mir.

In der Nacht wälze ich mich, laut Jakob, wild hin und her. Kein Wunder, bei den Träumen, die ich hatte. Freud hätte seine Freude daran gehabt, an all den Klippen und Abgründen, die sich vor mir auftaten, an den Strudeln und schwarzen Löchern, die mich in sich hineinziehen wollten, an den Füßen, die ich plötzlich verloren hatte – da war nichts mehr, meine Beine hörten einfach knapp über dem Knöchel auf, wie abgeschnitten –, an meinen Fingern, die, wenn ich sie erstaunt hoch zum Gesicht hob, sich vor mir auflösten wie Schleier, wie Rauch, der hochsteigt. Man braucht noch nicht mal Freud, jeder Küchenpsychologe würde hineininterpretieren, dass ich Angst habe. Vor der dunklen Gewalt und den Abgründen in mir. Und Angst davor, mich ihnen hinzugeben oder mich hineinziehen zu lassen, weil ich mich dann verlieren würde.

Manchmal ist Psychologie auch zu einfach.

Lügen sind auch einfach, so kommt es mir momentan zumindest vor. Natürlich hat Jakob meine Schnittwunden und mein geschwollenes Gesicht gesehen, natürlich hat er gemerkt, dass ich mein linkes Bein etwas nachziehe. Irgendwas habe ich mir da ausgekugelt, als Justin so daran gezogen hat. Aber ich habe Jakob gestern Abend noch erklärt, dass ich beim Laufen in der Dunkelheit vom Weg abgekommen und über einen Abhang in ein Gebüsch gefallen bin. Daher die Schnittwunden im Gesicht, von den scharfen Zweigen und Dornen, und daher das Hinkebein. Jakob glaubt alles, macht mir einen Tee und holt Salbe und eine Wärmflasche für mein Knie. Dass ich noch ziemlich von der Rolle bin und kaum etwas sage, schiebt er auf den Schock über meinen Unfall.

Nun gut, geschockt bin ich tatsächlich.

Am nächsten Morgen sieht alles anders aus. Da starte ich mit neuer Energie und, na ja, alten Schmerzen. Mein Körper fühlt sich nach dem harten Kampf mit Justin müde und zerschmettert an. Aber je mehr ich mich bewege, desto besser geht es. Nach der Fahrradfahrt in die Praxis steige ich beinahe locker die Treppen in meine Etage hoch. Und als ich dort lüfte und mit dem ersten Kaffee in der Hand in den Hof blicke und auf meine erste Patientin warte, bin ich tatsächlich guter Laune.

Ich habe Justin ausgeschaltet. Er wird meiner Patientin Inez nie wieder Gewalt antun. Und auch keiner weiteren Frau. All die Frauen, die es in seinem Leben gab und die unter ihm bisher leiden mussten, sind gerächt worden. Justin ist durch pure, brutale, aggressivste Gewalt gestorben. Er hat große Schmerzen erleiden müssen. Hat das, was er anderen zugefügt hatte, am eigenen Leib erfahren müssen.

War das nötig? Nein.

Ist das verurteilenswert? Ja.

Fühle ich mich schlecht? Nein.

Nun ja, indifferent. Denn ich habe gestern eine große, heftige körperliche Auseinandersetzung gewonnen. Einen Kampf. Ich bin die Siegerin. Natürlich schüttet so was ziemlich viele Endorphine aus. Aber vor allem: Justin ist als Tatverdächtiger im Fall Amelie noch mal anders positioniert.

Tatsächlich meldet sich Quast pünktlich, als ich in die Mittagspause gehe. Seit dem Kuss haben wir nicht mehr miteinander gesprochen. Zuvor hatte ich mich gefragt, wie es sein würde, wenn wir wieder aufeinandertreffen, und war fast ein wenig nervös. Quast scheint es ähnlich zu gehen.

»Hallo, Frau Stach ... Sophie ...« Er ist merklich verunsichert, wie er mich nun ansprechen soll.

»Hallo, Herr Quast ... Andreas«, scherze ich zurück. Quast muss bestimmt grinsen.

In die Pause hinein erkläre ich: »Es würde es einfacher machen, wenn wir uns jetzt vielleicht einmal auf eine Ansprache festlegen. Ich wäre für den Vornamen, einverstanden?«

»Prima.« Er klingt erleichtert. »Es ist nur ... nicht so einfach. Irgendwie vermischen sich hier Sachen, die eigentlich nicht zusammengehören, oder viel mehr noch, die auseinandergehalten werden sollten.«

»Du redest davon, dass du eine an einem Fall beteiligte Person nicht küssen solltest?«

»Zum Beispiel. Oder auch darüber, dass ich diese Person anrufe, um sie über eine weitere Entwicklung in dem Fall zu informieren. Etwas, das ich normalerweise dringend unterlassen sollte, aber ...«

Er hält inne.

»Ich werde es nicht verraten«, erkläre ich. »Was ist denn passiert?«

»Es ist ein sehr komplexer Fall. Der mehr und mehr Dynamik und Wendungen annimmt.«

»Andreas?«

»Justin Berger ist tot.«

»Was bitte?« Ich schlage theatralisch die Hand vor den

Mund, obwohl Quast mich gar nicht sehen kann. Albern, Sophie!

»Mehr kann und darf ich definitiv nicht dazu sagen, aber ich fand, du solltest das wissen.«

»Aber wie ist er ... wie ist er gestorben? Hat er sich das Leben genommen?«

»Wie kommst du darauf?«

»Nun, ich dachte ... wenn ich das richtig verstehe, dann steht doch der Verdacht im Raum, dass dieser Justin etwas mit dem Verschwinden von Amelie Haage zu tun hat. Und wenn er sich, nachdem er verdächtigt worden ist, das Leben genommen hätte, dann wäre das ja vielleicht so was wie ein Schuldeingeständnis gewesen.«

Und deswegen auch mein ursprünglicher Plan.

»Er ist einem Gewaltverbrechen zum Opfer gefallen.«

»O Gott«, sage ich und mache eine Kunstpause. »Das ist ja fürchterlich.« Was man so sagt. »Und ... habt ihr irgendeine Spur? Gibt es einen Verdächtigen?«

»Dazu kann ich nichts sagen ...«

Verdammt! Ich muss wissen, ob mich jemand gesehen hat. Ob ich beobachtet wurde, beim Verlassen der Wohnung, beim Verlassen des Hauses, beim Hineingehen. Und überhaupt: Hat eigentlich niemand etwas gehört? Wir waren sehr laut gewesen, bei all dem, was kaputtgegangen war.

»Andreas, das kann ich natürlich verstehen. Hm ... okay. Ich denke ja nur laut, aber Justin war der Freund von Amelie, hat sie geprügelt. Sie ist verschwunden, vielleicht hat Justin etwas damit zu tun. Jetzt aber wurde er umgebracht. Von wem? Wer könnte ein Motiv haben? Kann es Rache sein? Für die Misshandlungen an Amelie? Für ihr Verschwinden? Wollte jemand herauspressen, wo sie ist?«

»Das sind sehr viele Fragen, die du da aufwirfst.«

»Entschuldige, aber ich finde das wahnsinnig spannend. Und ich ... ich bin mir sicher, dass es etwas mit Amelie zu tun hat. Die Frage ist doch: Wem könnte Amelie so wichtig sein, dass er so etwas tut?«

Nun ja. Jakob.

Und mir.

Auf eine verquere Art und Weise. Denn ja, Amelie war mir irgendwie wichtig. Wegen Jakob. Und wichtig natürlich auch, weil ich sie ermordet habe. Es ist ein tiefer Einschnitt in mein Leben gewesen. Moralisch, persönlich und der Auslöser für meine Wandlung zur Kriminellen. Ich habe wegen Amelies Tod Spuren beseitigen (Nils!) und verwischen wollen und Justin als Opfer gefunden. Was zu einem Ausraster seinerseits geführt hat, den Inez abbekam. Außerdem dazu, dass ich Inez verteidigen musste und Justin ausschalten wollte, auch damit er nicht bei weiteren Befragungen abstreiten kann, dass er Amelie gekannt hat. Was man auf mich hätte zurückführen können, schließlich hatte ich Quast erst darauf gebracht.

»Nun ja, jedenfalls hat der Täter oder die Täterin ziemlich brutal agiert, was ein Hinweis auf eine heftige emotionale Ausnahmesituation sein könnte.«

»Der Täter oder die Täterin?« Ich bin völlig erschrocken. »Glaubt ihr ... es könnte auch eine Frau sein?«

»Wir schließen hier so gar nichts aus«, erklärt Quast.

Kapitel 34

In den kommenden Tagen bin ich nervös, überfordert und schlecht gelaunt. Ich höre nichts von Quast und bin einerseits froh, andererseits besorgt darüber. Was passiert da hinter meinem Rücken? Was ergeben die Ermittlungen der Polizei? Gibt es irgendwelche Augenzeugen, irgendwelche Spuren, die ich hinterlassen habe?

Mir wird mit Erschrecken klar, dass Justin Bergers Wohnung voller DNA-Spuren von mir ist. Garantiert ein Fest für die Spurensicherer der Polizei. Ich male mir aus, wie Männer in weißen aseptischen Ganzkörperanzügen durch die Wohnung robben und mit Wattestäbchen überall Blut-, Speichel- oder Schweißtropfen von mir aufnehmen, all die Stäbchen in Plastiktüten stecken und freudig ins Labor tragen, weil sie wissen, das hier, das ist der Mörder. Oder eben die Mörderin.

Eigentlich eine Unverschämtheit, diese Gewalttat einer Frau zuzutrauen. Wie viel Kraft diese hatte aufwenden müssen, wie viel Brutalität. Also, wenn ich Quast wäre, ich würde auf einen männlichen Täter tippen. Das sollte ich ihm noch mal verklickern. Quast darf niemals auf die Idee kommen, ich wäre in irgendeiner Form darin involviert.

Bei den zig Täterspuren, die die Polizei dort findet, würde irgendwann irgendjemand darauf kommen, diese mit meiner DNA zu vergleichen, und dann wäre ich geliefert.

Ich stelle mir vor, wie Quast mich im Restaurant anflirtet, wir uns heiße Blicke zuwerfen, und wie er, während ich leicht nervös und voller Vorfreude auf die Toilette gehe, wohl wissend, dass wir gleich nach dem Nachtisch miteinander schlafen werden, dann in meiner Abwesenheit meine benutzte Serviette in eine Klarsichthülle steckt, um mich später damit des Mordes an Justin zu überführen.

Nachdem er mich aber vorher ordentlich durchgevögelt hat. Oder ich ihn. Denn ich merke, dass bei dem Gedanken an seinen Betrug an mir ziemliche Wut aufsteigt, und ich habe den Impuls, ihn diese spüren zu lassen. Und sei es, indem ich ihn im Bett hart rannehme.

Was ist nur los mit mir? Warum habe ich sexuelle Fantasien mit diesem Kommissar? Also gut, klar, er sieht super aus. Und wir haben uns geküsst. Irgendwas ist da zwischen uns. Eine Elektrizität. Obwohl ich mich in diesem Moment frage, ob sie durch das Adrenalin ausgeschüttet wird, das ständig durch meinen Körper pulst, bin ich doch in einer emotionalen Ausnahmesituation und ständig kurz davor, aufzufliegen oder mein doppeltes Spiel zu spielen. Ich beschließe, Quast aus dem Weg zu gehen.

Dumm nur, dass er mir am kommenden Tag auf der Straße begegnet. Noch dümmer, dass Jakob dabei ist. Wir wollten gemeinsam zu unserem Lieblingsthai. Denn einen weiteren Abend zu Hause zu verbringen, der eine im Wohnzimmer, die andere in der Küche, beide trinkend, die eine rauchend, und dazu diese ganze Anspannung in der Luft über all das Nicht-Ausgesprochene, unser beider Sorgen, Ängste, Befürchtungen – nach alldem in der letzten Zeit hatten wir beide keine Kraft mehr dazu. Es musste sich etwas ändern, hatten wir beide wohl gedacht, und deswegen hatte ich, noch bevor Jakob den Mund geöffnet hatte, gesagt: »Thai?«

»Du nimmst mir die Worte aus dem Mund.«

Hätte ich mal lieber den Mund gehalten, dann stünden wir nicht hier, auf dem Bürgersteig vor dem Thai-Restaurant, aus dem gerade Quast kommt. Ich starre ihn erschrocken an. Auch Quast wirkt irritiert, genau wie Jakob.

»Frau Stach ...« Andreas Quast lächelt.

»Herr Quast, was ein Zufall ...« Ich lächele verkrampft zurück. Mein Magen zieht sich zusammen. Im ersten Moment muss ich an unseren Kuss denken. Und jetzt steht Jakob neben mir. Ahnt er irgendwas, wird er das Elektrisierende, die Verbindung, das Geheimnis zwischen mir und Quast bemerken?

»Das ist mein Mann Jakob«, stelle ich ihn vor. Freundlich, aseptisch, professionell und so beiläufig und unauffällig wie nur möglich.

Jakob streckt Quast die Hand hin.

»Quast. Schön, Sie kennenzulernen.« Quast lächelt Jakob an und schüttelt ihm die Hand. Ein kräftiger Griff, wie ich an Jakobs leichtem Zusammenzucken bemerke. Die beiden schauen sich an, und ich merke sofort, dass sie sich taxieren, zu lange lasten die Blicke auf dem anderen. Quast schaut Jakob an und denkt: Das ist also der Ehemann. Netter Typ, ganz freundlich, ganz sympathisch. Wenn der wüsste, dass ich seine Frau geküsst habe ... Und Jakob denkt sich: Wer ist dieser gut aussehende Kerl, der mir so verdammt kräftig die Hand schüttelt und meine Frau eben zu lange angesehen hat und der ganz offensichtlich irritiert war, sie hier zu sehen.

Nun ja, ich habe natürlich keine Ahnung, was die beiden denken, ich merke nur, dass sich hier irgendwas verkantet und mitschwingt und jeder von uns weiß, dass das keine oberflächliche, harmlose Begegnung ist.

»Ebenfalls schön, Sie kennenzulernen«, sagt Jakob. »Sie beide kennen sich von ...?« Er hat ein Riesenfragezeichen im Gesicht.

»Beruflich«, werfe ich schnell ein. »Und wie war Ihr Essen? Wir gehen hier gerne hin. Sehr oft eigentlich.«

»Und nehmen die Neunundsechzig?« Quast grinst.

Irgendwie ist es eine sehr verquere Bemerkung, und er merkt das sofort. Wegen der sexuellen Konnotation. Jakob versteift sich neben mir, das spüre ich sofort.

»Ich habe sehr lecker gegessen«, sagt Quast schnell. »Ihnen auch einen guten Appetit.«

»Danke schön.«

»Und falls sich noch etwas bei den Ermittlungen ergibt, komme ich auf Sie zurück.«

Jakob neben mir macht große Augen. Er will etwas fragen, aber ich unterbreche sofort. Denn plötzlich habe ich Panik, dass Quast den Namen Amelie erwähnt. Dann würde Jakob über alles Bescheid wissen und sofort verstehen, dass ich Amelie kenne und von seiner Affäre weiß. Und dass ich womöglich etwas mit ihrem Verschwinden zu tun habe.

Ich bete, dass Quast professionell genug ist und nicht weiter darauf eingeht. Aber das wird er sein, schließlich macht er doch immer ein Geheimnis aus seinen Ermittlungsergebnissen und betont die Schweigepflicht.

»Machen Sie das«, flöte ich und greife Jakobs Hand. »Wir müssen jetzt rein. Das Essen wird kalt.«

Das Essen wird kalt? Was für ein bescheuerter Satz. Aber ich bin nicht Herrin meiner Sinne, sondern verspüre nackte Panik. Kurze Blicke, kurzes Verabschieden, dann zerre ich Jakob ins Restaurant.

Ich finde einen leeren Tisch an der Rückseite des Raumes und steuere darauf zu. Jakob bleibt stehen.

»Warum nicht ans Fenster? Ist doch schöner«, fragt er.

Deswegen nicht ans Fenster, weil ich so viel Abstand zu Quast, der noch irgendwo da draußen ist, wie möglich haben will. Eine Übersprunghandlung, ich weiß.

Ich nicke, und wir setzen uns ans Fenster. Um bemüht gut gelaunt zu wirken, greife ich zur Speisekarte, die mir die Bedienung wie von Geisterhand hinhält. Wie schnell sind die hier?

»Danke schön«, flöte ich. »Ich habe riesigen Hunger. Was für eine gute Idee, dass wir hier sind. Ich nehme ...« Ich lasse meinen Blick über die Speisekarte flitzen, während ich viel zu viel und zu schnell plappere, weil ich Jakob davon abhalten will, nachzufragen.

»Wer war denn dieser Alain-Delon-Verschnitt?«

Ah, Mist!

»Ach, nicht der Rede wert ...«

»Na ja, ihr habt ja wohl mal miteinander gegessen, oder?«

»Wie kommst du denn darauf?«

»Wegen der Nummer neunundsechzig?«

»Bist du etwa eifersüchtig?«, scherze ich.

Und mache damit ein verdammtes Fass auf, denn erst dadurch kommt Jakob auf die Idee.

»Sollte ich?« Er mustert mich misstrauisch.

»Völliger Unsinn«, lüge ich und muss an Quast und an seinen Moschus-Geruch denken. »Wir kennen uns ... beruflich.«

»Inwiefern?«

»Ach, das spielt doch keine Rolle ...« Ich winke ab und sage: »Ich nehme die Hundertdreizehn, die Ente. Und du?«

»Welche Ermittlungen?« Jakobs Ton ist scharf. Unnachgiebig. Fordernd. Natürlich hat er sich nicht ablenken lassen. Und klar, dass er bei dem Wort »Ermittlungen« aufgehorcht hat, wer würde das nicht, wenn er gerade jemanden vermisst, der von einem auf den anderen Tag verschwunden ist.

»Ach ... es ist nicht ... du weißt, dass ich nicht darüber reden kann.«

»Jetzt mach mal 'nen Punkt, Sophie. Klar weiß ich, dass es die Verschwiegenheitsverpflichtung gibt, aber wovon reden wir hier? Ist das ein Patient?«

»Nein.«

»Was stellst du dich dann so an? Das ist wirklich seltsam, Sophie. *Du* bist seltsam.«

Und du bist ganz schön angepiekst, mein Lieber. Würde es dir nicht um Amelie gehen, dann wäre dir die Sache egal. Und Quast auch. Denn eifersüchtig bist du nämlich längst nicht mehr, Jakob. Zumindest, was mich betrifft. Und das ist ganz schön traurig.

Jakob fixiert mich mit hartem Blick über die Speisekarte hinweg. Ich setze ein Lächeln auf, zucke die Schultern und versuche, die Sache wegzureden, ihn zu regulieren.

»Tut mir leid, Jakob. Ich wollte nicht blöd sein. Ja, dieser Quast ist Polizist. Und zwei meiner Patienten sind ins Visier der Polizei geraten. Und in dem Zusammenhang hatte ich Kontakt zu ihm. Und ja, ich war mit ihm einmal mittags essen, aber das war rein beruflich. Natürlich! Ich würde nie ... das weißt du doch?!«

Glücklicherweise weiß Jakob nicht, dass ich mit dem Kommissar etwas verbinde, das definitiv *nicht* beruflich ist.

»Wieso redest du so auffällig darüber, dass das nur beruflich ist? Findest du ihn gut?«

»Jakob«, sage ich streng, »das ist Unsinn! Er hat mich

zu den Patienten befragt. Aber da – und da hast du recht – es ja die Verschwiegenheit gibt, durfte und darf ich ja nichts sagen. Höchstens ein paar Andeutungen machen. Und als Ausgleich hat er mich zum Essen eingeladen und befragt.«

»Aha! Und was ist denn mit den Patienten?«

Und warum bin ich eigentlich so doof und spreche von zwei Patienten? Ich hätte es einfach bei einem belassen sollen.

»Der eine ist ermordet worden. Wirklich tragisch ist das.«

Jakob schaut mich durchdringend an.

»Deswegen war ich auch ... so durcheinander in den letzten Tagen. Tut mir leid.«

»Aber warum hast du nichts gesagt?« In Jakobs Stimme schwingen Mitleid und leichte Besorgnis mit. Aber auch ein Unterton, den ich nicht einordnen kann.

»Ich war ... wie gesagt, durcheinander.«

»Und der andere Patient?«

Scheiße!

»Das ist rätselhaft, darüber kann ich nicht reden.«

Ich merke, dass meine Bemerkung Jakob erst recht misstrauisch macht. Wie dumm von mir. Wieder einmal. Ich seufze.

»Wenn du es genau wissen willst. Der wird vermisst. Keiner weiß, wo der ist.«

Jakob mustert mich.

»So wie bei meiner Kollegin«, bringt er langsam heraus.

»Irgendwie schon. Aber das hat nichts damit zu tun.«

»Woher weißt du das?« Jakob starrt mich an.

Mein Kopf ist eine runde Höhle, in der Gedanken wie Pingpongbälle hin und her fliegen, überall abprallen und überhaupt nicht greifbar sind, weil sie ständig in Bewegung sind. Ich weiß nicht, was ich sagen soll.

»Woher weiß ich was?«, sage ich deshalb, um Zeit zu schinden. Ich merke, dass ich mich hier total verrannt und Jakob gleich mehrfach misstrauisch gemacht habe. Ich bin so eine Idiotin!

»Na, dass das nichts miteinander zu tun hat?«

»Weil mein Patient ein Mann ist und deine Kollegin eine Frau. Und warum sollten die in Verbindung stehen? Dauernd verschwinden Menschen, jeden Tag, überall auf der Welt, und ja, manchmal auch in derselben Stadt.«

Jakob stiert vor sich hin. Es macht mich wütend. Sehr wütend, dass er jetzt an Amelie denkt, in ihm wahrscheinlich tausend Gefühle hochkommen, der Schmerz und die Sorge über den Verlust, seine Liebe, seine Sehnsucht, seine Trauer. All das, während wir hier sitzen und er seiner Frau, seiner verdammten Ehefrau, loyal und zugewandt sein und sich nicht nach einer anderen Frau verzehren sollte!

»Aber wer weiß, vielleicht hat das doch etwas miteinander zu tun«, blaffe ich ihn an. »Ich weiß nichts über deine Kollegin! Du hast nie wirklich darüber geredet. Keine Ahnung, wer das ist, was dahintersteckt, gar nichts!«

Ich bin wirklich böse auf Jakob. Ehrlicherweise ist es

gar nicht seine Schuld, das ist nur mein inneres Kind, das sich hier zurückgesetzt, zurückgewiesen fühlt, das Kind, das in mir tobt und rebelliert und wütend und ärgerlich ist. Eigentlich hat es nur wahnsinnige Panik, verlassen und verletzt zu werden. Dabei ist es schon tief drinnen sehr verletzt worden. Ich bin trotzig und nicht mehr die erwachsene Sophie Stach, als ich patzig hinzufüge: »Wer weiß, vielleicht kennen die beiden sich ja. Und sind zusammen abgehauen?«

Kindisch, Sophie. Kindisch und doof. Aber dass Jakob in diesem Moment heftig zusammenzuckt und ich den eifersüchtigen Schmerz – so irrational er auch sein mag – in seinen Augen sehe, das bereitet mir große Befriedigung.

Kapitel 35

Jakob auf eine mögliche Verbindung zwischen Amelie und meinem angeblich verschwundenen Patienten hinzuweisen war nicht nur kindisch, sondern entsetzlich bescheuert von mir. Ich habe mittlerweile das Gefühl, dass mir die ganze Sache entgleitet. Überall lauern Abgründe, Fettnäpfchen und Tretminen. Ich muss die ganze Zeit auf der Hut sein, aber ich schaffe es nicht.

Bei mittlerweile drei Leichen kann man mir das aber auch nicht verübeln, oder? Die Sache ist nun mal ausgesprochen komplex.

Das ist die Stimme meines nachsichtigen, wohlwollenden Ichs, das versucht, der überforderten Sophie einen Halt zu geben. Ihr Mut zuzusprechen, ihr freundlich und warm die Hand auf den Rücken zu legen und zu erklären: Schaffst du schon. Bislang hast du es großartig gemacht. Andere Menschen in deiner Situation wären schreiend davongelaufen oder zusammengebrochen. Du machst das prima, Sophie. Halt nur noch ein bisschen durch, es wird sich alles auflösen. Alles wird gut. Du bist toll.

Ich bin eine egozentrische, kindische, überforderte,

chaotische Idiotin, die einfach gar nichts hinbekommt und einen dummen Fehler nach dem nächsten begeht. Angefangen damit, dass ich eine Frau ermordet habe, anstatt vernünftig und erwachsen ein Gespräch mit ihr über die Affäre mit meinem Mann zu führen. Des Weiteren damit, einen Zeugen aus dem Weg zu schaffen, anstatt vielleicht zur Polizei zu gehen und zu gestehen. Und stattdessen begehe ich einen dritten Mord, um den ersten zu decken. Womit ich alles nur noch schlimmer mache. Schließlich knutsche ich mit dem ermittelnden Kommissar, was ich vor meinem Ehemann nicht wirklich verbergen kann, denn Jakob kennt mich einfach zu gut. Und dann weise ich Jakob in einem albernen Impuls auch noch auf eine mögliche Verbindung zwischen den »beiden« Vermissten hin. Ich bin eine Komplettversagerin, unmoralisch, durchtrieben, falsch, abgründig, und ich gehöre ins Gefängnis.

Das ist die Stimme meines verzweifelten, panischen Ichs, das die Schuld wie immer bei sich sucht. Der Erziehung meiner liebenden Mutter sei Dank.

Welcher Anteil in mir auch immer am Start ist, er kann nicht verhindern, dass Jakob am nächsten Tag während meiner Mittagspause in meine Praxis geht und hinter meinem Rücken meine Patientenakten durchsieht.

Ich kann es ihm, ehrlich gesagt, nicht verdenken.

Kapitel 36

Ich ahne nichts davon, als ich nach meiner Mittagspause in die Praxis zurückkomme und einen flüchtigen Geruch wahrnehme, der mich an Jakob erinnert. Kein Wunder, es war ja sein Parfüm. Mir fällt auch nicht auf, dass ein paar Akten auf meinem Schreibtisch verrückt sind, eine Schublade nicht ganz geschlossen ist. Ich denke mir nichts dabei, schließlich habe ich gerade echt andere Probleme.

Inez sitzt mir gegenüber, das eigentlich so hübsche Gesicht eine starre, wächserne Maske. Das blutunterlaufene Auge fällt deswegen besonders auf, genau wie die Schwellung unterhalb des Jochbeins, deren Blau in Inez' Blässe aufleuchtet, als wäre sie eine Neonlampe.

»Justin ist tot«, sagt Inez, als sie sich gesetzt hat. Bis zu diesem Moment hat sie weder ihr übliches Lächeln aufgesetzt noch mich wie sonst freundlich begrüßt. Sie ist starr, völlig regungslos, in sich gefangen, wirkt wie ein Roboter. Kein Wunder, das ist der Schock, in dem sie immer noch ist. Wir Menschen reagieren so, wenn wir einer Bedrohung oder Information ausgesetzt sind, die wir im ersten Moment nicht in unser System integrieren können. Wir spalten unsere Gefühle ab, schalten auf Überlebensmodus, dissoziieren sozusagen, während wir versuchen, das Unbegreifliche zu verdauen.

Ich bin nicht geschockt, aber überrascht. Ich wusste, dass mir Inez einmal gegenübersitzen und von Justins Tod erfahren haben würde. Ich hatte nur nicht damit gerechnet, dass das so bald passieren würde.

Inez starrt mich an. Wir schweigen. Stille breitet sich aus, bis ich frage: »Und was macht das mit Ihnen, Inez?«

Ein Fragezeichen bildet sich auf ihrer Stirn. Sie schluckt, räuspert sich, und dann fragt sie: »Wollen Sie denn gar nicht wissen, was passiert ist?«

Oha! Nun ja, das weiß ich ja bereits, aber ich hätte doch besser nachfragen sollen.

»Wenn Sie das erzählen wollen, sehr gerne, Inez. Schließlich ist das ja eine ... intensive Erfahrung für Sie. Wollen Sie mir davon erzählen?«

»Ich ...« Sie bricht ab.

»Was macht das mit Ihnen? Was fühlen Sie?«

»Ich ... ich ... wissen Sie, was passiert ist? Justin ist getötet worden! Ermordet!« Inez starrt mich völlig aufgebracht an. Wut lese ich in ihrem Blick.

»Im Ernst?« Ich tue erstaunt. »Aber das ist ja ...«

»Schrecklich!« Inez schlägt die Hände vors Gesicht. »Das ist so unfassbar widerlich. Der arme Justin!« Sie fängt bitterlich an zu weinen.

»Wollen Sie mir erzählen, was genau passiert ist?«, frage ich vorsichtig. Mir wird plötzlich klar, dass ich durch

Inez vielleicht rausbekommen könnte, was die Polizei bereits weiß und in welche Richtung sie ermittelt.

»Justin ist in seiner Wohnung ermordet worden. Irgendein Schwein hat ihn angegriffen und verprügelt ...« Sie nimmt die Hände von ihrem Gesicht und sieht mich fassungslos an. »Es war nicht eine ... normale Prügelei, sondern ... das war eine Bestie!«

Na ja.

»Dieser Wahnsinnige hat Justin völlig zusammengeschlagen. Ganz brutal! Der muss völlig krank sein.«

Also bitte, Inez. Jetzt übertreibst du aber.

»Ein Sadist!«

Mach mal 'nen Punkt, Inez. Ja, ich gebe zu, ich habe mich gehen lassen. Aber es war doch nur ...

»Völlige, kranke, sadistische Scheiße! Das war kein normaler Mensch!«

Also, jetzt reicht es! Siehst du denn nicht, was ich für dich getan habe? Wie undankbar kann man nur sein?

»Der Irre hat ihm den Kopf eingeschlagen. Mit der Tastatur!«

Ich bin eine ganz normale Psychotherapeutin, Inez. Und wenn du in meiner Situation gewesen wärst, ich weiß nicht, wie du reagiert hättest.

Das stimmt natürlich nicht. Denn Inez ist schon häufiger in meiner Situation gewesen. Sie hat mehr körperliche Auseinandersetzungen mit Justin gehabt als ich. Die arme Inez.

Sie starrt mich an, Entsetzen im Gesicht.

Auch ich gebe mir Mühe, Entsetzen zu zeigen. Ich schlucke sichtbar, dann nehme ich Anteil.

»Das ist ja fürchterlich ...« Ich halte kurz inne. »Es tut mir wahnsinnig leid, Inez.«

Geht so, ehrlich gesagt. Und wenn ich ehrlich bin, mir tut es überhaupt nicht leid. Ich weiß, was ich hier getan habe. Für dich. Und für mich.

Es stimmt, ich habe es nicht nur für Inez getan, dafür, sie endlich aus all ihrer Qual und ihrem endlosen Leiden zu befreien. Ich habe auch völlig egoistisch gehandelt. Einerseits, um eine Verdachtsspur zu legen, ja. Andererseits, und da muss ich völlig ehrlich zu mir sein, um mein Versagen als Therapeutin zu verbergen. Denn dass ich Inez nicht davon abhalten konnte, sich immer wieder in Justins Fänge zu begeben, das war mein Scheitern. Dabei lernen wir Therapeuten, dass es immer in der Verantwortung des Klienten liegt, wie er handelt, dass ihm allein die Entscheidung auferliegt und unsere Aufgabe einzig und allein darin besteht, ihn auf seinem Weg zu begleiten. Und wenn er rückfällig wird, wenn er wieder in sein Problem abgleitet, bedeutet das eben, dass er es noch nicht für sich gelöst hat.

Es ist nicht unsere Schuld, nicht unsere Aufgabe und nicht unsere Verantwortung.

Dass ich mit dem Mord an Justin also versucht habe, mein Ego-Problem zu lösen, ist also gleich auf mehrfache Art und Weise falsch. Ich könnte kotzen, so klein und schwach und daneben und egoistisch fühle ich mich.

»Woher wissen Sie das alles, wenn ich fragen darf?«

»Ich wollte nach der Arbeit zu Justin, dort war alles voll mit Polizei. Alles abgesperrt, lauter Menschen. Die haben mich erst gar nicht reingelassen. Erst, als ich erklärte, dass ich Justins Freundin bin ...«

»Und das haben die Ihnen so einfach geglaubt?« Sollte die Polizei nicht bitte davon ausgehen, dass Justins Freundin eine gewisse Amelie war? Anstatt einfach einer anderen Frau die Tür aufzumachen? Könnte ja jeder behaupten: Ich bin die Freundin ...

»Nee, die haben das sofort geglaubt. Und ich hab dem Polizisten dann mein Handy hingehalten. Auf dem Sperrbildschirm ist ein Foto von Justin und mir ...«

»Wirklich, Inez?«, rutscht es mir heraus. Ihre Verbohrtheit nervt mich. Dabei ist es meine eigene Verbohrtheit, die mich nervt. Ich sollte das alles bei ihr belassen, warum kann ich das nicht?

»Tut mir leid, Inez«, sage ich. »Ich bin nur überrascht, was diese Entwicklung mit Justin angeht, verstehen Sie? Ich meine, wir reden seit Langem über ihn, und die Dynamiken in Ihrer Beziehung sind ... nun ja ... besonders.«

»Es ist eine Achterbahnfahrt ...« Inez nickt traurig und macht eine kurze Pause. »... aus der Justin jetzt ausgestiegen ist.«

Sie fängt leise an zu weinen. Ich nicke und fühle mit ihr. Zumindest versuche ich, so auszusehen.

»Es schmerzt so sehr«, schnieft Inez.

»Ich weiß.«

»Ich habe ihn so geliebt«, sagt Inez leise. Ihre Stimme

ist warm, und ich spüre ihre absolute Aufrichtigkeit in jedem Wort.

»Das weiß ich, Inez«, bestätige ich.

»Er war nicht nur schlecht, Frau Stach.« Sie schluchzt leise in ein Taschentuch, das sie mittlerweile aus einer Tasche gezogen hat.

Ich nicke wieder. Und bin gleichzeitig schon genervt, weil ich ahne, was jetzt passiert: Inez wird Justin, diesen ekligen, brutalen Widerling, verklären. Sie wird ihn entschuldigen, wird Gründe dafür finden, warum er sie geschlagen hat, warum er sie durch den Raum geprügelt und auf die gemeinste, brutalste Weise verletzt hat, wieder und wieder, Gründe, die in Justins Kindheit liegen und die so gar nichts mit ihr zu tun haben und ihm darüber hinaus keinerlei Recht geben, so zu handeln, wie er gehandelt hat. Sie wird über alles Honig gießen, und dann, wenn sie irgendwann durch den Schmerz durch ist und genug Tränen vergossen hat, wird sie sich einen ähnlichen Typen suchen. Jemand, der nach genau demselben Muster agiert wie Justin.

Weil Inez verdammt noch mal nichts dazugelernt hat.

»Aber wissen Sie, was?«, fragt Inez.

»Sagen Sie es mir, Inez.«

»Wer auch immer ihn getötet hat, er hat mich gerettet«, gibt Inez zu.

Sie macht eine Pause, dann fügt sie hinzu: »Es ist verrückt. Ich muss einem Mörder dankbar sein. Und ich *bin* ihm dankbar.«

Das lasse ich einfach mal so stehen.

Kapitel 37

Nach Inez habe ich glücklicherweise keine Patienten mehr. Ich bin guter Dinge, als ich die Praxis aufräume. Denn dass Inez wirklich begriffen hat, wie gut es ist, dass Justin tot ist und ihr nie wieder etwas antun kann, und sie dafür dankbar ist, das erfüllt mich mit tiefem Frieden.

Und es beruhigt mich, dass die Polizei Inez gefragt hat, ob sie schon mal etwas von einer gewissen Amelie Haage gehört hatte. Das bedeutet, dass Quast immer noch in diese Richtung ermittelt. Es könnte funktionieren!

Es tut mir natürlich leid für Inez, dass sie sich kurzzeitig fragt, ob Justin sie betrogen hat, aber auch das hatten wir in der Sitzung ausgeräumt. Schließlich würde auch das zeigen, was für ein schlechter Charakter Justin war. Inez war mit gemischten Gefühlen gegangen, aber letztlich jedoch mit einem positiven, erleichterten Gefühl. Sie wird darüber hinwegkommen.

Als ich am späten Nachmittag nach Hause komme, bin ich dementsprechend gut drauf. Ich merke nichts davon, dass Jakob etwas distanziert ist. Und als er den Vorschlag macht, dass wir einen Spaziergang zusammen machen, sage ich erfreut zu.

Früher haben wir oft Spaziergänge gemacht. Lange Wege durch die Natur, auf denen wir über uns, unsere Beziehung, unser Leben geredet haben. Quality time. Partner time.

Und ja, vielleicht ist es jetzt wieder an der Zeit, diese Tradition aufzunehmen. Ehrlich gesagt, wir brauchen es dringend.

Deswegen bin ich ein bisschen euphorisch, als wir in den Wagen steigen und Jakob aus der Stadt fährt. Ich plappere in einem fort, rede über die Praxis, die Klienten und darüber, dass das mit dem Rauchen eine alberne Idee von mir ist und ich demnächst damit aufhören werde. Ich bin ja keine fünfzehn mehr.

Oder vielleicht doch? Ich bin verklärt und wahnsinnig optimistisch, dass Jakob und ich das hinbekommen werden. Keine Ahnung, woher ich diese Sicherheit auf einmal habe. Aber ich habe seltsame Schmetterlinge im Bauch, als Jakob und ich aussteigen, und ich achte gar nicht darauf, wo wir sind. Der Wald sieht aus wie ein Wald eben aussieht, und als wir unter den dichten Baumwipfeln einen langen, erdigen Pfad entlanggehen, atme ich die feuchte Waldluft ein und fühle mich getragen und beseelt.

Dass wir uns dem Stausee nähern, kriege ich nicht mit.

Dass ich die ganze Zeit rede und Jakob nicht, ebenso wenig.

Und dass irgendetwas hier total falsch läuft, merke ich erst, als Jakob stehen bleibt, mich ansieht und fragt: »Was hast du mit Amelie gemacht?«

Gut, das ist auch eine Vorschlaghammerfrage. Da ist nichts Subtiles, kein Zögern. Und die Frage wirkt tatsächlich wie ein Vorschlaghammer, denn sie reißt mich mit ihrer Wucht fast von den Füßen. Ich starre Jakob schwankend an, kurz vor dem Knock-out.

»Was ... was meinst du?«

»Was hast du mit Amelie gemacht?« Jakob bekräftigt seine Frage. Er sieht mir direkt in die Augen, starr und kühl. Und ich sehe etwas darin, was mir nicht gefällt. Was mir sogar Angst macht.

Hass.

»Ich verstehe nicht?«

»Jetzt lüg nicht, Sophie.«

»Was soll ich lügen? Ich weiß gar nicht, wovon du sprichst?«, lüge ich.

»Jetzt mach mir nichts vor!«

»Ich weiß gar nicht, was du von mir willst! Wer soll das sein ...?«

»Sie war deine Patientin, Sophie.«

Autsch! Das sitzt.

Ich starre Jakob überrumpelt an. Er schweigt und mustert mich. Vögel fliegen über uns, etwas raschelt in einem Gebüsch, man hört Fliegen oder andere Insekten. Oder eben seinen eigenen Herzschlag, der in den Ohren pulst.

»Wie kommst du denn darauf?« Meine Stimme ist rau und leise.

»Ich war in deiner Praxis und habe in deine Unterlagen geschaut.«

Ich bin fassungslos.

»Das ist eine absolute Grenzüberschreitung!«, bringe ich hervor. »Wie kannst du nur?«

»Wie kannst *du* nur?«, entgegnet Jakob.

»Du durchsuchst hinter meinem Rücken meine Praxis? Das sind meine Räume, das ist mein Bereich, in den du eindringst. Wie kannst du das tun? Das ist extrem verletzend«, erkläre ich.

»Jetzt lenk nicht ab.«

»Ich lenke überhaupt nicht ab«, lenke ich ab. »Was ist mit unserem Vertrauensverhältnis? Wir sind immer offen miteinander umgegangen, Kommunikation war uns immer wichtig. Du hättest mich einfach fragen können!«

Ich starre Jakob enttäuscht an.

»Aber unser Vertrauensverhältnis war offensichtlich nicht mehr so gut«, sage ich dann. »Schließlich hast du mich betrogen, Jakob.«

Er sieht mich an. Da ist keinerlei Bedauern, keine Reue, keine Entschuldigung in seinem Gesicht. Nicht die Spur.

»Seit wann weißt du es?«, fragt er.

»Seit diese Irre bei mir in der Praxis aufgetaucht ist. Seitdem sie sich als eine normale Patientin ausgegeben hat und vorgetäuscht hat, sie wolle ein Erstgespräch. Seitdem sie sich in der Tür umgedreht hat mit dem Spruch:

›Sie sind viel hübscher, als Jakob gesagt hat.‹ Seitdem, Jakob.« Ich mache eine Pause. Er spürt, wie getroffen ich bin. Und auch jetzt kommen all die Gefühle von damals, von diesem einen schrecklichen Moment wieder hoch, auch jetzt spüre ich die Angst, die Panik, die Empörung, die Wut, die Überforderung und diesen tiefen, tiefen Schmerz ...

»Seit wann weißt du es?«, frage ich.

»Seit dem Treffen mit diesem Kommissar. Der verschwundene Patient. Deine Heimlichtuerei. Dann ist mir der Brief eingefallen. Ich hatte mir vorher schon gedacht, dass du gelogen hast. Von wegen Altpapier. Wo ist er?«

»Das willst du wirklich wissen?« Das verletzt mich. »Wozu?«

Ich warte die Antwort nicht ab, sondern drehe mich um und gehe. Ich will raus aus dem Wald, alles hier fühlt sich eng und einschnürend an. Ich will Luft, Weite, einen Horizont.

Jakob folgt mir. Er geht zwei Meter hinter mir, so als könne er es nicht ertragen, neben mir zu gehen. Er will Abstand. Schließlich denkt er, dass ich seine Amelie umgebracht habe oder für ihr Verschwinden verantwortlich bin.

»Warum willst du den Brief haben, Jakob? Weil er dir so wichtig ist? Weil sie dir ihre Liebe erklärt? Von einer Zukunft säuselt?« Ich drehe mich kurz zu ihm um. »Na ja, ein Romantiker warst du immer.« Ich kann meine Verbitterung nicht verbergen.

»Wo ist Amelie?«, fragt Jakob.

Ich drehe mich um, funkele ihn wütend an. »Was bildest du dir eigentlich ein? Du stellst hier tausend Fragen, dabei bist *du* in der Bringschuld. Du bist derjenige mit der Affäre. Du bist derjenige, der mich belogen hat. Betrogen. Hintergangen. Du bist derjenige mit den Geheimnissen!«

»Sophie ...«

»*Erklär's* mir, Jakob!«

»Ich ...« Er setzt an, dann schweigt er wieder und wirkt hilflos wie ein kleines Kind. Ich kann ihn nicht ausstehen. Ich hasse sein Gesicht, seine Rehaugen, sein ganzes warmes, weichliches Gehabe. Dieser Wurm!

Ich drehe mich um und setze meinen Weg fort. Raus aus dem Wald, und tatsächlich lichtet sich das Grün plötzlich, und als wir um eine Ecke biegen, sehe ich den Stausee vor mir.

»Ach, hier sind wir«, rutscht es mir heraus. Bitterkeit in der Stimme. »Ausgerechnet.«

»Was meinst du?«, fragt Jakob, der etwas keuchend hinter mir geht.

»Nichts, Jakob«, antworte ich. »Erzähl mir von Amelie.«

Er schweigt.

»Ich will es wissen. Alles.«

Nein, nicht alles. Aber so viel, damit ich verstehe.

»Es ... es tut mir leid, Sophie. Ich habe das nicht gewollt.«

»Das kann ich mir denken. Das sagen sie immer, die Leute, die bei mir in der Therapie sitzen. Ich habe das nicht gewollt. Was immer auch bedeutet: Ich bin unschuldig. Ich bin ein Opfer. Das ist erbärmlich, Jakob.«

»Sagst du das deinen Patienten auch?«

»Meinst du, dass du jetzt in der Position bist, ironisch zu werden?«

Jakob zuckt die Schultern. »Spielt das noch irgendeine Rolle?«

»Seit wann lief das mit euch beiden?«

»Seit circa fünf Monaten. Ich wollte nie eine Affäre haben, Sophie.« Er ist ernst, in sich gekehrt.

»Ich weiß, du bist eigentlich nicht der Typ. Aber dann ist es eben doch so gewesen.«

Wir gehen den Weg am Rande des Stausees entlang. Die rot geklinkerte Mauerbrüstung neben uns, Schotter unter unseren Füßen. Das Tosen der Wasserschnellen weiter vor uns. Ein Radfahrer in einem schwarzen Rennraddress, der an uns vorbeifährt. Irgendwo hinten ein Wagen, der gestartet wird.

»Weißt du, bevor ich dich frage, wie du sie kennengelernt hast …«

»Im Fitnessstudio.«

»Und bevor ich dich frage, wann ihr euch wo gesehen habt und welche Lügen du mir aufgetischt hast und was dich an ihr fasziniert und gereizt hat und all das … sag mir nur eins …« Ich bleibe stehen und sehe Jakob an. »… was hat dir in unserer Beziehung gefehlt? Was war das Bedürfnis, das nicht gestillt wurde?«

»Puh, manchmal geht mir deine Psychologenart echt auf die Nerven«, erklärt Jakob.

»Dein Ernst jetzt?« Er macht mich wütend. »*Das* ist deine Antwort?«

Jakob schaut mich an, überlegt, dann nickt er.

»Irgendwie schon. Ich war und bin es manchmal echt leid, dass alles so nachsichtig und rundherum durchreflektiert und überlegt und analytisch auseinandergenommen wird.«

Autsch! Und ich dachte immer, das wäre die Kernkompetenz unserer Beziehung gewesen. Das wären die Eigenschaften, wegen derer er mich liebt. Und ja, es ist das kleine verletzte Ego-Kind in mir, das daraufhin trotzig sagt: »Stattdessen wolltest du lieber einmal, ohne nachzudenken, wild durchgefickt werden?«

Er muss gar nicht antworten, ich weiß Bescheid.

»Schade ist das, Jakob.«

Wir nähern uns dem höchsten Punkt auf dem Rundweg über den Staudamm. Hier hat man sogar einen kleinen Leuchtturm erbaut. Als ich damals Amelie in ihrem Teppich hinuntergeworfen habe, hatte ich keinen Blick dafür. Jetzt schaue ich mich um, auf der einen Seite das dunkelblaue Wasser des Sees, auf der anderen Seite der Ausblick über das Tal, das tief unter uns liegt. Es ist ziemlich idyllisch hier, keine Frage.

»Wo ist sie, Sophie?«

»Ich habe keine Ahnung, Jakob.«

»Was ist passiert, als sie bei dir war und dir das gesagt hat?«

»Jetzt mal ehrlich, Jakob. Was ist das für eine Frau,

die sich in die Praxis der Ehefrau unter einem Vorwand schleicht, um diese auszuspionieren? Wer macht so was?«

In diesem Moment fällt mir siedend heiß ein, dass Amelies Tasche auch noch in der Praxis steht. Die Tasche, die Jakob ihr geschenkt hat.

»Tja, sie ist ... etwas wild.«

»Oder sie hat eine Borderline-Störung. Ist eine Narzisstin mit einem Kontroll- und Grenzsetzungsproblem. Das würde mir auch noch einfallen.«

»Du bist verletzt«, stellt Jakob fest.

»Und das wundert dich?«

Er schüttelt den Kopf.

»Jeder wäre verletzt, Sophie. Aber nicht jeder hat so eine Geschichte wie du ...«

»Was soll das denn jetzt?«

»Du weißt genau, wovon ich rede. Das, was du in deiner Kindheit erleben musstest ...«

»Das ist unfair«, protestiere ich. »Und nicht immer ist die Kindheit schuld an allem ...«

»... sagt die Therapeutin«, ergänzt Jakob sarkastisch.

»Das ist unverschämt!«

»Ich weiß von deinen dunklen Seiten, Sophie. Ich weiß von deinen Gewalterfahrungen. Und von deinen cholerischen Zügen ... Also, was hast du gemacht, als dir Amelie gegenüberstand und du begriffen hast, dass ich eine Affäre mit ihr habe?«

»Du meinst, als es mir das Herz zerfetzt hat? Als ich erkannt habe, dass meine Ehe in Trümmern liegt, weil du diese Frau mehr liebst als mich?«, fauche ich ihn wütend an.

Und dann muss Jakob gar nicht mehr antworten, denn ich gebe ihm einen Schubs, und er fällt nach hinten, aber im Gegensatz zu Sophie ist da kein Türrahmen, sondern die halbhohe Brüstung der Staumauer, und Jakob stolpert und kann sich nicht fangen. Dann sind da nur noch Leere und Luft hinter und unter ihm ... und er fällt.

Kapitel 38

Jakob ist tot.

Ich weiß es, ich brauche gar nicht herunterzusteigen, einen Sturz aus achtzig Metern Höhe in tiefes Geröll auf einem Steinboden, das überlebt niemand. Was für eine Ironie, dass das alles hier zusammenkommt: Jakob liegt auf der einen Seite der Stauseemauer, Amelie auf der anderen. Er im steinigen Unterholz, sie auf dem Grund des Sees. Und dass diese riesige, steinige Wand sie trennt, gefällt mir. Dieses monumentale Bauwerk, ähnlich wie die Chinesische oder die Berliner Mauer, zwischen ihnen verhindert, dass sie zueinanderkommen. Das finde ich schön.

Und ich finde mich seltsam, als mir diese Gedanken kommen. Verquast-romantische Gedanken, metaphorisch-philosophischer Quatsch, die der Situation hier absolut unangemessen sind. Vor wenigen Augenblicken habe ich meinem Ehemann einen Stoß versetzt und ihn in den Tod gestürzt. Plötzlich frage ich mich, ob Jakob vielleicht sterben *wollte*. Denn die Brüstung des Stausees ist relativ hoch und breit, und es gehören schon eine

Menge Kraft und Geschwindigkeit oder auch Willen dazu, rückwärts darüber zu stolpern und zu fallen. Und in meiner Erinnerung war meine Bewegung leicht und elegant, als hätte ich einer schwebenden Feder einen leisen Schubs gegeben und zugesehen, wie sie vom Luftzug davongeweht wird.

Aber natürlich kann es auch ganz anders gewesen sein, ich bin in einer emotionalen Ausnahmesituation, und womöglich dissoziiere ich wieder. Es könnte gut sein, dass ich Jakob mit aller Kraft und Wut und mit einem markerschütternden Schrei geschubst habe. Ich stehe auf der Staumauer und schaue mich um. Irgendwelche Passanten, Spaziergänger, Radfahrer? Hinten, schräg gegenüber auf der anderen Seite des Sees sehe ich einen Rentnertrupp, in der Nähe zwei Radfahrer, aber keiner von ihnen schaut zu mir hin, keiner hält in der Bewegung inne. Alles läuft weiter wie gehabt, ich habe keine Aufmerksamkeit erregt. Aber dennoch sollte ich von hier verschwinden. Nicht dass mich jemand hier bemerkt. Hier, an der Stelle, an der eben mein Mann gestorben ist.

Der Weg durch den Wald zurück ist seltsam. Wieder ist da das dichte Grün, die Baumwipfel über mir, die mich jetzt auf irgendeine Art zu schützen scheinen. Als ob sie ihre Hände über mir falten und einen Schutzschirm bilden. Alles Böse, alles Schlechte, jede Bedrohung von oben prallt an ihnen ab. Und alle Geräusche wirken wie ausgeblendet, auch die des Waldes. Das Summen der Insekten, das Zwitschern der Vögel, das Knacken des Unterholzes. Ich gehe wie durch Watte.

Es ist ein Zustand der maximalen Kontemplation und maximaler Ablenkung gleichzeitig. Als würde ich gleichzeitig meditieren und verschwinden. Alles ist da. Und gleichzeitig nichts. Ich gehe durch einen Zwischenraum, eine Welt, die nichts mit dem lehmigen Weg, den Gräsern und Moosen unter meinen Schuhen zu tun hat. Und auch nichts mit dem schwarzen dunklen Kosmos über mir. Ich bin völlig präsent und völlig verloren.

Ich habe die Liebe meines Lebens getötet.

Ich fühle mich todtraurig.

Und befreit.

Ich weiß nichts mehr von der Autofahrt zurück in die Stadt. Ich weiß nicht mehr, warum ich nicht nach Hause, sondern in die Praxis gefahren bin. Und ich weiß auch nicht, warum ich hier stehe und Amelies Handtasche in der Hand halte.

Aber ich weiß, dass sie ein Symbol für das ganze Desaster ist.

Kapitel 39

Am nächsten Tag rufe ich Quast an.

»Ich mache mir Sorgen«, sage ich. »Mein Mann ist nicht nach Hause gekommen.«

»Seit wann ist er denn weg?«

»Seit gestern Abend. Er kam nicht zum Abendessen. Und er war auch die ganze Nacht nicht erreichbar.«

»Ganz offiziell muss ich sagen, es ist noch nicht lange genug her, als dass er als verschwunden gilt. Polizeiliche Ermittlungen werden erst vierundzwanzig Stunden nach Verschwinden einer Person aufgenommen. Es sei denn, es liegt ein konkreter Verdacht auf die Gefährdung der Person vor.«

»Na ja, Jakob ist weg …«

»Ein konkreter Verdacht ist, wenn die vermisste Person zum Beispiel ein Kind ist, das dabei gesehen wurde, wie es in ein fremdes Auto stieg.«

»Das kann ich verstehen, aber das ändert nichts an meiner Sorge.«

»Das kann ich verstehen, Sophie. Aber hast du mal rumtelefoniert? Kann er bei einem Freund sein? Bei einem Bekannten? Und hast du vielleicht mal die Kranken-häuser abtelefoniert?«

Nein, habe ich noch nicht, weil ich ja genau weiß, dass es keinen Sinn hat. Aber um den Verdacht von mir abzu-lenken, falls man dies später überprüfen würde, sollte ich damit definitiv jetzt beginnen.

»Nur die engsten Freunde«, sage ich. »Aber du hast recht, ich mache sofort weiter. Danke dir.«

»Und lass mich wissen, falls sich etwas ergibt. Sonst sprechen wir eh spätestens morgen.«

Ich seufze schwer. »Das mache ich. Du bist ... ein Schatz.«

Und als ich aufgelegt habe, grübele ich noch ein biss-chen: Habe ich zu dick aufgetragen? »Schatz«?

Doch dann beginne ich, Nummern zu wählen. Ich muss mir ein Alibi aufbauen. Und gut ist schon mal, dass ich Quast die sorgenvolle Ehefrau vorgespielt habe.

Und am nächsten Morgen drücke ich mehr auf die Tube. Meine Stimme ist zittrig, ich klinge verweint, als ich bei Quast anrufe und ihm mitteile, dass Jakob immer noch nicht nach Hause gekommen ist und ich überall angeru-fen habe und niemand weiß, wo er ist, und selbst in den Krankenhäusern ist er nicht.

Quast schickt ein paar Kollegen vorbei, denen ich jede Frage beantworte, als sie meine Vermisstenanzeige auf-nehmen. In der Praxis sage ich alle Termine ab. Ich gebe ganz die besorgte Ehefrau, aufgelöst, in Panik, voller Hoff-nung, Polizei und Freunde mit Anrufen bombardierend, schweigend zurückgezogen, alles gleichzeitig. Ich gehe mir schon selbst auf die Nerven.

Am vierten Tag habe ich Glück.

»Darf ich reinkommen?« Quast steht vor meiner Wohnungstür, und sein Gesicht ist so ernst und düster, dass ich sofort weiß, was er mir sagen wird. Ich jubele innerlich, aber nach außen setze ich eine getroffene, wahnsinnig besorgte Ehefrauen-Maske auf, die gleichsam schon weiß, was kommt. Wir betreten das Wohnzimmer. Quast fühlt sich merklich unwohl, ist es, weil er mir gleich die Nachricht von Jakobs Tod überbringen muss oder weil es die Sache verkompliziert, da wir zuvor miteinander geknutscht haben und er sich möglicherweise fragt, welche Gefühle meinerseits im Spiel sind, ihm und Jakob gegenüber. Und ja, es ist ziemlich ironisch, dass ausgerechnet der Kriminalkommissar die Todesnachricht überbringt, mit dem die Ehefrau zuvor geknutscht hatte.

Gut, noch ironischer ist, dass ausgerechnet diese Ehefrau ihren Ehemann umgebracht hat und jetzt so tun muss, als wüsste sie von nichts, während sie als Einzige *alles* weiß.

»Ich muss dir etwas sagen«, beginnt Quast.

Da breche ich schon in Tränen aus. Ich weiß selbst nicht, woher meine brillante schauspielerische Leistung kommt, aber ich bin sehr überzeugend. Vielleicht liegt es auch daran, dass in diesem Moment Gefühle für Jakob hochkommen, die ich in den letzten Tagen verdrängt hatte. Dass er mir fehlt, ich seine warmen Augen vermisse, seine schlechten Scherze, seine Schultern, seinen mir so bekannten Duft, dass er mich abends nach der Arbeit einfach nur anzusehen braucht, um zu verstehen, wie ich mich fühle, er mir einfach so einen Kuss auf die Stirn gibt, wenn ich auf dem Sofa lese, er mir, ohne zu fragen, ein Glas Wein hinstellt, er mit geöffnetem Fenster schläft, nur mir zuliebe, er so gerne kocht, und das meistens sogar gut, und dass er sich eigentlich oft Mühe gibt, für mich, für uns ...

»Nein!«, schluchze ich.

»Es tut mir leid«, sagt Quast getroffen.

Ich werfe mich in seine Arme. Er ist überrascht, aber er lässt es zu. Gerne tut er das sogar, ich spüre das. Ich weine still, und das Einzige, was zu hören ist, ist das Rascheln meiner Kleidung, als ich meine Schultern zitternd wieder und wieder hochziehe, unkontrolliert, aber im Einklang mit meinem Schluchzen.

»Was ist passiert?«, frage ich schließlich mit leiser, müder Stimme.

»Man hat seine Leiche gefunden ...«

Es ist, als ob Jakobs Tod erst jetzt Realität wird. Zuvor waren nur ich und Jakob beteiligt, es war wie ein Fiebertraum, in dem Halluzinationen und das wahre Leben miteinander verschmolzen, eine Vision von irgendwas. Aber dadurch, dass jemand anderes nun beteiligt war, dass jemand anderes Jakobs toten Körper gesehen hat ...

»Wer denn?«

»Ein Spaziergänger.«

»Aber wo?« Ich fange wieder an zu weinen. Bitterlich.

»Am Fuße der Staumauer, draußen am ...«

»O Gott«, ich bebe und zittere, als sich ein neuer Tränenschwall aus meinen Augen ergießt.

»Es tut mir leid, Sophie.« Quasts Stimme ist warm, weich, verständnisvoll und beruhigend. Man möchte sich hineinlegen wie in eine Hängematte und sich sanft von ihr tragen lassen.

»Aber wie ...?«

»Anscheinend ist er dort hinuntergestürzt.«

»Jakob hatte immer schon Höhenangst«, sage ich. Ich spüre sofort, wie Quasts Schultern sich ein wenig anspannen.

»Nun ja, die Brüstung oben ist relativ breit. Ich glaube nicht, dass man da einfach so runterfällt, selbst wenn man Höhenangst hat.«

»Willst du sagen, er ist ... jemand hat ihn runtergestoßen?« Ich löse mich von Quast, weiche zurück, damit ich ihm in die Augen sehen kann. Damit er meinen fassungslosen Blick sieht.

»Ich kann noch nicht mehr sagen, Sophie.«

»Aber ... doch! Du kannst doch nicht einfach unterstellen, dass Jakob ...«, ich schlucke hart, »*ermordet* wurde, und dann einfach so darüber hinweggehen?!«

Quast mustert mich. Er zuckt schließlich unter meinem empörten Blick die Schultern.

»Ich kann wirklich nicht mehr sagen ...«

»Hat irgendjemand etwas gesehen?« Ich flehe Quast förmlich an, obwohl ich mir sehnlichst eine negative Antwort erhoffe.

»Nein, es gibt keine Zeugen. Und wir konnten bislang keine Fremdeinwirkung feststellen, zumindest nicht auf den ersten Blick. Aber Jakob wird untersucht werden.«

»Ich möchte ihn sehen!«

Ich starre Quast entschlossen an. Das ist mein Recht, als Ehefrau. Meine Pflicht sogar, den verstorbenen Angehörigen zu identifizieren.

Quast nickt. »Das wirst du.«

Und ich kann nichts dafür, das hört sich für mich gerade wie eine Drohung an. Denn ich habe eine höllenmäßige Angst davor, Jakob gegenüberzutreten, seinen toten Körper zu sehen, aus dem alles Leben gewichen ist. Wofür ich verantwortlich bin.

Ich, seine Mörderin.

Kapitel 40

So eine Leichenhalle ist ganz anders, als ich sie mir vorgestellt hatte. Das mag damit zusammenhängen, dass meine Vorstellung auch stark von den zwei oder drei Krimis beeinflusst wurde, die ich gesehen hatte. In denen wurden die Toten wie aus Schubladen aus den Kühlfächern in der Wand gezogen Und immer waren sie mit einem Leichentuch bedeckt, das dann leicht angehoben wurde, damit die Angehörigen die Leiche identifizieren konnten. Die Pathologen waren immer schräg aussehende oder zynisch-kommentierende Typen, die Kriminalbeamten hatten immer schlechte Laune oder waren misstrauisch, und alle sahen eigentlich so aus, als ob sie gerne Kette rauchten.

Ja, auch dieser Raum in der Pathologie ist kühl und die Farben gedeckt, aber die Sonne scheint breit und kräftig durch die großen Fenster herein. Man sieht Staub im Licht durch die Luft wirbeln und den Dreck an der Außenseite des Glases. An einer Pinnwand an der Stirnseite hängen Urlaubsfotos von den Pathologen, die hier arbeiten, und knatschbunte Zeichnungen ihrer Kinder. Ein selbst gebackener Kuchen steht auf einer Anrichte an der Wand, offensichtlich hat jemand Geburtstag – kurzum: Hier ist Leben, und nichts wirkt so deprimierend, so traurig wie in den Filmen.

Auch die rundliche Pathologin sieht aus, als würde sie romantische Komödien, ihre drei Kinder und Urlaube auf Mallorca lieben. Eigentlich wirkt sie mehr wie eine Floristin auf mich. Und als sie jetzt tatsächlich das Tuch über Jakobs Leiche wegzieht, nur ein Stück, damit ich sein Gesicht sehen kann, trifft es mich nicht so hart, wie ich erwartet habe.

Es liegt daran, dass ich zuvor versucht habe, in einen anderen Gemütszustand zu kommen.

Ich war in der Praxis gewesen und habe mir die Handtasche von Amelie geschnappt. Ich habe sie auf meinen Schreibtisch gestellt und das hässliche Muster angestarrt. Ich habe mir vorgestellt, wie Jakob versucht hat, sich in Amelie hineinzuversetzen und herauszufinden, was sie schön finden würde. Und wie er nach dieser Tasche gegoogelt hat. So wie ich es dann getan habe.

1995 Euro zuzüglich Versandkosten hat Jakob für diese Tasche ausgegeben. Wahrscheinlich als Geschenk für Amelies Geburtstag. Das passt zeitlich, wie ich mittlerweile herausgefunden habe.

Ich habe zum Geburtstag ein Buch, eine Flasche Wein und einen Gutschein für einen gemeinsamen Saunabesuch bekommen, den wir nicht eingelöst haben. Und bestimmt auch nicht mehr einlösen werden. Nicht nur, weil

Jakob tot ist, sondern weil ich wahnsinnig wütend auf ihn bin.

Meine Geburtstagsgeschenke haben ihn 189 Euro gekostet.

Das für Amelie 1995 Euro zuzüglich Versandkosten.

In welchem Verhältnis steht das bitte? Und was sagt das über meinen Wert für Jakob aus? Geld ist in Beziehungen immer ein schwieriges Thema, ebenso in Familien, und zum Beispiel an Testamentseröffnungen kann man tiefste Wunden und Verletzungen innerhalb des Familiengefüges ablesen. Wenn dort über Geld gestritten wird, weil ein Geschwisterteil weniger bekommt als das andere, weil das Haus der Eltern gegen das Aktiendepot aufgerechnet wird, weil aus irgendwelchen Gründen eine Ungleichbehandlung festgestellt wird, dann geht es nie um das Geld oder dessen Wert an sich, es geht immer nur um die Emotion, die da mitschwingt. Eigentlich ist es egal, ob es 50 Cent zu 1 Euro oder 500.000 Euro zu 2,5 Millionen Euro sind. Oder 189 zu 1995 Euro. Zuzüglich Versandkosten.

Es geht einfach nur darum, dass sich einer benachteiligt fühlt. Zum Beispiel ich gegenüber dieser verdammten Schlampe Amelie, die mein verschissener Ehemann Jakob mehr liebt als mich, genauer gesagt um 1806 Euro mehr.

Ich weiß, es ist völlig albern. Aber der Schmerz, so von ihm zurückgewiesen zu werden, so benachteiligt, dieser Schmerz führt dazu, dass ich auf Jakobs Leiche hinunterschauen kann, auf sein zerschundenes Gesicht mit der tiefen Fleischwunde auf der rechten Wange und der leicht eingedrückten Augenhöhle darüber, und dass ich kaum etwas fühle, als ich erkläre: »Das ist Jakob.«

Und natürlich fange ich an zu weinen, weil es sich so gehört für eine trauernde Ehefrau und alles andere verdächtig wäre. Und weil Quast misstrauisch werden und sich die Pathologin zumindest wundern würde. Ich weine dicke Tränen, stütze mich erst am Tisch ab, bis ich erschrocken zurückweiche, als wäre er unter Strom gesetzt. Ich schwanke, taumele, dann stützt mich Quast, und dann beruhige ich mich allmählich. Zumindest sieht es so aus.

Innerlich bin ich die ganze Zeit ruhig. Die Wut auf Jakob führt dazu, dass ich irgendwie ein Gleichgewicht zu dem Schmerz über seinen Verlust finde.

Der Hass gleicht die Trauer aus.

Und natürlich weiß ich gleichzeitig, dass meine Wut, mein Ärger, auch der Hass, den ich für Jakob empfinde, nichts anderes sind als Coping-Mechanismen meines Unterbewusstseins, die die unendliche Trauer, die Verletzung kompensieren wollen.

Scheiß drauf! Wenn es mir hilft?

Draußen auf dem aseptischen Flur der Pathologie gehen Quast und ich nebeneinander in Richtung Ausgang. Die Sohlen meiner weißen Turnschuhe quietschen auf dem Linoleumboden, und es hallt über den Gang. Ansonsten ist Stille.

Quast ist in Gedanken versunken. Und auch ich weiß nicht, was ich sagen soll. Am liebsten möchte ich gar nichts sagen, und vor allem möchte ich nicht, dass Quast etwas sagt. Denn ich befürchte, dass das nichts Gutes sein würde. Er runzelt die Stirn und wirkt angestrengt.

Endlich treten wir durch die Glastür ins Freie und gehen auf den kleinen Parkplatz neben dem Pathologiegebäude. Die gelben Pflastersteine leuchten im Sonnenlicht freundlich, und die Sträucher und die drei kleinen Bäume lassen den Parkplatz hier beinahe idyllisch wirken. Quast bleibt stehen.

»Wie geht es dir?« Er sieht mich mit seinen Alain-Delon-Augen an.

»Was glaubst du denn, wie ich mich fühle?« Ich meine, was erwartet er? Dass ich juchzend im Kreis springe? Dass ich mir hier auf dem Parkplatz theatralisch das Herz rausreiße? Beides wird nicht passieren, Quast.

»Es ist ... unwahrscheinlich, dass Jakob heruntergefallen ist. Wie gesagt, ich war am Tatort ...«, sagt Quast.

»Tatort? Also doch ein Verbrechen?« Ich tue bestürzt.

»Nun, dort, wo Jakob wahrscheinlich heruntergestürzt ist, ist die Mauer oben tatsächlich sehr breit. Man kann da nicht einfach so aus Versehen runterfallen.«

Ich nicke langsam. Das ist keine gute Entwicklung. Natürlich muss Quast in Richtung Mord ermitteln, das ist sein Job. Und, so wie ich ihn einschätze, eben auch sein Lebenselixier, getrieben, wie er ist. Ich frage mich, was passiert, wenn die Polizei in Jakobs Handydaten schauen will. Momentan ist es kaputt, liegt mit zerschmettertem Display in dem großen Papierumschlag, den mir die Pathologin ausgehändigt hatte. Dazu Jakobs Portemonnaie, seine Schlüssel, ein paar Kaugummis. Seine persönlichen Gegenstände.

Wenn Quast auf die Idee kommt, Jakobs Handy auszuwerten – und ich bin mir sicher, die Polizei hat Mittel und Wege dafür, egal, ob da nun ein Display zerschmettert ist oder ob sie den Code dafür haben oder nicht. Wenn sie seine Nachrichten lesen, dann werden sie feststellen, dass Jakob und Amelie sich kennen und eine Affäre haben. Das wird mich zur Hauptverdächtigen machen. Und wenn sie erst mal hinter mir her sind, habe ich keine Chance.

»Jakob hatte ...«, ich schweige betroffen für einen Moment, dann hebe ich den Blick und sehe Quast in die Augen. »... Jakob hatte psychische Probleme ...«

Quast schaut mich überrascht an. Seine Stirnfalte wird jedoch nicht kleiner.

»Ich habe nicht darüber geredet ... es ... fiel mir schwer.«

»Was für psychische Probleme?«

»Eine Depression. Keine schwere Depression, aber deutliche Stimmungsschwankungen ...«

»War er in Therapie?«

»Genau das ist es ja«, antworte ich. »Nein, Jakob war nicht in Therapie. Ich würde dir den Namen und Kontakt der Kollegin gerne nennen, damit sie oder er das belegt, aber ... Jakob wollte nicht. Wir haben gemeinsam über seine Probleme geredet, und ich habe mein Bestes getan und versucht, ihm zu helfen, aber ...«

»Du hast deinen eigenen Mann therapiert? Ist das nicht ein absolutes No-Go?«

»Es macht nicht viel Sinn, ja. Ich weiß. Aber was sollte ich tun? Jakob war voll im Widerstand, wollte sich niemandem öffnen, nur mir. Wir haben das eine Zeit lang gut hingekriegt, doch ... zuletzt ...«

Ich lasse den Kopf hängen und schweige eine Weile. Dabei versuche ich, unter meinen Wimpern hindurch in Quasts Gesicht zu schauen. Ich habe das Gefühl, dass er mir noch nicht glaubt.

»Ich wusste nicht mehr weiter«, füge ich dann hinzu. »Jakob hatte Probleme im Job, das alles hat ihn über längere Zeit schon beschäftigt. Ich habe ihm zum Sport geraten, und tatsächlich schien ihm das Fitnessstudio gutzutun.«

Es ist so krass, wie ich hier alle Tatsachen verdrehe. Natürlich tat es ihm gut ... weil er da Amelie kennengelernt hat.

»Aber irgendwann half auch das nicht mehr. Er hat dann sehr viel getrunken ...« Als ob ich damit versuche, meinen täglichen Gang zum Altglascontainer zu entschuldigen!

»Jakob und ich waren an einem Punkt, wo es nicht mehr weiterging.«

O ja, das stimmt.

»Er brauchte Antidepressiva, deswegen wollte ich ihn an einen Psychiater verweisen.«

Das stimmt nicht.

»Aber Jakob hat sich geweigert, obwohl er völlig am Boden war und keinen Lebensmut mehr hatte.«

Das stimmt erst recht nicht. Er war voller Energie und Optimismus und wollte mit Amelie ein neues Leben beginnen. Na gut, ab dem Moment, in dem ich Amelie getötet habe, haben auch Jakobs Optimismus und Energie abgenommen ...

»Ich weiß nicht, aber ... ich kann mir vorstellen, dass ...« Ich schweige getroffen und mache eine so lange Pause, dass Quast ergänzen muss:

»Dass Jakob selbst hinuntergesprungen ist, er Selbstmord begangen hat?«

»So schrecklich das ist, ja.« Ich nicke getroffen.

»Hm ...«, sagt Quast. Und dann sagt er nichts mehr. Das geht eine ganze Weile so. Ich sehe ihm zu, wie er ein paar Schritte vor- und zurückgeht und nachdenkt. Er nimmt mich gar nicht mehr wahr. Schließlich bleibt er stehen und schaut mich prüfend an.

»Ich weiß nicht, ob ich bei dieser Selbstmordtheorie mitgehe«, erklärt er.

»Aber das ist doch keine Theorie«, werfe ich schnell ein. »Ich will doch nur sagen, dass es Jakob nicht gut ging, über längere Zeit schon, und dass ich das nicht ausschließen kann, dass er sich etwas angetan hat!«

Fuck! Fuck! Fuck!

»Aber außer deiner Aussage darüber haben wir keinen Beleg dafür, dass es ihm schlecht ging.«

O nein! Gar nicht gut! Gar nicht gut!

»Was willst du mir denn damit sagen, Andreas?« Ich

nenne ihn jetzt bewusst beim Vornamen, um Nähe her-zustellen. Doch Quast sieht mich so misstrauisch an, dass Nähe gerade gar keine Chance hat.

»Ich versuche doch nur, selbst zu verstehen, was da passiert ist. Warum Jakob tot ist!« Ich klinge empört und verzweifelt. »Ich kann mir keinen Reim drauf machen. Wenn er es nicht selbst war, dann ... wer sonst? Jakob hatte keine Feinde.«

Quast nickt schließlich bedächtig.

»Okay ... was ich mich nur frage: Das ist mittlerweile die vierte Person, mit der du im Zusammenhang stehst. Das ist schon seltsam, findest du nicht?«

Das ist nicht nur seltsam, das ist eine Riesenscheiße. Ich gerate in Panik, mein Herz rast, mein Puls hämmert, ich habe Schweiß auf der Stirn, unter den Achseln, mein Deo versagt. Und zu allem Überfluss erscheint eine Träne im linken Auge, mit der ich so gar nichts anfangen kann.

Aber dann setzt mein Survival-Modus ein, und ich werde ganz kühl und überlegt. Mit aller Empörung und Trotz drücke ich schließlich meinen Rücken durch, schaue Quast tränenblind geradeaus ins Gesicht und ignoriere die Frage, die eigentlich im Raum steht.

»Und ob ich das seltsam finde«, erwidere ich langsam. »Mehr als das. Und es macht mir große Sorgen, ehrlich gesagt.«

»Sorgen, warum?«, bohrt Quast nach.

»Na ja, zum einen«, ich lächele ihn an, »dass du mich in Verdacht nimmst, du denkst, ich hätte etwas damit zu tun. Und das habe ich nicht!«

So große und ehrliche Rehaugen kriegt nicht mal Bambi hin.

Quast mustert mich intensiv.

»Das habe ich nicht, Andreas. Und überleg doch mal, warum sollte ich ... ich kann es gar nicht fassen, dass ich das aussprechen muss, dass du mir so etwas unterstellst, aber ... warum sollte ich mit dem Tod oder dem Verschwinden dieser Menschen etwas zu tun haben? Was wären denn meine Motive?«

Quast überlegt, und bevor er antworten kann, füge ich hinzu: »Ja, das eine ist mein Ehemann. Das andere der Freund einer Patientin von mir. Der eine war tatsächlich Patient bei mir, und die Erste, die verschwunden ist, ja, sie war zumindest zum Erstgespräch da. Aber was willst du mir hier eigentlich unterstellen? Dass ich meine Patienten töte? Das ist doch völliger Quatsch!«

Nun ja ... ehrlich gesagt ...

»Und warum sollte ich das tun? Aus welchen Gründen? Ich habe doch gar kein Motiv. Und überhaupt, diese Fälle haben doch gar nichts miteinander zu tun. Es gibt überhaupt keine Querverbindungen zwischen diesen Menschen!«

O bitte, bitte, Quast, glaub mir!

»Nun, eigentlich nicht. Bis auf dich.«

Mist!

»Du stehst mit allen in Verbindung. Und das ist *seltsam.*«

»Ja, das finde ich auch«, sage ich schließlich und nicke verständig.

Wir schweigen, irgendwo wird ein Motor angelassen, irgendwo zwitschern Vögel, irgendwo fährt eine Straßenbahn an, und es ist still.

Bis ich schließlich sage: »Und was, wenn es jemand auf mich abgesehen hat.«

»Wer sollte das sein? Und warum?« Er runzelt die Stirn.

»Ich habe keine Ahnung. Ich bin ein freundlicher Mensch, tue niemandem etwas zuleide.«

Außer ich töte Menschen, dann schon.

»Aber ich habe mich gefragt, ob ... ob jemand aus meinem Patientenkreis dafür infrage käme? Jemand, der sich falsch oder ungerecht behandelt fühlte? Jemand mit einer schweren psychologischen Störung, mit Gewalt und Aggressionspotenzial ...«

»Und?«

»Ich überlege, aber momentan komme ich nicht weiter. Gerade wüsste ich niemanden.«

Und ich weiß tatsächlich niemanden, aber ich hoffe, ich werde jemanden finden, den ich ins Spiel bringen könnte, um Quast zumindest zeitweise abzulenken.

»Ich ... ich habe Angst«, bringe ich hervor.

»Warum Angst, Sophie?«

»Was, wenn ich recht habe. Wenn wirklich jemand Menschen in meinem Umkreis umbringt – aus welchen Gründen auch immer –, aber was, wenn er es eigentlich auf mich abgesehen hat? Was, wenn er mich angreift?«

Quast schaut mich undurchdringlich an. Ich weiß nicht, was in seinem Kopf vor sich geht. Mich als potenzielles Opfer darzustellen, das könnte die Königsklasse der Lügen und Tatsachenverdrehungen sein, wenn Quast sich darauf einlässt. Wofür ich nur beten kann.

Anderenfalls weiß ich nicht, wie ich aus der ganzen Sache rauskomme.

Kapitel 41

Mein Kopf ist voller Sorgen und Gedanken, als ich in die Praxis fahre. Eigentlich sollte ich um Jakob trauern, aber ich merke, da ist gerade nichts in mir. Dass ich ihn verloren habe, er nie wieder bei mir, in meinen Armen, in meinem Bett sein wird, wir uns nie wieder unterhalten können, nie wieder verreisen, einen Sonntagmorgen vermuffelt beim Frühstück verbringen werden, er mir nie wieder den Inhalt irgendwelcher Bücher falsch wiedergeben wird, er seine Socken trotz Löchern anzieht – Sachen, für die ich ihn oder trotz derer ich ihn geliebt habe –, all das berührt mich gerade nicht. Sind es noch Wut und Verletzung über den Betrug? Oder ist es die Angst um mein eigenes Leben? Nicht körperlich, nicht dass ich sterben werde (also, ja, irgendwann sicher), sondern um den Verlust meines bisherigen Lebens, meiner Freiheit, meines Berufs, meiner Wohnung. Die nackte Angst davor, dass ich ertappt, enttarnt, verhaftet und verurteilt werde und wegen Vierfachmordes bis an mein Lebensende hinter Gittern sitze.

Wow, Vierfachmord! Irgendwie hat das Wort eine

ziemliche Wucht. Jetzt, als mir die Bedeutung wirklich klar wird.

Ich habe vier Menschen getötet.

Vier.

Krass! Ich merke fast belustigt, dass es mir zwischendurch gar nicht so viel vorkam. Irgendwie hatte ich gar nicht die Zeit, zu überlegen, mir darüber klar zu werden, dass da wieder ein Mensch starb. Und dass er der zweite in der Reihe, der dritte, der vierte war. Gut, ich war in den Momenten absolut nicht in der Lage, mir darüber Gedanken zu machen. Schließlich musste ich gegen einen potenziellen Vergewaltiger, um mein Leben, für meine Selbstachtung kämpfen.

Aber vier ... Das ist schon eine Menge.

Ich bin eine Serienmörderin.

Ist mir deswegen eiskalt, als ich die Treppen zur Praxis hochsteige? Schließlich habe ich gerade meinen Ehemann verloren, und jeder würde verstehen, wenn ich mich zurückziehen und mir die Decke über den Kopf ziehen und das Haus tagelang nicht verlassen würde.

Aber ich weiß, dass ich in dieser seltsamen Ausnahmesituation, in diesem Schwebezustand zwischen Wut, Erleichterung und Angst am besten nicht mit mir alleine konfrontiert bin. Dann würde mein Gedankenkarussell mich schwindelig drehen.

Einen Patiententermin wahrnehmen, das scheint mir die beste Ablenkung zu sein. Außerdem bin ich extrem pflichtbewusst.

Und eine Serienmörderin – das hat nichts mit dem Patiententermin zu tun –, ich fasse es einfach noch immer nicht.

Was aber, wenn Quast mir auf die Schliche kommt?

Samuel lächelt mich freundlich und warm an, als er sich auf den Stuhl setzt. Ich frage mich für einen kurzen Moment, wie es wohl wäre, mit jemandem wie ihm verheiratet zu sein? Ja, er arbeitet zu viel und setzt nicht immer die richtigen Prioritäten, aber er ist loyal zu seiner Frau, betrügt sie nicht, sondern versucht sogar aktiv, die schwächelnde Beziehung zu retten. Auch wenn er eigentlich mittlerweile weiß, dass er das Falsche versucht, weil er den falschen Menschen liebt. Und weil jemand wie Christine, die so sehr in sich gefangen ist, so von Minderwertigkeitskomplexen übermannt, dass sie alles tut, um Geltung zu erringen, niemals eine echte Liebe für jemand anderen empfinden kann.

Weil sie sich selbst nicht liebt.

Das ist mir in den Sitzungen mit Samuel und Christine klar geworden, und ich sehe es an Samuels Blick, dass auch er die bittere Wahrheit ahnt. Aber eingestehen will er es sich noch nicht.

»Christine lässt sich entschuldigen«, sagt er und hebt leicht verdrossen die Hände.

»Sie scheinen ... verärgert zu sein?« Ich mustere ihn, mein Klemmbrett auf dem übergeschlagenen Knie, das interessiert-zugewandte Therapeutinnenlächeln auf den Lippen.

»Nein, es ist ...« Samuel wiegt ratlos und überfordert

den Kopf. »Es ist ... natürlich nicht! Johanna ist im Krankenhaus. Der Magen. Wieder einmal. Sie hat diese Krämpfe, ganz schlimm war das heute Nacht. Und die Ärzte ...«

»Der Dr. Rathmann, zu dem Ihre Frau so ein gutes Vertrauensverhältnis hat?«

»Nein, da geht Christine nicht mehr hin.«

»Wieso das?« Ich bin überrascht. Etwas irritiert mich schwer.

»Sie hat das Gefühl, dass das nichts bringt, Rathmann vielleicht doch an zu engen Denkmustern festhängt und sich anderen Ursachen für Johannas Krankheit nicht öffnet. Sie ist frustriert.«

»Gut, das kann man verstehen als besorgte Eltern.«

»Ja ... deswegen sind wir in ein anderes Krankenhaus gefahren. Die Ärzte haben Johanna versorgt, und es geht ihr gut. Jetzt behalten sie sie da, um neue Untersuchungen zu machen und sie von Kopf bis Fuß durchzuchecken.«

»Aber das ist doch gut, oder ?«

Samuel sieht mich traurig an. »Das ist nicht das erste Mal, dass wir das alles tun. Aber nun gut, was tut man nicht alles für sein Kind. Christine ist jetzt natürlich in der Klinik bei Johanna geblieben.« Er macht eine kleine Pause, dann fügt er nachdenklich, fast erstaunt darüber, hinzu: »Sie hat gesagt, ich sollte allein den Termin bei Ihnen wahrnehmen. Was ich ja gerne tue. Aber ... es ist, als wollte sie mich da im Krankenhaus nicht haben.«

»Und Ihr Sohn, wo ist der?«

»Ben? Die Oma ist gekommen. Dem geht's gut.«

»Außer, dass er immer wieder ... wie haben Sie gesagt? Etwas ungeschickt ist und immer wieder Verletzungen hat?«

Mein Magen grummelt. Meine Vorahnung wiederholt sich.

»Ja, das stimmt. Auch letzte Woche ...«

»Was war da?«

»Ben ist die Treppe runtergefallen ...«

»Wie kam das?«

»Ich weiß es nicht. Vielleicht hat er die rutschigen Socken angehabt? Wir haben diese glatte Holztreppe vom ersten Stock ins Erdgeschoss. Und Ben ist da komplett runtergesegelt. Ich weiß nicht, warum, ich war nicht da. Christine war zu Hause, aber sie war im Bad, als er gefallen ist. Sie hat nur den Knall gehört, als er unten aufkam. Und seinen Schrei. Fürchterlich. Es hätte so schlimm enden können. Es war dann nur ein Armbruch. Gott sei Dank.«

»Aha!«, sage ich.

»Es ist wirklich verrückt«, meint Samuel. »Beide Kinder sind dauernd krank.«

»Das ist schlimm.« Ich mustere ihn. »Sie machen sich Sorgen.«

Samuel nickt.

»Warum machen Sie sich Sorgen?«

Samuels Blick verschließt sich. Er will nicht darüber reden, was ihn wirklich umtreibt. Ich spüre das.

»Na, das ist doch klar. Ich will nicht, dass meinen Kindern etwas passiert. Ich möchte, dass es ihnen gut geht, sie gesund sind. Das ist doch klar.«

»Sicher ist es das. Das will doch jeder von uns, jeder Vater, jede Mutter ...« Ich ende absichtlich so und lasse Samuel Raum, vielleicht traut er sich jetzt, etwas hinzuzufügen. Seinen Verdacht auszusprechen.

»Natürlich. Christine und ich tun alles, damit es den Kindern gut geht. Vor allem Christine, ich bin ja sehr viel unterwegs, der Job ... Ehrlich, diese Doppelbelastung frisst mich auf. Der Beruf, die Sorgen um die Kinder, unsere Beziehung ...«

»Das ist schwer.« Ich nicke verständnisvoll.

Aber ich ärgere mich, wir kommen nicht zu dem Punkt, zu dem ich will. Ich muss es anders versuchen.

»Lassen Sie uns da gleich darauf zurückkommen. Mich interessiert, ob Sie eine glückliche Kindheit hatten?«

Samuel stutzt kurz, weiß nicht, wo ich mit dem Themenwechsel hinwill, aber er vertraut mir und nickt dann.

»Ja, das hatte ich. Es war schön«, sagt Samuel.

Die meisten Menschen, die erzählen, dass sie eine glückliche Kindheit gehabt haben, in der es ihnen an nichts fehlte, wo sie frei und geschützt und wohlbehalten waren, diese Menschen lügen. Unsere Erinnerungen sind ein Konstrukt, wir verdrehen Tatsachen, um uns in Sicherheit zu wiegen, um Sachen nicht wahrhaben zu wollen, um ein unbeschwertes, unbelastetes Leben zu führen. Wir wollen uns schützen.

Aber genau deswegen sollte man bei Menschen mit glücklicher Kindheit einmal nachforschen, denn die Wurzel ihrer Probleme, die ja meist in Kindheitserfahrungen liegen, haben sie gut versteckt.

Samuel wirkt allerdings nicht so, als würde er viel verdrängen. Und aus den Gesprächen zuvor mit ihm weiß ich, dass da wenig Problematisches ist.

»Die üblichen Auf und Abs, aber eigentlich hatte ich eine gute Kindheit«, er hält kurz inne, »eine bessere als Christine. Kein Wunder, dass sie später Bulimie hatte. Und dass sie ...«

Endlich. Da will ich hin.

Samuel schweigt, es kommt ihm vor, als würde er seine Frau verraten. Er braucht einen Stups.

»Dass sie ...?«, hake ich nach. Ich weiß, ich bin auf der richtigen Fährte.

»Sie hat sich geritzt, irgendwann. Aber das hat aufgehört, als wir uns kennengelernt haben. Auch die Bulimie. Sowieso war alles anders, als die Kinder da waren.«

Ja, Samuel, das glaube ich. Denn jetzt weiß ich, was mit Christine los ist. Und mit ihren Kindern. Ihren armen, hilflosen und unschuldigen Kindern, die von ihrer Mutter gequält und krank gemacht werden.

Christine hat das Münchhausen-by-proxy-Syndrom.

Alle Anzeichen deuten darauf hin.

Und Samuels Bemerkung gerade hat mir den letzten Puzzlestein geliefert: Denn bei dem Münchhausen-by-proxy-Syndrom haben die Täterinnen in ihrer Lebensgeschichte vorher bereits oft selbstverletzendes Verhalten aufgezeigt. Bulimie würde ich dazu zählen (obwohl es da eigentlich um eine Kontrollstörung geht), aber sich selbst zu ritzen ist definitiv selbstverletzend. Wenn Täterinnen dann Kinder bekommen, scheint es irgendwie eine Erleichterung für sie zu sein, denn sie können aufhören, sich selbst zu verletzen – weil sie nun ihre Kinder misshandeln können, um dadurch die ersehnte Aufmerksamkeit für Zuwendung zu bekommen.

Und Christine ist das Paradebeispiel einer unsicheren, aufmerksamkeitsheischenden Frau: die perfektionistische Mutter, die keine innere Sicherheit hat und deswegen so darauf angewiesen ist, sie von außen zu bekommen, in der Form von Bewunderung dafür, dass sie ihren dauernd kranken Kindern eine gute, besorgte Mutter ist. Die Arme, sie hat es so schwer. Christine sonnt sich in dem Mitleid, das ihr entgegenschlägt. Sie sonnt sich darin, dass sie Respekt seitens der Ärzte bekommt, schließlich ist sie eine kompetente Gesprächspartnerin, jemand, der sich in medizinischen Fragen auskennt, da sie sich in Studien, Behandlungsmethoden und so weiter hineingearbeitet hat. Wegen ihrer Kinder. Christine hatte erzählt, dass sie eigentlich mal Medizin studieren wollte ... Man weiß, dass die meist weiblichen Täter, bei denen das Münchhausen-by-proxy-Syndrom vorliegt, oftmals Angehörige einer medizinischen Berufsgruppe sind oder zumindest über gutes medizinisches Wissen verfügen. Und Christine ist mit den Ärzten so eng, dass sie sie sogar duzt. Und dann hat Samuel auch noch erzählt, dass sie immer wieder die Ärzte wechseln. Klar, wenn deren Behandlungsmethoden nicht anschlagen, macht das Sinn.

Klar aber auch, dass Christine so unliebsamen Nachfragen seitens der Ärzte, deren Zweifel an der tatsächlichen Ursache der Kindeskrankheiten aus dem Weg geht. Dann findet sie lieber einen neuen Arzt und geht dem Problem, entdeckt zu werden, aus dem Weg. Es gibt unzählige Möglichkeiten, Krankheiten vorzutäuschen oder zu inszenieren. Die Magenprobleme von Christines Tochter Johanna können durch unterschiedlichste Sachen hervorgerufen werden, irgendwelche Essensbeigaben, Gifte, Tinkturen. Bei kleineren Kindern, die noch kaum über eigene Sprachfähigkeiten verfügen, werden manchmal Verätzungen in der Speiseröhre festgestellt. Weil sie – diese dummen Kinder – Reinigungsmittel getrunken haben. Dabei hat die Täterin ihnen diese eingeflößt. Alle Grausamkeiten sind denkbar, und ich frage mich, was Christine ihrer Tochter so gibt.

Gleiches gilt für ihren kleinen Sohn, der immer wieder – ach, so ungeschickt – körperliche Beschwerden hat. Ein Armbruch, eine Quetschung, eine Prellung. Auch dafür kann Christine verantwortlich sein, vielleicht gibt sie ihm ein Mittel, das Gleichgewichtsstörungen hervorruft. Dann ist es kein Wunder, dass er die Treppe runterfällt, ohne dass sie ihn stoßen muss. Und welcher Arzt würde beim Armbruch eines Kindes dessen Blut untersuchen? Wozu? Niemand würde eine Überdosis eines Fiebermittels feststellen, das den Schwindel ausgelöst hat.

Letzte Woche war Ben die Treppe runtergefallen, und man kann von Glück sagen, dass er sich nur den Arm und nicht den Hals gebrochen hat. Christine hat ihr Bestes gegeben, hat sich gekümmert, war die besorgte Mutter, hat sich im Mitleid gesonnt, aber dann hat sie eine neue Dosis gebraucht. Mehr Aufmerksamkeit. Mehr Zuwendung. Daher Johannas Magenprobleme.

Ich frage mich nur, wie weit Christine gehen wird. Was wird das Nächste sein? Wird irgendwann ein Kind sterben? Normalerweise würde eine Täterin dieses nicht in Kauf nehmen, schließlich würde sie sich dann ihres einzigen Mittels berauben. Aber in der verqueren Täterlogik von Christine könnte man auch argumentieren: Sie hat ja *zwei* Kinder ... Und wenn einem der beiden der GAU zustoßen würde, der Tod, und wenn Christine dann durch das Tal der Tränen und des Schmerzes und aber auch der Anerkennung, des Mitleids, des Zuspruches durch ist, wenn sie diese Hochphase abgeschlossen hat ... dann hat sie immer noch ein zweites Kind. Das weiterhin ein Opfer sein darf ...

Mir graust bei dem Gedanken.

Erst recht, wenn ich daran denke, dass niemand anscheinend dahinterkommt. Weder die Ärzte, die dauernd wechseln, noch ihr überforderter, viel zu lieber Ehemann, der zwar in den tiefsten Winkeln seiner Seele ahnt, dass etwas mit seiner Frau nicht stimmt, der sich aber nicht eingestehen kann, dass dem so ist.

Nicht mal in einer Therapiesitzung mit seiner Therapeutin, der er sich öffnet und vertraut, so weit sind wir schließlich schon. Doch Samuel würde nie etwas gegen seine Ehefrau sagen. Er ist viel zu loyal und, wie Christine auch, viel zu sehr auf den äußeren Schein bedacht. Sich einzugestehen, dass seine Frau gemeingefährlich ist – das würde seine Welt zusammenbrechen lassen. Deswegen will, *kann* er es nicht wahrhaben.

Christines Kinder sind in Gefahr!

Aber soll ich die Ärzte informieren? Die Polizei einschalten? Christine ist zu gut in dem, was sie tut. Sie hat zu oft die Ärzte gewechselt, als dass es auffallen konnte. Und wenn es Beweise gab für ihre Taten, hat sie sie verschwinden lassen. Ich habe nichts in der Hand, außer meinen Verdacht.

Obwohl – ehrlich gesagt, ist es mein *Wissen*. Denn ich bin eine gute Therapeutin, ich habe Christine und ihre Denkweisen und Strukturen, ihre Persönlichkeit durchschaut.

Ich *weiß*, wer sie ist.

Und was sie tut.

Eine Mutter, die ihre Kinder auf fürchterlichste Art und Weise quält.

Das kenne ich.

Ich muss sie aufhalten. Koste es, was es wolle.

Doch bevor ich mich um Christine kümmere, muss ich mich um mich selbst kümmern.

Kapitel 42

Moschus.

Es riecht alles einfach verdammt nach Moschus. Nicht nur Quast, sondern auch ich, meine Haut, meine Haare, meine Hüften. Das liegt daran, dass einfach eine Menge Quast an mir dran ist.

In diesem Moment sitze ich auf ihm, spüre seine nackte Haut unter meiner, seinen Penis in mir und den Schweißfilm auf seiner Brust unter meinen Händen, als ich mich ein wenig aufrichte, in der Bewegung innehalte und Quast direkt in die Augen schaue.

»Das ist alles sehr unprofessionell«, erkläre ich.

Ungefähr genauso professionell, wie als Therapeutin einen Mord zu begehen, nur weil eine Patientin ihr Therapieziel nicht erreicht.

Der Kriminalkommissar, der gerade mit der Frau schläft, die seine Hauptverdächtige sein müsste, weil sie in vier Morde verwickelt ist oder zumindest das verbindende Glied zwischen all diesen Toten, dieser Kommissar nickt.

»Ich weiß«, sagt Quast und schaut mir ebenso direkt

in die Augen. »Aber ich fand Regeln schon immer scheiße.«

»Ah, das ist dein übersteigerter Autonomiedrang. Regeln sind Kontrolle, und das wirkt bedrohlich auf dich, du fühlst dich eingeengt, und daher der Wunsch nach Freiheit, diese *Lonesome Wolf*-Attitüde.«

»Kannst du das bitte sein lassen?« Quast verzieht das Gesicht.

»Was denn?«

»Dieses Psychogequatsche.«

»Es macht dir Angst, ich vergaß.«

»Nein, nicht wirklich. Und du hast ja auch ziemlich recht mit dem, was du sagst«, erklärt er, und während ich ihn völlig erstaunt ansehe, ergänzt er: »Aber doch nicht ausgerechnet, wenn wir miteinander schlafen, mal ehrlich.«

Ich erröte. Was man auf meinen ohnehin durch den Sex schon gut durchbluteten Wangen kaum sieht.

»Du hast recht, entschuldige. Und ohnehin hätte ich das nicht unterbrechen sollen. Aber ich wollte dich nur darauf hinweisen, dass das hier problematisch sein könnte.«

»Könnte? Das *ist* es mit Sicherheit«, gibt er locker zurück. Und auch wenn es scherzhaft klingt, ist da eine gewisse Ernsthaftigkeit.

»Das glaube ich auch«, sage ich leise und streiche ihm sanft mit meinem Finger über die Kehle, fahre über seine Brustmuskeln, seine Rippenbögen hinunter über seinen

Bauch, zu seinem Bauchnabel und dann weiter, bis kurz vor meine geöffneten Schenkel.

Quast stöhnt.

»Ich könnte eine Femme fatale sein«, sage ich.

Und verdammt, das bin ich mit Sicherheit. Und die Möglichkeiten für Quast und mich sind endlos, in die eine wie auch in die andere Richtung.

Im Moment wäre ich dafür, dass er mich aus dem Kreis seiner Verdächtigungen ausschließt.

Es wäre besser für ihn.

Wir sind in seiner Wohnung, und als er eben im Bad war, habe ich seinen Zweitschlüssel geklaut, von dem ich morgen ein Duplikat anfertigen lasse. Das Original werde ich danach zurückbringen, und Quast wird niemals wissen, dass ich unbeschränkten Zugang in seine Wohnung habe. Ich könnte ihm unlautere Dinge unterjubeln: Beweisfotos von uns beim Sex oder so was, aber den Gedanken verwerfe ich schnell. Ich möchte nicht, dass mich andere Polizeibeamte, Staatsanwälte und Richter nackt sehen, wenn sie ergründen, warum der Kommissar sich auf eine gefährliche Beziehung mit seiner Hauptverdächtigen eingelassen hat, die dazu führt, dass seine Ermittlungsergebnisse angezweifelt werden können oder nichtig sind.

Dann hatte ich darüber nachgedacht, irgendwo im Bahnhofsviertel Kokain zu kaufen und es in seiner Wohnung zu platzieren, aber als ich seinen Nachttisch durchsucht habe, habe ich tatsächlich Koks gefunden. Quast, du Schelm. Was die blauen Pillen in dem kleinen Plastikbeutel daneben sind, weiß ich nicht, aber ich schätze, es sind keine Schlaftabletten oder irgendwas für die Verdauung. Warum ist da sonst ein Darth-Vader-Emblem daraufgestanzt?

Ich wette, das reicht, um ihn hinter Gitter zu bringen.

Und wer weiß, was ich noch alles finden werde, wenn ich einmal mit mehr Zeit die Wohnung durchsuchen kann. Egal, wie und was – ich könnte Quast erpressen, ihn zum Schweigen bringen, weil er sonst seine Karriere verliert. Und wenn ich eins weiß: Er lebt für seinen Job.

Apropos.

Notfalls könnte ich ihn umbringen.

Das wäre natürlich auch eine Variante. Ich könnte ihm heimlich auflauern, ihn angreifen oder ihn vergiften. Die Möglichkeiten sind vielfältig.

Es gibt natürlich auch noch eine andere Möglichkeit. Ich könnte ihn in mich verliebt machen, könnte dafür sorgen, dass der Sex mit mir so bombastisch ist, dass er jegliche Zweifel an meiner Unschuld fallen lässt, weil er mehr und noch mehr davon will. Ich bin Psychologin, und ich weiß mittlerweile, wo Quasts Triggerpunkte sind. Und wenn er mir wirklich verfällt, wird er alles tun, um mich zu schützen.

Ich denke, das ist die Variante, auf die ich erst mal setze. Denn ich bin nett zu Quast. Und, ehrlicherweise, auch nett zu mir.

Das hier ist gerade ganz schön toll. Moschus.

Hach ...

Ein schockierendes Verbrechen – und alle werden es sehen

Die 16-jährige Lena Palmer verschwindet spurlos. Drei Tage später taucht sie in einem verstörend brutalen Video wieder auf, welches in atemberaubendem Tempo viral geht.

BKA-Kommissarin Yasira Saad soll Lena finden und die Täter identifizieren. Ihr bleibt wenig Zeit, denn schon gibt es erste gewalttätige Demonstrationen in deutschen Städten. Eine rechtsradikale Gruppierung namens »Aktiver Heimatschutz« gewinnt rasant an Zulauf. Kann Yasira die Täter verhaften, bevor der Lynchmob zuschlägt und der Rechtsstaat zu wanken beginnt?

Marc-Uwe Kling
VIEWS
Roman

Hardcover
Auch als E-Book erhältlich
www.ullstein.de

ullstein

Dieser Thriller wird Sie in den Abgrund reißen

Ein kleiner Junge wird bewusstlos in eine Klinik in Oslo einge-
liefert und stirbt kurz darauf an seinen Verletzungen. Der Arzt
Haavard ist überzeugt, dass der Junge misshandelt wurde. Bevor die Polizei die Eltern vernehmen kann, wird der pakistani-
sche Vater des Jungen erschossen aufgefunden. Ein Mord aus
Fremdenhass?
Haavards Frau Clara, eine Politikerin, kämpft schon lange für
ein neues Gesetz zum Schutz von misshandelten Kindern. Als
eine Frau iranischer Herkunft ermordet wird, gerät Haavard ins
Visier der Ermittler. Clara muss ihn entlasten, obwohl sie nicht
weiß, wo er zur Tatzeit war. Und Haavard ahnt nichts von Cla-
ras dunkler Vergangenheit ...

Ruth Lillegraven
Tiefer Fjord
Roman

Aus dem Norwegischen von Hinrich
Schmidt-Henkel
Taschenbuch
Auch als E-Book erhältlich
www.ullstein.de

ullstein

»Britischer Krimi-Humor vom Feinsten.« Westfälische Rundschau

Man möchte meinen, so eine luxuriöse Seniorenresidenz in Kent sei ein friedlicher Ort. Das dachte auch Joyce, als sie in Coopers Chase einzog. Bis sie Elizabeth, Ron und Ibrahim kennenlernt, sie früher einmal Geheimagentin, die beiden anderen Gewerkschaftsführer und Psychiater. Sie wird Teil ihres Clubs, der sich immer donnerstags trifft, um ungelöste Kriminalfälle aufzuklären. Ein Mord vor ihrer Haustür ist für die vier Senioren da natürlich ein gefundenes Fressen. Sie mögen nicht mehr die Jüngsten sein, aber an Scharfsinn und Witz leiden sie nun wahrlich keinen Mangel. Da staunt selbst die Polizei.

Richard Osman
Der Donnerstagsmordclub
Kriminalroman

Aus dem Englischen von Sabine Roth
Taschenbuch
Auch als E-Book erhältlich
www.ullstein.de

ullstein